男だらけの異世界トリップ
～BLはお断り!?～

登場人物紹介

Main Characters

ミチェル
ギルドの受付をしている
美貌のお兄さん。
リディア
ゴスロリの吸血鬼。
人間を下等動物と
みなしている。
グレイ
世界に五人しかいない
Sランク冒険者。
ニック
お金には、
とことんシビアな商人。
レオン
腕利きの魔工師。
ニックの幼馴染。

第一章　冒険者編

Q.　異世界へ行ったらなにをしたいですか？

A.　勇者になって魔王を倒して、ハーレム作って女の子とイチャイチャしたいです。

男なら、誰だって一度は憧《あこが》れることだろう。ここではないどこか別の世界に行って唐突に強くなってモテて冒険をする、そんな物語の主人公みたいな人生に。

少なくとも俺はそうなりたい。切実になりたい。現実ではまったくもってモテないまま年齢＝《イコール》彼女いない歴を更新しているからこそ、異世界へ行って可愛い恋人とイチャイチャすることを夢見てしまう。

え？　高校三年生になってもまだ厨二病《ちゅうにびょう》が抜けきらないのかって？　これから本格化する過酷な受験戦争を前に鬱《うつ》になっているのだから、妄想くらい自由にさせてください。ああ、神様。どうか俺を異世界トリップさせてください！　と、わりと本気で願う。

別に今が、どうしようもなく不幸というわけではないのだ。可愛いけど生意気で兄をパシリだと思っている妹や、超絶美少女な幼馴染《おさななじみ》がいるのに、そいつらは俺の親友が好き――という無慈悲な現実はあれど、この世界が別に嫌いではなかった。

でも現状に満足もしていなかった。

異世界から召喚された勇者様が魔王を倒してお姫様とハッピーエンドになるように、俺も……、俺も物語の主人公のように生きてみたい……！

と常日頃から思っていた、ら……ッ！

ある日、気付けば見知らぬ土地にいた。あたりにはレンガ造りの建物が並び、獣耳《けものみみ》を生やした人や爬虫類《はちゅうるい》っぽい顔の人たちが歩いている。中世ヨーロッパのような外観の町で俺は呆然《ぼうぜん》と立ち尽くしていた。

――そういえば、ここに来る直前までの記憶がない。だけれども周りの風景は、どう見ても日本ではないし、こんなところに旅行に出かけた記憶もない。うん、これはもう間違いないですね。どう考えても異世界にトリップしていますよ！　神様ありがとう！

やっふー！　来たよ来たよ異世界だよ！　ついに憧《あこが》れの異世界に来たんだよ！

毎晩枕元でお祈りしていたのが通じたんだね！　異世界に行かせてください！　あとエロい夢見たいです！　と。後者は毎晩叶ってたけど前者はなかなか叶わなくて諦《あきら》めかけた。でもついに実現したんだね！

そういえばラノベではお決まりの、神様からの異世界の説明とかなかったけど大丈夫かな？『貴方の寿命を間違って終わらせてしまったので、お詫びに異世界に転生させます』とかなんとかってテンプレのやつ。

それと、俺の最期ってどうなったんだろ？　車に轢《ひ》かれそうになった黒猫を救ったり、学校を襲ってきたテロリストから友達を守って死んだりとか、そんな感じかな？

むむむ、まったく記憶がございません。でも、まあいいや！　美少女を庇《かば》って死んだってことにしておこう。それでこの世界でその美少女と再会してラブコメが始まるんですね、わかります。

ともあれ、ここで生きていくためにはないと困るものがありますよね？

この現代ゆとり系男子である俺が、突然異世界に放り込まれて生きていけるはずがない。転生したばかりですぐ死ぬはずないと信じたいし、ということはアレだ、トリップ特典があるはずだ！

俺が知る限り、ラノベやアニメの歴代トラベラーはトリップ特典をもらっていた。ならば俺にだってあるはず！

ということでさっそく、なにかチートな能力や武器を授かっていないか調べることにする。道の真ん中に堂々と立っていると邪魔なので端に寄った。

服装は制服のままだなー。持ち物はハンカチ、ちり紙、スマホくらい。うん、持ち物も変わりはないや。

じゃあ力が強くなったのかな？　と思ってその辺の壁を思いっきり殴ってみる。壁に変化はないが、俺自身も痛みはあまり感じなかった。なんとなく、熱さを感じるくらいだ。おお？　これはきたんじゃね？　ダメージ無効的なスキル持っているんじゃね？

どんなスキルを持っているか調べてみよう。こういう時、俺の好きなラノベとかではステータス画面を見れば自分が持っているスキルがわかるんだよね。だけど、ステータス画面の出し方がわからない。適当にスキル名を唱えたら、発動しないかな。とりあえず、やってみるか。

「スキル防御」、「スキル魔法」、「スキル剣術」、「スキル探索」とブツブツ唱えていき、「スキル鑑定」と言った瞬間、世界がブイーンと滲《にじ》んで様々な情報が空中に文字として現れた。

あらゆる物や人を鑑定するスキルのようだ。行き交う人のステータスも見ることができた。

なるほど、自分自身のことも鑑定して、ステータス確認できるパターンか。

やっぱりあったよ、俺のトリップ特典！　もしかして他にもスキル持っているんじゃね？

――俺の鑑定結果は、こんな感じだ。

【名　前】シロム・クスキ
【年　齢】18
【適　性】？？
【階　級】Lv1
【スキル】鑑定
**　条件：異世界転生すること**
**　能力：人、物問わず視界に映したものの詳細を知ることができる**
**　代償：なし**
【スキル】異空間倉庫《アイテムボックス》
**　条件：異世界転生すること**
**　能力：異空間に10＋Lv個の収納箱を所有できる。1つの箱には同じ種類のアイテムなら99**

個まで収納可能
代償：なし
【スキル】身勝手な防御力《エゴニスト》
条件：異世界転生すること
？？の適性があること
能力：受けた攻撃のダメージを１／10にする。状態異常系の攻撃は防御できない
代償：感度が10倍になる

うおおおっ!!　俺ヤバイ。トリップ特典三つもあるじゃん！

一つ目は『鑑定』。視界に映ったものの情報を得ることができる。

これはお得だ。つまり相手の情報が丸わかりということでしょ？　異世界にきたばかりだからノーリスクで情報を得られるのは本当に有難い。この能力には、これからお世話になりそうだ。

二つ目は『異空間倉庫《アイテムボックス》』！　これはもう王道だよね！

いちいち物を持ち運ばなくて済むという恩恵《おんけい》を受けられる。

本当に使えるのかな？　とその辺にあった小石を入れてみたら、きちんと収納できた。ただし手で触れた物しか収納できないようだ。遠くにある大岩に「収納されろ」と指令してみても、なにも起こらなかった。

そして三つ目はきたよ！　きたよ！

『身勝手な防御力《エゴニスト》』、ユニークスキルだぁー!! もうこれはチートの香りしかしない!

ふむふむ、スキルの名前はエゴイストではなく、エゴニストなんだな。

どうやらさっき俺が壁を殴ってもあまり痛くなかったのは、このスキルの影響のようだ。オート発動でダメージを十分の一にするなんて、なにこれ素敵。別に運動が苦手ということではないが、実際に戦闘するとなると俺の防御力なんてペラペラでお粗末《そまつ》な紙レベルだろう。それを補ってくれるこの能力は素晴らしい。

だけど気になることもある。その代償だ。

感度が十倍になるっていうのを聞いて、エロいこと考えるのは俺だけだろうか? 違うよね? 皆もエロ同人みたいな展開を想像しちゃうよね? でも俺の感度が上がるって、どういう状況なんだ? まあよくわからないけど、スキルを使ってみれば判明するだろう。

これらのスキルが異世界トリップの特典っていうのは、条件に異世界転生することって書いてあるし間違いないだろう。それはそうと、身勝手な防御力《エゴニスト》の条件の『??の適性があること』って部分は気になります。適性って、鑑定スキルではわからないのかな?

なにか条件を満たせばわかるのかもしれないし、今は置いておこう。きっと今後、勇者の適性が出て、お城に行って伝説の剣とか抜いちゃうフラグが立つのですよね、わかります。どんどんRPGっぽくなってきて生きるのが楽しいです。

というわけでトリップ特典も無事確認できたし、冒険者ギルドを探してみることにする。異世界にきたんだから、これから俺も冒険者になってモンスター退治とかしちゃう感じですよね。やばい、めっちゃ興奮してきたわ。これは夢のハーレムなんかも作れるかもしれない。

道行く人に冒険者ギルドの場所を聞いてみたら、わりとあっさり教えてくれたので比較的早く見つかった。

石畳《いしだたみ》でできた道を歩き、早速行って中に入ると、いかにもギルドというような内装だ。カウンターと酒の並ぶ棚があることから、酒場も兼ねているのだと察する。まあギルドって、おっさんのたまり場という印象あるし、そのほうが色々勝手がいいのだろう。

それにしてもこの世界に来てから、まだ女の子を見かけていない。冒険者ギルドだし仕方ないと思うけど、やっぱりここにも女の子がいない。むさいおっさんばかりです。

だがしかし！　まだ俺は諦《あきら》めない！　何故ならギルドには看板娘のお姉さまぁー！　な受付嬢がいるはずだからである！

ギルドの受付のお姉さまといえば、年上なのにちょっと抜けてて世話好きで、ミニスカに眼鏡と相場が決まっている。

俺、年上のお姉さまに『あら、僕、可愛いわね。お姉さんといいことしない？』って言われたいんだ。

まあギルドのお姉さまにそこまで望むつもりはない。その展開は童貞には早すぎる。お姉さまを見れるだけで十分です。

さあ、お姉さまとのご対面だ！　と思って受付に行くと、そこには金糸のような美しい髪を持つ美人が座っていた。

「すいません、あの、冒険者になりたいんですが」

「おや、随分《ずいぶん》と可愛らしい方ですね。では手続きをいたしましょう。お名前は？」

こちらを向いた金髪美人は蕩《とろ》けるような笑みを浮かべそう言った。美しいお姉さまにこんな微笑みを向けられたら、俺は魅了され虜《とりこ》になったであろう。お姉さまであれば。

そう、受付に座っていたのは男だった。ちょっと待ててててぇぇぇーー!!

ミニスカの眼鏡っ娘《こ》は!?　なんで男なの!?　女の子はどこ行ったの!?

「シ、シロムです」

「シロムくんですね。僕はミチェル・アスコートと言います。それではギルドの説明をしますので」

「え？」

「あの、受付嬢はいないんですか？」

口を挟むべきではないとわかっていても、思わず言葉が出てしまった。だって！　本当にギルド嬢に会うのを楽しみにしてたんだもん！　諦《あきら》めきれないよ！

「受付嬢？　それはなんです？」

「えっと、ギルドの受付をする女の人のことで」

「ああ、雌《めす》のことですね。面白いことを聞きますね。人族に雌《めす》はいませんよ？」

にっこり笑いながら、ミチェルさんは俺を絶望の底に叩き落とすことを言った。

曰《いわ》く、この世界に女の子は存在しないらしい。生殖活動も男同士ででき、子供も男が産める。だから雌《めす》は存在する必要がなくなり消え去ったと、偉い学者様が言ってたとか言ってなかったとか。かろうじて魔物の性別に雌《めす》というものが存在するらしいけど。ふ、ふざけんなぁぁぁぁッ!!

女の子のいない世界だと⁉　そんな世界は認めんぞ！　チェンジだ！　チェンジ！　うわああっ！　こんなはずではぁぁーっっ！

俺は猫耳美少女と童貞卒業して勇者になって、魔王を倒して、最終的に王女様と結婚して幸せになるはずなのに、なんでこんなことに‼

あんまりな状況に絶望して、俺は咽《むせ》び泣いた。

「どうかしましたか？」

「あ、いえ、なんでもないです。ギルドについての説明をお願いしてもいいですか？」

正直、メンタルやられて心折れかけているんだけど、うん。異世界にきたんだから冒険したいです。

ミチェルさんがギルドについて話をしてくれる。どうやら冒険者にはS、A、B、C、D、Eの六ランクがあるようだ。Eが最弱、Sが最強で、もちろん俺はEランク。Sランクまで上《のぼ》り詰めると一国の将軍並みの権力が与えられ、そして色んな国々から仕えてほしいと求められるらしい。そんなSランク冒険者は、まだこの世界に五人しかいないという。Sランクにもなると一人でドラゴンの討伐を任されたりもするそうだ。

シロムくんもなれるといいね、とミチェルさんに言われてこくりと頷く。Sランク冒険者かぁ、六人目になれたら、めちゃめちゃカッコいいよね。うん、決めた。俺の異世界での目標はSランク冒険者になることにしよう。強いし権力持てるし希少価値も高いなんて最高だろ？　俺はすでに複数のスキル持ちだから、きっとあっさりなって周りに『最速でSランク冒険者になったシロムだぞ？すげえ！　かっけええ！』と言われることだろう。今から楽しみである。

まあ、それはさておき今の俺はEランクでしかない。Eランクの俺が昇級するにはクエストを十個以上成し遂げた後、昇級試験を通らなければならないそうだ。試験まであるとはなかなか面倒だが、ランクが上がればクエストの難度も上がり、命の危険もありそうだから慎重になるのは当然だろう。

さて、話も聞けてギルドへの登録も済んだし、早速クエストを受けてみるか。

ミチェルさんにEランクで受けられるクエストを教えてもらう。

《依頼主　ギルド》
内　容：ルソク草の納品
納品数：10
報　酬：大銅貨1枚　※超過分も買い取り可能

《依頼主　ギルド》
内　容：ラックルの花の納品
納品数：5
報　酬：大銅貨1枚

《依頼主　ベネディック牧場》
内　容：農場の羊の見張り
期　間：終日
報　酬：大銅貨3枚

《依頼主　ベルト・ブラインド》
内　容：レイ米の運送手伝い
期　間：終日
報　酬：1袋運ぶごとに銅貨30枚
《依頼主　ギルド》
内　容：ゴブリン討伐
納品数：10体分のドロップアイテム
報　酬：銀貨1枚　※追加の討伐は1体につき大銅貨1枚

この五つが、Eランクの俺が受けられるクエストらしい。にしても大銅貨とか銀貨とかお金の単位がわからない。ゴブリンの討伐が一番冒険者っぽいお仕事だけど、俺まだ武器を持っていないんだよな。いくらチートスキルを搭載《とうさい》していても、武器がなければハントは無茶だろう。

「うーん」

「とりあえず最初はルソク草かラックルの花の採取がオススメですよ。いきなりモンスターの討伐は難しいでしょうし」

ミチェルさんの言葉を聞いて、もう一度クエストを確認する。確かに言われた通りの気がする。お金貯めて武器を買うまでは、ゴブリンとは戦えないし、残りの二つはクエストというよりはバイトみたいだ。採取もお遣いのようなものだけれども、まあまだ冒険っぽい気がする。うん、そうだな。これにしよう。

「じゃあ、すいませんミチェルさん。ルソク草のクエストでお願いしま……」

「おい、ガキ。見ない顔だな？　新しい冒険者か？」

その声に呼応して、ミチェルさんが「グレイさん」と困ったような声を上げる。

うん、誰？

俺の声を遮《さえぎ》っていきなり話しかけてきたのは、背の高い紺色の髪のイケメン野郎でした。野郎に声かけられても嬉しくありません。イケメンだと、さらに腹が立ちます。ちょっと顔がいいからって調子乗んなよ！

にしてもこのイケメン、なかなか強そうである。

腰に差している剣は鱗《うろこ》で覆《おお》われていて見るからに高価そうだし、黒い鎧《よろい》も男心を刺激するイカしたデザインだ。カッコいい！　黒い鎧《よろい》って憧《あこが》れるぜ！　で、こいつ何者だ？　俺にはトリップ特典の鑑定スキルがあるので見てみる。

【名　前】グレイ・カルステニウス
【年　齢】27
【適　性】双剣
【階　級】Lv63
【スキル】双蛇の乱舞《ブラインシックル》

条件　：双剣の適性があること
Lv45以上であること
能力　：刃《やいば》を振るうことにより斬撃を飛ばせる
代償　：斬撃を放つごとに相応の時間硬直する

イケメンとかふざけんなと思ったら、レベルとスキルもとんでもなかった。

レベル63だと!?　え、それってかなりすごいんじゃね？　しかもこいつ、かなりチートなスキルを持っているぞ!?

斬撃を飛ばせるってどんだけ!?　俺もほしいと思ったけど、双剣の適性がないと無理なようだ。適性って武器とかそっち系のことだったのか。ところで俺の適性ってなんだろね。さっき見た時は『?-?』となっていたけど……。今度、誰かに聞いてみよう。

俺がそんなことを考えている間に、ミチェルさんが口を開く。

「グレイさんは、なんでこんなところにいらっしゃるんですか？　確か貴方は王都の帝国騎士団に呼び出されていたはずでは？」

「あんな脳筋連中に興味はねえよ。適当に言って蹴ってきた。それよりミチェル、こいつは誰だ？」

そう言うとグレイとかいう奴は、不躾《ぶしつけ》に俺の顔をジロジロと覗いてきた。なんだよ俺の顔には目と鼻と口くらいしか、ついてないぞ？　それともなにか、あまりにも自分の顔の造形と違う平凡な奴がいるから気になって見ちゃってるんですか？　滅べ、イケメン。喧嘩《けんか》売ってるなら買うぞ？

俺のレベルが上がった三年後くらいにな！

「彼はシロムくんで、たった今ギルドに登録してくれた新米冒険者です。まだ初心者ですから、からかわないであげてくださいね？」

「こいつがか？　腕もひょろいし力もありそうには見えねえし、どこかの坊っちゃんと言われたほうが納得できるぞ？　お前、本当に冒険者になりたいのか？」

怪訝《けげん》な顔をしながら、グレイが俺に話しかけてくる。先ほどジロジロと俺のこと見てたのは、身体つきを品定めしていたらしい。

そりゃ俺だって、自分のことがムキムキマッチョで強そうに見えるとは思わないけどいいの！ほっとけ！　俺にはトリップ特典のチートなスキルがあるから大丈夫なんです！　自分がちょっと強くてイケメンで細マッチョだからって調子乗んなよ！

「はい。冒険者になりたいです。俺、今無一文でどうしてもお金稼ぎたくて」

「それだけの容姿なんだから、金稼ぎたいならアッチを売ったほうがいいんじゃねえか？　なんなら俺が最初の客になってやってもいいぜ？」

「ちょっとグレイさん！」

ニヤニヤと不快な笑みを浮かべながらそう言うグレイを、ミチェルさんが咎《とが》めた。

アッチってドッチだ？　楽にお金を稼げる方法なら少し興味はあるが、話の流れとミチェルさんの声色からヤバイ感じのお仕事であると推量される。

……これは俺の想像なんだが、紹介されそうになったお仕事って夜の蝶《ちょう》とかエロス的なやつですか？　なに言っているんだこいつ。何故俺にそんなことをすすめるんだよ。

「そういうのは好きな人とすると決めているのでしません。それに冒険者に昔から憧《あこが》れていたんです」

「ふーん」

俺の言葉を聞いたグレイは、気のない返事を返す。つまらない答えだったから俺に興味を失ったのだろうか。それなら是非ともそのままであってくれ。

「そんなに冒険者になりたいなら、俺がついてってやろうか？」

「え？」

「初めてのクエストなんだろ？　俺がパーティ組んで一緒に受けてやるよ」

興味の方向が変にシフトチェンジしてしまったようだ。一緒にクエストを受けるだと？　なんでそんな話になったの？

「グレイさん！」

「なんだよミチェル。Sランクの俺が新米冒険者の手助けをしてやるって言ってるんだ。なにが悪い」

「それ自体は悪くありませんが、シロムくんは今登録したばかりでギルドのルールすら知らないんですよ？　まだ上級冒険者と行動を共にするのは早すぎます」

「そんなの俺が教えればいいだろ？　なぁ、お前だって俺と狩りに行きたいだろ？」

そう言いながらグレイは、ふたたびニヤついた笑みを向けてきた。

どうやらグレイはSランク冒険者らしい。どんだけスペック高いんだよこのイケメンと思っていたら、世界最高峰の冒険者の一人なのか。で、なんで世界に五人しかいないSランク冒険者が、こんなところにいるんだよ。暇なの？　Sランク冒険者って実は暇なの？

まあ、それは置いといて、どうやらこのグレイという奴が俺を冒険に連れてってくれるということらしい。何故そういう考えに至ったのかは謎だが、話だけ聞くと俺にとって利があるように聞こえる。

どう言い繕《つくろ》おうと俺はこの世界ではペーペーだ。だから熟練者から冒険のイロハを学ぶことができるのは、とても美味《おい》しい。だって俺はまだ剣の振り方も知らないんだもん。武器の扱い方やモンスターの知識など教えてもらえるのは助かる。うん、得だ。お得だ。

俺はじっとグレイの顔を見つめる。それに気付いたのか、グレイはニヤリと笑った。

「来るだろ？　クソガキ」

答えは決まっている。こいつとパーティを組むのはメリットが大きい――

「だが断る！」

そう言った瞬間イケメンの顔が引きつった。ははっ！　ざまあー！

いくらグレイの提案が魅力的でも、俺はそれを受けるわけにはいかない。俺は人とは違うスキルを持っていて、それをむざむざ他人には晒《さら》せない。特異な力はいらん軋轢《あつれき》を生む。頼りにされたり尊敬されたりするのならいいが、恐れられたり攻撃されたりするのはごめんだ。

……なんてくだくだ言い訳したが、結局のところ俺の本心は『イケメンと一緒にいるなんてごめんだ！　パーティは可愛い女の子としか組まないって決めてるんだよバーカッ！』である。この世界に女の子はいないらしいけどさっ！

「俺の誘いを断るだと？　てめぇ、ちょっと可愛いからって調子に乗りやがって」

「いや、自分のことを可愛いなんて思っているわけないだろ、どういう思考回路だよ。お前みたいなイケメンの野郎にそんなこと思われたところで、嬉しくもなんともないわ！」

「優しくしてやれば付け上がりやがって。あんまり生意気言うと、ここで犯すぞ」

「ちょっとグレイさん、物騒なこと言わないでください。それに本人が断ったのだから、もういいですね？　今日のところはお引き取りを！」

そうミチェルさんが言うと、グレイはチッと舌打ちをして俺を睨《にら》み付け去っていった。グレイが扉から出て見えなくなったところで、俺はほっと一息つく。

こええー、冷静に考えたら俺、Sランク冒険者に喧嘩《けんか》売っちゃったんだよな。ヤバイかも。うん、夜道は歩かないようにしよう。

「ごめんねシロムくん。グレイさんはSランク冒険者で腕は確かなんだけど、ちょっと問題があってね」

「いえ、ミチェルさんは悪くありません。それに別に気にしてませんから」

まあ冒険者がならず者っていうのは、もうデフォルトだから仕方ない。俺もそんな奴らに舐《な》められないように早く強くなろう。

「そう言ってもらえると助かるよ。それにしてもグレイさんの男癖の悪さには困ったものだなあ。シロムくんが、ちゃんと断れる子でよかったよ」

「え、男癖が悪い？」

「グレイさんは気に入った人を見ると、すぐ食べちゃうんだよね。シロムくん可愛いから、おそらくグレイさんの好みだったんだと思う」

「はは。俺、別に可愛くなんてありませんよ」

俺は顔を引きつらせながらそう答える。やっぱりそういう意味だったのね！

俺、うしろのバージン狙われていたのかよぉぉー!!　こえぇぇー!!

男しかいない世界だから、エッチな行為も男同士でするのが当然なことはわかる。だが自分もその対象に見られているのだと聞くと泣けてくる。待って！　俺って本当にノーマルなの！　そっちの世界にはいけないの！　尻を捧《ささ》げることはできません！

「シロムくんは可愛いよ」

俺がカルチャーショックを受けていると、ミチェルさんがにっこりと微笑んできた。

「子供かなと思ったけど、見た目ほど幼くはないのかな？　僕はシロムくんのことタイプなんだけど、シロムくんはどう？」

グレイに取られなくてよかったと付け足し、嬉しそうに笑うミチェルさん。そんな彼に俺は言いたい、ブルータスお前もか。

男だらけの現状に、俺のメンタルが致命的なダメージを受けてしまう。

とはいえ俺は、このファンタジーな世界で生きていくんだ！　女の子とのアレコレは叶わなくとも、このリアルＲＰＧ世界で勇者やハンターになる夢は捨てない！　元の世界への帰り方もわからないし、そもそも元の世界で死んだから転生した可能性も高いし、冒険を楽しんでいこう！

ゆくゆくはモンスターを狩って俺☆無双！　とかしたいが、今は武器もお金もない。まずは採取クエストを受けてお金を稼ぐことにする。

「じゃあ武器代を稼ぐためにも、ルソク草の採取クエストを受けたいです」

「構わないけど、シロムくんは武器を持ってるの？　森はモンスターが出るから護身用の武器は持って行ったほうがいいよ？」

え、森に行くには武器がないといけないの？　でも俺は文無しで、武器を買うにはクエストを受けて森に行かないといけない。なにこれ詰んでませんか？　俺、冒険者できないじゃん。

「え、そうなんですか？　俺、手持ちが全然なくて武器を買えないんですが、どうしたらいいでしょう？」

「……そうだ、冒険者がいらなくなった昔の武器をいくつか寄付してくれているから、一つ好きなのをあげるよ。処分品のような物だし欠けてたり錆《さ》びたりしているけど、丸腰よりはいいよね」

そう言ってミチェルさんは奥に引っ込むと、なにやら金属音のする箱を持ってきて俺の前に置いた。中を見ると一部が欠けた刃物や錆《さ》びた短剣なんかがたくさん入っていた。

おお、なんか無料《ただ》で武器を手に入れられそうだぞ？　大したものはないっぽいけど、それでももらえるだけ有難いや。

ガチャガチャと箱を漁《あさ》って中を調べる。その中に錆《さ》びたように見える赤黒い短剣があった。お、これとかどうだ？　せっかく鑑定スキルもあるんだし、見てみますか。

【名　前】紅盗の斬剣《ブラッティスティールダガー》
ランク　：A
能力　：斬りつけた相手の血を吸収し持ち主の糧《かて》とする。持ち主の傷、及び体力を回復する

…………は？

思わず二度見する。え、処分品って言っていたよね？　なんか、とんでもないものが交じっていたんだけど、どういうこと？　ブラッディ……いや、ブラッティか。エゴニストといい、英語と造語が交じってる感じか。で、コレはランクAの武器で、しかも『傷、及び体力を回復する』って機能も付いているの？　うわあああっ、強《つえ》ええええっ!?　え、ちょっと待って、なんでこんなとんでもない剣がこんなとこ入っているの!?　そんでもってこれ、本当にもらっていいの!?

「ミチェルさん、あの、本当にコレもらっていいんですか？」

「うん、どれも今の中級冒険者たちが初心者の時に使っていた武器だからね。切れ味のいいものはないだろうけど、ないよりましだと思うし」

ミチェルさんは、あっさりもらっていいと言う。いや、絶対これ初心者用の剣じゃないと思うけど、くれると言うなら遠慮なくもらいますよ！　やっふー！　早速俺のスキルが仕事しましたね！早々に性能のいい武器を手に入れられてラッキーですわ！

そのままミチェルさんにクエストの手続きをしてもらって森へ行くことにする。ミチェルさんは餞別《せんべつ》にとポーションを二つくれた。回復アイテムもゲットして、これでバッチリ。ふふふ、俺の無双冒険者人生が始まりましたよ！

ルソク草は茶色と黄色の斑《まだら》模様になっている葉っぱで、ポーションの材料になるそうだ。森の中だと見つけにくいと言われたのだが、まったくもってそんなことはなかった。なんでかって？　俺には鑑定スキルがあるからさ！

森で視界に映ったものを順番に鑑定していくと、ルソク草は簡単に見つけることができた。そしてルソク草はたいてい５、６束まとめて生えているのだ。あっさり30束ゲットした。初期のお遣いクエストなんて俺には簡単すぎますね。この調子で、どんどん集めていきましょう。

森の入り口付近には数束しかなかったが、奥に行くほどたくさん生えている。そんなわけで調子に乗って採取しまくっていたところ、ガサガサと草むらが音を立てる。

ビクッとして紅盗の斬剣《ブラッティスティールダガー》を構えると、俺の膝くらいの身長しかない緑の子鬼が飛び出してきた。

鑑定する。ゴブリンと表示された。

え？　ゴブリン？　展開早くね？　今日は採取だけだと思ったのに……、いや、これくらいのアクシデントは乗り越えないとダメだよね。

ゴブリンはEランクのクエストに載っていたから、最低ランクのモンスターなのだろう。それに勝てないならこの先、俺は冒険者としてやっていけない。

予期せぬ戦闘だけど覚悟を決める。冒険者としての初陣《ういじん》だ！　頑張るぞ！

俺は紅盗の斬剣《ブラッティスティールダガー》を握りしめ、手前にいたゴブリンに斬りかかる。刃が当たるとゴブリンはギャァア！　という叫びを上げて消えていった。ゴブリンのいたところには小さな角《つの》が残っている。

その瞬間、紅盗の斬剣《ブラッティスティールダガー》がドクンと脈動し、俺の身体が熱くなった。おそらく武器の能力が発動したのだろう。なんか力が湧いてくる。

――そう感じていたのも束の間、背後からまたもやゴブリンが牙を剥《む》き出しにして走ってくる。

噛みつかれる前に気付き、ゴブリンを斬る。

その隣から、腕を振りかぶった別のゴブリンが襲いかかってきた。そいつの胸に、紅盗の斬剣《ブラッティスティールダガー》を突き立てる。そうしている間に、背中にドンドンと響くような衝撃を感じる。振り返るとゴブリン2体に殴られていた。妙な熱さは感じるが、痛くはない。そのまま2体に紅盗の斬剣《ブラッティスティールダガー》を振るう。

この世界では、モンスターは倒すと光の粒子になって消えていく。ゲームのエフェクト効果みたいなんですね。

そんな感じで紅盗の斬剣《ブラッティスティールダガー》を収め、あちこちに落ちているゴブリンの角《つの》を拾った。

この角《つの》がゴブリンのドロップアイテムなのだろう。数えてみると18個あった。

ふーっ、これで初戦闘は終わりかな？　どうやら俺は初級モンスターは余裕で討伐できるようですね。こんな感じでサクサク倒してガンガンレベル上げていくぞ！　目指せSランク冒険者！

鼻歌でも歌いたくなるような気分で来た道を戻ろうとすると、近くの木陰からガサリと音がした。

新手《あらて》か！　ゴブリンもサクッとやっちゃう今の俺に怖いものなんてないよ！　と思いながら紅盗の斬剣《ブラッティスティールダガー》を構えると、木のうしろから一人の男が姿を現した。

その姿を見て、さっと蒼褪《あおざ》める。人間、調子がいい時ほど足元をすくわれるって言うものね、気を抜いてはいけなかった。

まあ油断していなかったからといって、なんとかなったわけでもないだろうけど。何故なら木陰から現れたのは――

「お前、何者だ？」

イケメンSランク冒険者のグレイ・カルステニウスだったのだから。

……はい？　なんでグレイがこの森にいるんだ？　初心者な俺が来るようなところにSランク冒険者の獲物なんていないだろうし、うん、意味わからん。

「え、グレイさんがなんでここに？　この森って多分、高ランクモンスターは出ないでしょ」

「お前が森に出かけたと聞いて、ついてきたんだよ。森にはゴブリンが出るし、もし遭遇したら初心者じゃ倒せるはずもねえ。どうせゴブリンにやられちまうのなら、オイシイとこ持っていこうと思ってな」

あけすけなストーカー発言にドン引きだ。しかも発言から下心も見え見えだ。

つまりグレイは俺がピンチになったところで現れて、ヒーローのように振る舞うつもりだったのか。

『危ないところを助けてくださり、ありがとうございました。どうか、お礼をさせてください』みたいな展開を狙っていたってことか？　意外と夢見がちなんですね。いや、俺も王道展開大好きだけど。

「それでお前は何者なんだ？　ゴブリンを一撃で倒せるなんて並の腕じゃねぇ。ゴブリンの攻撃もまったく効かないみてえだし、なんで初心者の振りをしてやがる」

そう言ってジロリとグレイが睨《にら》んでくる。

どうしよう？　もういっそ全部打ち明けるか？　実は俺、異世界から来まして、トリップ特典で複数のスキル持ちなんですよ。

いや、でもこんな信用できなさそうな奴にアレコレ話すの嫌だぞ？　スキルは俺の生命線なのに、それをほいほい話したくないだろ。

「黙秘します。冒険者なんですから手の内をそうそう明かせません」

「へえ、言うじゃねえか。俺がSランク冒険者だと知ってそんな口を利くとは、いい度胸だぜ」

グレイは笑いながらそう言うが、空気がピリッとしたものに変わる。どうやら臨戦態勢に入ったらしい。

え？　戦闘だと？　初心者がちょっと生意気な口利いたからって大人げないだろこのSランク冒険者。

どうする？　流石《さすが》に今の俺じゃSランク冒険者には勝てる気がしないぞ？

なんとか逃げられないかとグレイから距離を取るべく、一歩後ずさった時だった。ひゅんっと、なにかが俺の視界を横切った。

なんだろうと思った瞬間、手元に痺《しび》れが走る。右手が麻痺《まひ》し、握力のなくなった手の中から紅盗の斬剣《ブラッティスティールダガー》が落ちた。なんだ!?　攻撃されたのか!?

「余計なことをするな。剣を拾おうとしたら手首を落とす。逃げようとしたら足を斬りつけるぞ」

痛む手元を押さえながら、俺はグレイのほうを向く。すると奴は両手に揃いの短剣を持っていた。おそらくあれが奴の適性でもある双剣なのだろう。

グレイの持つ双剣を見ながら、俺は自分を攻撃したものの正体を悟った。多分俺はグレイのスキル、双蛇の乱舞《ブラインシックル》を受けたのだろう。確かアレは剣の斬撃を飛ばせる技だ。近接武器である双剣で遠距離攻撃できるとか、ずるくない？　強すぎでしょ、俺もそのスキルほしいです。

「喋らないなら無理矢理喋らせるまでだ。まあ強情なのも悪くないさ。自分から喋りたくなるようにしてやるよ」

グレイがゆっくり近付いてくる。さっきまで気持ちよく俺☆無双！　していたのに、唐突に状況がヤバくなって泣きそうです。グレイが怖いこと言いだしたんだけど、これって拷問《ごうもん》フラグ？　ゆとり系男子は痛みに弱いのでマジ許してください。

右手が熱い。逃げることもできず、その場に立ち尽くす俺にグレイが近付き、手を掴んだ。その瞬間だった。

「ひゃあああんっ！」

「は？」

身体中に快感が駆け巡った。グレイに掴《つか》まれた手が熱くなり、痺《しび》れるような感覚が背中を駆け上がった。え、ちょっと待って？　なにが起こったの？

「なんだ、いきなり声上げやがって。驚かして逃げようとしても離さねえよ」

「ちがうッ！　ヒッ……！　はなしてぇぇぇー!!」

なんとか腕を振り払おうと手を振るが、逆にカッチリと握りこまれた。それにより加わった圧力で、さらに感じてしまう。

おかしい、俺はただ手を掴《つか》まれただけなのに、エロいことされているように感じてしまう。手がじんじん痺《しび》れて熱を持ち、そういえばこの手はグレイの、双蛇の乱舞《ブラインシックル》の攻撃を受けた手だと思い出す。まさかそのせいで感じてるのか？　いやいや！　俺そんなドMキャラじゃありませんから！

にしても、なんでこんなに感じるんだ？　……感じる？　感度？

……ひょっとしてこれって俺のスキル・身勝手な防御力《エゴニスト》の代償の、感度が十倍になるってやつが働いちゃってるのだろうか。そうだろうね、それしか心当たりないよ。やっぱりエロい能力だったのかよ！　そんなのエロ同人だけにしといてくれよ！

「はなせっ！　手をはなしてくれッ……！」

「ふざけんな、誰が逃がすか。こら、暴れんな！」

「あああッ……！　引っ張るなァーー!!」

「なっ、あぶねえ！」

なんとか逃げようとしたら逆にグレイに引っ張られ、感じてしまいバランスを崩す。地面に倒れこむ俺につられてグレイも一緒に倒れた。その衝撃に俺はビクンと身体が震える。

ヤバイ、これはヤバイ。もはや服が擦《こす》れるのにすら感じてしまうぞ。

とりあえず身体の中の熱を逃がそうと荒い呼吸を繰り返していると、ガシッと身体を掴《つか》まれ地面に押さえつけられた。なんだよ、今忙しいのに！　と思って見上げたところ、血走った目をしたグレイと視線が合う。ちょ、ちょっとグレイさん、目が怖いですよ？

「クソッ、さっきからそんな声ばかり出しやがって。誘ってるのか？」

「えええええっ!?　なんだその解釈は!?　俺は全然男に興味ないし、誘ってもないぞ!?」

恐ろしいことを口にするグレイに、全力で首を横に振る。

「はぁ？　こんなエロい身体のくせに、なに言ってんだ？　もうここが勃ってるじゃねえか」

グレイの手が俺の股間に伸びる。ちょ、触るなコラ！

「アッ……、ひぅっ、さわらないでぇっ！　やぁっ……！」

「にしても勃ってもこの大きさかよ。やっぱりまだガキなんだな」

グレイのセリフにグサリとくる。ここの大きさは男の沽券《こけん》にかかわるのだ。うううううるさいっ！　まだ俺は成長期なの！　これから大きくなるんです！

それに俺は特段小さいわけじゃないよ！　同級生と比べても変わらなかったもん！　なんなの？この世界の奴らは、皆ナニが大きいの？　滅べ、こんな世界！

「うるさいっ！　俺はガキじゃない！　十八歳だバーカ！　今から成長期がくるの！　これから大きくなるんだってーの！」

「は？」

俺が十八歳だと言った瞬間、グレイの手が止まり呆《ほう》けた表情になる。え、なに？　なにがどうしたの？

「十八だと？　嘘つけ。その容姿で十八のわけがないだろ？　もっとマシな嘘を言え」

「そんな嘘ついてどうするんだよ！　俺はもう十八だ！　ガキガキ言うな！」

そう俺が叫ぶと、グレイは呆然《ぼうぜん》とした表情のままこちらを見てきた。え、そんな衝撃を受けるほどのことだったの？　そんな反応された俺のほうがショックだわ。

グレイはマジか、と呟くと唐突に俺のズボンを掴《つか》み、一気に引きずり下ろした。ちょっと!?　えええええ!?

下着ごと脱がされたため、俺の下半身はすっぽんぽんだ。ズボン返せぇぇぇー！

「ガキじゃねえなら、ヤッちまってもいいな」

「ひゃあああっ！　やッ……、さわらないでぇ……っ！」

「くそっ、これで十八だと？　喘《あえ》ぎ声まで色子《いろこ》じゃねえか」

そう言ってグレイは、俺の息子をガシガシしごいてきた。乱暴に扱われて痛いはずなのに、身勝手な防御力《エゴニスト》のせいか恐ろしく気持ちいい。

もう無理無理むりぃーーーー!!　イクぅうっぅぅぅー!!

「あぁあぁあぅあっー!!　アアッ……！」

「っ」

俺はグレイの手の中に射精した。はぁはぁ、と息遣いが荒くなり、疲労感から身体が気だるい。

……うん、もう誰か俺を殺してください。男にイカされて気持ちいいとか、これは死ねる。

しかし心の中は悲しい気持ちでいっぱいなのに、身体はまだ熱く火照《ほて》っている。嘘だろ？　賢者タイムはどこにいったのだよ。イッた後にまだエロい気分になっているとか、どこのエロ同人だ。

そうこうしてる間に、グレイは俺のうしろをまさぐり始めた。

「ひぅ、……ああ、そんなとこ、ひろげるなァ……」

「すぐにぶち込まれたいなんて痛いのが好きなのか？　まあ付き合ってやりたいんだが無理矢理挿れると俺も痛いんだよ。そういうプレイは次な」

「え、なんで俺がＳＭプレイしたいみたいになっているの？　あと、なんか次がある前提で話が進んでいるけどないっすよ？　あ、やめて、そこさわらないでぇ……！」

中に入っていた指を一本から二本に増やされる。

尻を無理矢理こじ開けられたら痛いと思うのだが、身勝手な防御力《エゴニスト》のせいかまったく痛くない。

それどころかグレイが、ある一点――コリコリしたところに触れた瞬間、腰に電撃が走ったみたいになる。俺の息子からは、だらだら先走り液が出て尻の奥がきゅんきゅんした。ちょっと待って、なんだ今の。お尻だよね？　お尻なんだよね？　ちょっと待て、絶対来てはいけない領域に来ているぞ？　うわあああああっ、やめてくれっ！　尻で感じたくないよぉぉーっ!!

「やらぁ、やめて……っ！　あっ、あッ……、そこおかしくなる……ッ！」

「お前さっきから感じすぎだろ？　こういうことが好きなら、これからも俺を呼べよな。お前可愛いし相手してやるよ」

「ッ、ひっ、ァ……わから、ない……。こんな、……こと、……したことない……っ！」

「は？」

尻を弄《いじ》られるようなアブノーマルな経験はないぞ！　それどころか普通のエッチだってしたことないわ！　童貞舐《な》めんな！

グレイは驚いたようで、え……、と言葉を漏らすと指の動きを止める。圧迫感が減って、俺はふーと息を吐き出した。

助かった、一息つける。後はこの中に入ったままの指を抜いてもらえれば最高です。

「まさか、バージンだと？　そういえば慣れているわりにキツイと思ったんだが」

そう言うとグレイはゆっくりと指を抜いた。

よかった、終わったと思った瞬間——それ以上の質量のものが中に押し入ってくる。え？　と思う間もなく快感が身体を貫いた。

「ひゃあぁあぁァアアッ……!?　ァアっ……んあっ！　なにぃっ……!?」

「くそっ、そんなこと言われて我慢できるかよ！」

パンパンと腰を打ち付ける音が聞こえ、俺はグレイと合体してしまったことを悟る。

なにしてくれてんの？　ナニしちゃってるの!?

それは越えてはいけない一線でしょううぅぅぅぅー!!　俺まだ童貞なのに、先に処女を失うとか泣くに泣けねぇ！

「アアぁんっ、ああっ……、やめっ、だめぇ、へんになるからぁッ……」

「なれよ。おかしくなっちまえ。にしても本当に初めてか？　エロすぎるッ……」

「ひぃんッ……！　おれのチンコさわらないでぇ……！」

——確かにグレイの言う通り、俺は気持ちよくて仕方ない。あんなデカイもので貫かれたのだ、身体が裂けるような痛みを感じてもおかしくないのに、脳みそが蕩《とろ》けるようである。

それに加えてグレイが俺の息子を上下にしごく。ただでさえいっぱいいっぱいのところに、さらなる快感を注《そそ》ぎ込まれて、もはや呼吸もできない。

俺はあまりの快感にわけがわからなくなって、手に触れたなにかに縋《すが》った。温かなそれは、グレイの背中だった。俺は仕返しも含めて、グレイの背中に思い切り爪を立てる。

「んはぁアアッ……、ああっ！　やぁああぁぁぁーっ！」

「くっ、いきなり締めるなよ。あやうく持ってかれるとこだった」

「だめぇっ！　やぁっ……！　イクぅ、あああっ！　ダメっ、アッ……、アッ、いくぅーー!!」

「ああ、イカせてやるよッ！」

そう言うとグレイは、俺の腰を掴《つか》んでさらに強引に腰を打ち付けた。

——強いのが堪《たま》らなくいい。もう俺の脳みそは溶けてしまっている。脳裏がチカチカした。

「ダメぇぇぇッ！　アアッ……！　イクっ！　イクぅ……！　ひぃぃぃ、ぁはッ！　ぁああっあはあァぁあぁ……ッ〜〜!!」

「ッ、イイ、っッ!!」

視界が白くなって意識がはじけ飛ぶ。

——こうして中に熱を感じながら、俺は気を失ったのだった。


目を覚ますと茶色の天井が映った。知らない場所だ。

天井の木目が顔に見える。うわ、なんだアレ、ムンクの叫びに似ていて怖《こえ》えと思った瞬間、頭が覚醒《かくせい》する。

あれ？　部屋の中でベッドに寝てる？　じゃあグレイの究極完全体と遭遇したのは夢だったのか？

……と思ったら、お尻に違和感。ですよねー、夢じゃないよねー。はは、神は死んだ。

うわあああああー!!　と悶絶《もんぜつ》しながらベッドの上をゴロゴロ転がる。ここが何階かわからんが、下の人に迷惑かかるとか知らん。

だって男と！　初体験しちゃったんだよ⁉

………いや、待て。同性での行為はノーカンじゃない？　男同士、女同士のちゅーはカウントしないだろ？　ならこれもいいよね？　そうだよね？

なんだよかった。俺はまだ魔法使い予備軍のただの童貞だね！　……あれ？　視界が滲《にじ》んでるのはなんでだろう？

とりあえず、ここがどこかわからないので部屋を出る。しばらく廊下を進むと、ミチェルさんがいるカウンターが見えた。どうやらギルドの中だったらしい。

「ミチェルさん、すいませーん」

「あ、シロムくん。よかった、起きたんだ。身体、大丈夫？　下半身はつらくない？」

カウンターにつくと、ミチェルさんが心配そうに言ってきた。

……ちょっと待て。ミチェルさん知ってるの？　俺がアレコレされちゃったこと知ってるの？　おいグレイいいいいいいいっ！　人のプライバシーは守れよ！　馬鹿なの？　死ねよ！

俺のなけなしのプライドが粉砕《ふんさい》したじゃねえか！　お前はした側だからいいかもしれないが、された側はダメージでかいんだよ！　気を遣えよ！　もう許さん！　夜道には気を付けろよ！

「いや、えっと、あはは。大丈夫、です。あの、グレイさんはどちらにいらっしゃいますか？」

心の中でグレイへの復讐を決意しながら、ミチェルさんにグレイの居所を聞く。まずは闇討《やみう》ちしよう。下半身を重点的に狙って。不能になっちまえ！

「グレイさんなら王都に行ったよ」

「え、そうなんですか？」

それってグレイが呼び出されてたけど、行くのを嫌がっていた場所じゃなかったっけ？　気が変わったのか？　それとも使者に見つかって連れていかれたのだろうか。

どちらにしろ、すぐに会えそうではない。別にそんなに会いたいわけでもないけど腑《ふ》に落ちない。

せめて俺に謝ってから行けよ。許しはしないがな！

「帝国騎士団に呼ばれたから、厄介な案件が転がりこんできたんだろうね。当分帰ってこれないだろうな」

ミチェルさんは、にこやかにそう言った。……なんだろう、寒気がする。ミチェルさんは笑顔だが、どこか冷ややかだ。

グレイは王都に行くのを嫌がっていた。なのに急に行ってしまった。これってひょっとして――

「もう、グレイさんは二度と帰ってこないといいのにね」

そう言って楽しそうに笑うミチェルさんを見て、俺は確信する。ミチェルさんがグレイを王都に送りつけたのだと。ミチェルさんって腹黒キャラだったのね。

王都でどんな面倒なことがあるのかは知らないが、グレイに言えるのはただ一つ。

ハハハッ！　ザマーｗｗ　もう帰ってくるなよー!!

グレイのことは忘れて、とりあえずミチェルさんにルソク草を渡してクエストを完了させる。ついでにゴブリンを倒したと言うと、クエスト受注時と同じ額で、その角《つの》も換金してもらえることになった。

クエスト代とアイテム売却代で銀貨２枚と大銅貨３枚になったよ！　やったね！　一気にお金が

入ってきましたよ！

クエストを受けてなくともドロップアイテムによっては今回みたいに換金してもらえるとのことなので、モンスターは積極的に狩っていこう。

さて、それで身勝手な防御力《エゴニスト》が恐ろしいスキルということがわかったわけなのだけれど、残念ながら現状どうすることもできない。何故ならオートスキルで自動的に俺の受けるダメージを十分の一にし、感度を十倍にするのだ。

うん、救いはないんですか？

だって使うたびにあんなエロエロになるんだぞ？　そのせいで俺は純ケツを失ったんだぞ？　幸いにして感度十倍という代償は身勝手な防御力《エゴニスト》を使用してからしばらくの間しか発動しないらしい。つまり戦闘中に限りエロモードになるというだけのお話なのだ。……やはり絶望しかないです。

そんな感じで無情を嘆《なげ》いてみるけど、現状は変わらないのでちょっと順応することにする。よくよく考えるとやっぱり戦闘ダメージを十分の一にしてくれるっていうのは美味《おい》しいスキルなんだし、戦闘シーンがお色気シーンに変わるか否《いな》かは、その時、周囲にいる人物によるだろう。多分、グレイが特殊なケースだったのだ。そしてそのグレイも今は王都。いけるいける大丈夫大丈夫、シロムくん頑張れる気がしてきた。

それに一つだけいいこともあった。さっき目覚めてから自分を鑑定したところ、なんと新しいスキルが増えていたのだ。

【スキル】破殻への天啓《ブレイストランクアップ》
条件：？？の適性があること
　　　処女を失うこと
能力：獲得経験値が10倍になる
代償：モンスターに遭遇しやすくなる

新しいスキルは獲得経験値が十倍になるという壊れスキルだ。つまり俺は人の十倍の速度で成長できるってことだろ？　モンスターに遭遇しやすくなるっていうのも、冒険者を生業《なりわい》にする俺にとっては大したデメリットではない。素晴らしすぎるスキルですね、もう間違いなく勝ち組ですよ。

新たなチートスキルを手に入れられてウハウハだが、でもその習得条件を見ると泣けてくる。そっか、処女の喪失が条件か。超高性能スキルは手に入れられたけど、グレイは許すまじ！　このスキル使ってさっさと成長して、いつか絶対仕返ししてやる！

――そんなわけで俺はその後、二週間かけて身勝手《エゴニスト》な防御力と破殻への天啓《ブレイストランクアップ》をフル活用してゴブリンを倒しレベルを上げていった。使えるものは使っとくことにしたのだ。

ついでにクエストで得たお金で、冒険者の服を買った。流石《さすが》に制服は目立ちすぎる。

お金の単位や価値のことも、だんだんわかってきた。銅貨は日本円で大体十円くらいの価値があり、百枚で大銅貨1枚に両替できる。銀貨は約一万円だ。

ちなみに俺が拠点としているこの町の名は、ベルザ。宿に寝泊まりしていて、代金は一泊大銅貨6枚ほどだった。

こんな風にして俺はこの世界のことを知りつつ、十個以上、Eランククエストをクリアする。よし、これでお金も貯まったしギルドランクを上げることができますね。早くSランク冒険者になりたいし、ランクは積極的に上げていきましょう。

「シロムくん、ランクDになるための試験受けたいの？」

「はい、できますか？」

早速ミチェルさんに相談に行くと、試験について説明してくれた。

「今の時期の試験内容なら森狼《フォレストウルフ》討伐だったと思う。南の森を拠点としているモンスターで、俊敏《しゅんびん》で攻撃力が高いから気を付けてね」

「わかりました。教えてくださって、ありがとうございます」

どうやら試験のモンスターは狼らしい。狼というと元の世界の奴を連想してちょっと怖いが、紅盗の斬剣《ブラッティスティールダガー》があればなんとかなるだろう。よし！　試験を受けようじゃないか！

「じゃあ試験を受けます。手続きしていただけますか？」

「うんいいよ。あ、そうだ。南の森に行くなら一応アイビーウッドに気を付けて」

「アイビーウッド？」

なんだろう、それは。ウッドと言うからには木のことなんだろうけど、モンスターか？

「南の森によく出現する、木に擬態するモンスターのことだよ。暖かい時期に活動が活発になるから今は大丈夫だと思うけど、遭遇したらヤバイから絶対に逃げてね」

「え、そんなにヤバイんですか？」

木のモンスターに強いイメージってないのだが、強いのだろうか？　枝を動かして殴りかかってきたりとか葉っぱカッターで攻撃してきたり？　……ヤバイ気がしてきた。だいたい森にいる植物系モンスターがヤバくないはずがない。奴らのテリトリーだもの。やられちゃう！

「パーティで臨めば別に大した敵じゃないんだ。攻撃は蔓《つる》によるものしかないし移動速度もかなり遅い。ただ、蔓《つる》には麻痺《まひ》効果があって、くらうと長時間動けなくなる。仲間がいれば麻痺《まひ》を治してもらえるけど、いなければ捕まって喰われてしまう。ソロ冒険者の天敵みたいなモンスターだね」

「うえええええ、それって俺と相性最悪じゃないですか！」

俺の基本スタイルは身勝手な防御力《エゴニスト》で敵の攻撃を受けて紅盗の斬剣《ブラッティスティールダガー》で攻撃をする典型的な前衛アタッカーだ。攻撃は基本受けてしまう俺にとって、攻撃したら麻痺《まひ》状態にできるアイビーウッドは最悪の相性だといえる。

しかも身勝手な防御力《エゴニスト》は麻痺《まひ》などの状態異常系攻撃は防いでくれないんだよ。本当にどうしよう。

「どうする？　やっぱりやめておく？」

「いえ、今の時期は活発じゃないんですよね？　なら大丈夫ですよ。見かけたらダッシュで逃げます」

「うーん、そこまで言うなら大丈夫かな？　一応、抗麻痺薬《こうまひやく》を渡しておくから、もしもの時は使って？」

ミチェルさんは小さな黄色い丸薬をいくらかくれた。ミチェルさん、マジあざーす！

かくして俺は抗麻痺薬《こうまひやく》を握りしめ、Ｄランク試験に臨むのだった。

南の森に行くと森狼《フォレストウルフ》はすぐに見つかった。というか、すぐに襲われた。

森に入って普通に歩いていると、うしろからグルルッという獣声が聞こえてきて振り返った途端、狼が飛びかかってきた。不意打ちとは卑怯《ひきょう》な！　上等だゴルァー！　返り討ちにしてやるぞ！

不意打ちを食らったが痛みはほとんど感じなかったから、そのまま紅盗の斬剣《ブラッティスティールダガー》を振り下ろす。刃に当たった森狼《フォレストウルフ》は、あっさり光のエフェクトとなり消えていった。

紅盗の斬剣《ブラッティスティールダガー》と身勝手な防御力《エゴニスト》のおかげで攻撃面防御面共に万全だ。森狼《フォレストウルフ》に何度攻撃されようと俺はほとんどダメージを受けない。攻撃されたところは妙に熱を持っているが、『感じる』という程でもなかった。それに、ただ一度刃を当てるだけで奴らを倒すことができる。つまり俺は相打ちですら勝ちなのだ。

飛びかかられる。斬る。別の奴に噛まれたがダメージはない。何匹もの森狼《フォレストウルフ》に乗りかかられるが紅盗の斬剣《ブラッティスティールダガー》で斬りつければ、すべて消えていった。

そんな感じに森狼《フォレストウルフ》を少しずつ減らしていたら、敵《かな》わないと悟ったのかキャインキャイン言いながら逃げていった。ふっ、口ほどにもない奴らだな。まあ俺が強すぎるんだろうけどね！

倒した森狼《フォレストウルフ》が消えた後には奴らの牙が残った。

全部牙か。狼だから毛皮が残ると思ったんだけど違うんだ。このドロップアイテムって、なにか法則とかあるのかな？　レアアイテムがあるかどうかが知りたいです。

とにかくギルドに戻ってミチェルさんに聞くかと思いながら森狼《フォレストウルフ》の牙をしまっていると、チクリと首筋に痛みを感じた。

なんだ？　と思って振り向こうとしたが身体が動かない。それどころかそのまま地面に倒れこんだ。なにが起きたのかわからない。指先まで痺《しび》れて、まったく動けなくなった。本当になんなの⁉攻撃を受けたの⁉　誰に？　グレイに？　あのイケメン、本当にいい加減にしろよ！

だがグレイは今、王都にいるはずだからそんなわけがない。混乱していると、身体の下に硬いなにかが差し込まれる。それが俺の視界に入った瞬間、俺は状況を悟った。

木だ、木が俺を持ち上げようとしているのだ。

やがて俺の下に差し込まれた枝によって、木の根元まで連れていかれる。視界に映るその姿に確信した。

木とはいってもその中央には顔があり、周りには蔓《つる》がうねっている。こいつがアイビーウッド、ソロハンターキラーのモンスターだ。

ヤバイ、捕まってしまった。完全に油断してたけど、でも、どうやって気を付ければよかったんだよ！　森の中にいて木が敵とか、なんという無理ゲー。

ミチェルさんからもらった抗麻痺薬《こうまひやく》は、異空間倉庫《アイテムボックス》に入っている。これは別に口が動かなくとも念じれば出てくるが、手が動かないから取り出すことができない。これは詰んだ。

アイビーウッドは俺の周りで、蔓《つる》をゆるゆるとうねらせた。蔓《つる》の先からは粘液のようなものが出てきて、それが俺の着ている服を溶かしていく。

思い浮かぶのは食虫植物だ。奴らは消化液を出し、獲物をじわじわ溶かして吸収する。ひっ！

考えただけで恐ろしい。そんな死に方いーやーだぁー！

蔓《つる》は、俺の服を布切れに変えると身体に巻き付いた。ゆるゆると身体の上を這《は》いずる蔓《つる》を不快に思っていたら、そのうちの一本が俺の目の前までやってきた。

なんだろう？　と思っているうちに蔓《つる》の先がクパッと裂け、花弁が開くみたいに広がった。それはまるで口を開いて獲物を呑み込むかのような仕草に見える。

ひぃいいいいっ!!　グロッ！　キモッ！　あれで今から俺はパクッといかれるわけですね、わかります。わかりたくねぇ、助けてぇえぇぇぇぇーー!!

蔓《つる》は俺の上をゆらゆら揺れていたが、やがて胸元までやってきた。そして――

「ひゃあぁァあぁアァーー!!」

俺の乳首を覆《おお》うと、そこを吸った。

はひっ、え、ちょっと待って。なんで俺のおっぱい吸うの？

じとりと背中に嫌な汗が伝う。アイビーウッドは獲物を麻痺《まひ》させて食べてしまうらしい。……ん、その食べるってアレか？　アレなのか？

そうこうしている間に他の蔓《つる》も同じように先を開き、俺のもう一方の乳首に吸い付いた。

「アアァぁあああァアーー!!　あひゃっ、イッ……！　ああんァアアッーー!!」

叫びながら思う。もう間違いない。アイビーウッドの食べるは、性的な意味でだ。こいつは陵辱《りょうじょく》目的の触手モンスターなのだ。ふざけんなー！　なんなんだ、この世界！

ユニークスキルをもらえたと思ったらエロい代償付きだし、エロモンスターが普通に闊歩《かっぽ》しているし、ひょっとしてここは18禁ＢＬゲームの世界かなにかなのか？　なんでそんな世界に俺を転生させたのだよ。

「ひぃん、ひゃあああッ！　やぁっ！　おっぱい揉まないでぇー!!」

蔓《つる》改め触手共は、俺の乳首を吸いながら花弁の部分（？）でモミモミしてくる。このままだとＡＡ《ダブルエー》カップくらいにバストアップしてしまうかもしれない。本気でいらない。

「ひぅ……、あああァん！　……ぁ、アアァっーー！」

ヤバイ、かなり気持ちいい。さっきまで戦闘中だったし、身勝手《エゴニスト》な防御力の代償、感度十倍が普通に発動しちゃっているのか？　またお前かよ。発動条件はなんなんだよ、気まぐれだな！

あまりに気持ちよすぎて、俺の息子さんから先走り液が溢《あふ》れる。残念ながら完勃ちだ。すると触手たちが俺の息子に群がり始めた。

なんなんだよ、お前たち。言っとくがそこは、すごくデリケートなんだよ？　いつかエクスカリバーとなる大切な場所なんだよ？　触るんじゃない！

という俺の心の声が聞こえるはずもなく、触手は俺の息子に巻き付き上下にしごき始めた。さらに花弁が開いた触手に先っぽを吸われる。

ちょっとぉぉぉぉぉーー!!　お前らその手腕、どこで身に付けたの!?　アアッ！　ダメっ！　裏側と先っちょは弱いのっ！　イッちゃううッ！　イクうぅぅぅぅーー!!

「んはぁアアァッ……、やらアあぁぁぁー！　いくぅぅぅー！　はァんアぁアァーー……!!」

身体が動かないので抵抗することもできず、そのままイカされた。さらに、はふーっと息を吐こうとしたら再度触手に吸い上げられ、もう一度イッてしまった。あああぁっ！　もうらめぇ……、イキすぎて疲れた。

ジュルッ、ジュルッ、という音がするから、おそらく触手たちは俺の精液を飲んでいるんだろう。やったね！　触手はエッチなお汁が好物って証明できたよ！　あとは女の子がいたら完璧だね！

触手たちはまたゆるゆると俺の息子に絡み勃たせようとするが、イッてすぐなのでなかなか勃たない。気持ちいいのは間違いないが、一度に出る精子さんの量には限度がある。

「もう出ないと思うし終わりにし、ヒッ！」

言い終わらないうちに、うしろに触手が集まり始めた。そこは嫌だ。うしろは嫌だ。思い出すのはグレイと致した時に感じた痺《しび》れるような感覚だ。あんなものをもう一度経験したら、絶対におかしくなる。

「いやだ、そこは……、やめっ、ヤァ……ッ！」

なんとか逃げようとするも、まだ痺《しび》れが取れない。わずかに身体を捩《よじ》ることができるくらいで大した抵抗にはならない。

触手たちは俺の足を開いて動かないように固定し、うしろに狙いを定めた。

細めの触手がゆったりと入ってくる。触手自体がヌメッてるからか、あっさりと入った。

あっ、あっ、と喘《あえ》ぎながら鈍い快感に耐える。うしろの快感は直接的な快楽ではないが、身体を常に火照《ほて》らせ、ジワジワ追い詰めてくる。おかしくなりそうで嫌だ。

「ひんっ……、ああッ、んはァッ……、アアッ！」

何本もの細い触手が中に入ってくる。俺は、とにかく早く終われと祈った。その瞬間だった。

「ひゃぁあぁァァーー!? 　アァッ!?」

一本の触手が、とある場所を強く突いた瞬間、貫くような快感があり絶望する。またあの快感だ。うしろのある場所を擦《こす》られると、どうしようもなく感じてしまう。当然触手たちもそれに気が付いたようで、執拗《しつよう》にその場所を狙ってきた。

「ひあぁっあっ……、うごかし、ちゃや……！ 　あっぁぁあああッ！」

複数の触手が代わる代わる攻めたててくる。麻痺《まひ》以外の痺《しび》れが全身に巡り、おかしくなりそうだ。

ふと見ると俺の息子様も、ふたたび勃ち上がっている。息子よ、別に今日は頑張らなくていいから、おねんねしててくれ。

うしろを突かれてあんあん言ってると、ふと中で蠢《うごめ》いていた触手たちが出ていった。え？ 　ひょっとして終わったの？ 　ここでヤめられると正直生殺し……いや、なんでもないです！ 　終わってよかった！ 　アハハ。

じゃあ、こんな恐ろしい触手の森からは早く逃げないと！ 　そう思ったが触手の拘束《こうそく》は外れない。え？ 　終わったんじゃないの？ 　と不思議がっているうちに尻を高く持ち上げられる。次いでアイビーウッドから一本の太い触手が出てきた。

その触手は他の緑色の触手と比べると若干黒ずんでいて、しかもなんとイボイボ仕様だった。……まさかと思うけど、今からそれを俺に突っ込んだりしないよね？ 　はは、大丈夫だよね？

と心の中で念じてみたが、イボイボ触手は俺のうしろにあてがわれた。ふざけんなあああぁあっ！

「やめてっ、それは絶対にやばい……っ！　アッ、あぁあああァァ……ッ!!」

その大きい触手は、俺の中に押し入ってきた。身を捩《よじ》って暴れるが、中に入られてはどうしようもない。律動《りつどう》を始めた触手に俺は悲鳴を上げた。

……よくさ、エロ同人誌でイボイボ触手とか出てくるじゃん？　アレ、なんで出てくるかわかったよ。はっきり言って、気持ちよくて仕方ない。ホント死ぬ。気持ちよくて死ぬ。で、エロ同人を書いてる奴らは、なんでそんなこと知っているんだ？　お前らまさかッ！

「ひあ゛ぁっあ゛あぁぁあッ、アッ！　アッ……！　だめぇー！　ぁあぁっ！」

ふざけている場合じゃなかった。本当にヤバイ。内臓を抉《えぐ》られる気持ちよさとか、知りたくなかった。うえぇ、しかも触手たち、俺の息子にまた例の、先がクパァって開く触手を擦《こす》り付けてくる。それ、ほんとやめて、吸うのはダメ。お前ら、吸引力の変わらない、ただ一つの触手たちかよ！　って、某掃除機のCMを思い出している場合じゃない。あぁあぁっ！　らめぇぇっー!!

「吸わっないでぇ……、あっあぁあっいくっ、ひぁァあ゛、ッーー!!」

うしろを突かれながら前を吸われて、あまりの気持ちよさに力の限り暴れる。しかしそのすべてを触手に押さえ込まれる。ビクッビクッと跳ねる身体を押さえつけられ、ゴリゴリと中を抉《えぐ》られた。

俺はその乱暴な快感にイカされた。

「ひぎい゛ぃんっ、ぁああん、イッ、イッ……、イクぅぅうッ〜〜〜！」

ピュッと発射した精液に触手が群がる。

イキながら先っぽを吸われたので、ついでに軽くもう一度イッた。

俺の中にいたイボイボ触手が、ずるずると出ていく。これで終わりにしてくれるのかと思ったら、別の触手が待機していた。こいつら、俺を解放する気ないな。ヤバイ、このままだと干からびる！　なんとか逃げ出そうと暴れても、痺《しび》れた身体では思うように抵抗できない。困った。本当に困った。どうしよう。……ってあれ？　俺、今暴れていたよな？　ひょっとして動ける？

恐る恐る腕を動かすと、ぎこちないものの動かすことができた。若干痺《しび》れが残ってるけれど、これなら充分だ。口元まで動かせるなら異空間倉庫《アイテムボックス》から取り出した抗麻痺薬《こうまひやく》を飲める。

これはチャンス！　と思い、すぐさま抗麻痺薬《こうまひやく》を飲み込む。すると身体からピリピリとした痺《しび》れが消え去った。俺、復活！

元気になってしまえば、こちらのものだ。ドンッと木の幹を蹴りアイビーウッドから逃れ、近くに落ちてた紅盗の斬剣《ブラッティスティールダガー》を拾う。

ふふふ、ここからは俺のターンだ。

「よくもエロいことしてくれたなっ！　触手プレイなんて俺の新しい性癖を開花させんじゃねえーーッ!!」

紅盗の斬剣《ブラッティスティールダガー》を振り回し、触手を切り裂いていく。アイビーウッドはダメージを受けているのか、触手をうごうご動かしていた。所詮《しょせん》は低レベルモンスター、チートを搭載《とうさい》している俺の敵ではないのだ。

そうして、アイビーウッドの中央に刃を立てる。するとキシャアアアアと悲鳴を上げながら消えていった。その場にはドロップアイテムらしき、拳大《こぶしだい》くらいのたぷたぷした緑の球体が落ちていた。

なにかはわからないけど、拾っておこう。ギルドへ戻って、ミチェルさんに聞けばいいや。

やっとこの忌《い》まわしい触手プレイが終わったのだ。やったー！　勝ったぞー！　人としてなにか大切なものを失った気がするけど、とにかく勝ったぞー！

喜びのあまりガッツポーズをするが、俺の服はただのボロ切れとなっているので、ほぼ裸だ。このままの状態ではいられない。

仕方ないので異空間倉庫《アイテムボックス》から元の世界の制服を取り出して、それを着る。うぇ、なんか変な汁がついちゃいそう。流石《さすが》に制服は汚したくないし、どっかにクリーニングできるところはないだろうか。

さて、そんなこんなでギルドに戻って森狼《フォレストウォルフ》の牙を納品する。俺の服が変わったことに気付いたミチェルさんは驚いた表情をした後、困り顔で眉間を押さえていた。俺がアイビーウッドに襲われたことがバレたらしい。なんかすいません。

「とりあえず森狼《フォレストウォルフ》の討伐はクリアできているから、ランクDに昇格したよ。おめでとうシロムくん」

「はは、ありがとうございます」

「でもその格好、アイビーウッドに遭遇したんだよね？　……この時期は、まったくと言っていいほど活動してないのに……」

ミチェルさん曰《いわ》く、今の時期は冬眠中なんだそうだ。それなのに遭遇しちゃうなんて、俺どんだけ運悪いんだよ。いや、待て。確か破殻《ブレイストランクアップ》への天啓の代償って、モンスターに遭遇しやすくなるだったよな？　ひょっとして、その効果が表れたのだろうか。悲しすぎて泣けてきた。俺のスキル、エロに縁ありすぎだろ！

「ねえシロムくん。もうソロで戦うのは限界じゃないかな？　次は死ぬかもしれないよ？」

そう心配そうにミチェルさんは言った。確かにその通りだ。アイビーウッドをやっつけられたのは、ミチェルさんに薬をもらっていたからだ。俺一人でハンターをやっていくのは、もう限界なのかもしれない。

だがこの世界の人間は男同士で恋愛する。戦闘中にエロエロになってしまう俺は、いつそいつらの餌食《えじき》になるかわからない。ケツは尊いものなんだ、これ以上蹂躙《じゅうりん》されてたまるかッ！

「でも俺が希望するパーティの条件に合う人がいなくて」

「なら、もういっそ奴隷を買うのはどうかな？」

「奴隷？」

「冒険者が奴隷を買って戦わせるのは、わりと普通のことなんだよ。主人には生殺与奪《せいさつよだつ》の権利があるから、決して奴隷は逆らわない。だから奴隷をパーティに入れる人は多いんだ」

ミチェルさんの話を聞いて、なるほどと頷く。

奴隷という考えは、すっぽり抜けてたよ。

でも本当に奴隷は俺を襲わないのか？　戦闘中は、もはや俺の意思とは関係なくエロエロになるのだが本当に襲ってこない？　奴隷×主人っていう下剋上カップリング発生しない？

「逆らわないって、どれくらい強制力があるんですか？　例えばこう、ムラムラってきて襲ってきたりしませんか？」

「欲情は生理現象だからどうにもならないけど、奴隷には本人の行動を拘束《こうそく》する奴隷紋が刻まれるから、シロムくんの許可なしに襲うことは絶対にないよ。それは保証する」

ミチェルさんが奴隷に関して太鼓判を押す。そうか、ならいいや。仕組みはわからないけど、俺を襲うことはできないらしい。戦闘中どんなにエロくなっても俺を襲えないってことは素晴らしい。だって俺の尊い菊門が守られるんだもの！

そもそも俺は秘密が多いのだ。絶対的に俺の味方でいるしかない奴隷というのは、パーティメンバーとして、とても魅力的だ。うん、いいね。

「俺は奴隷を買おうと思います」

「うんそうだね、それがいいよ。じゃあ今から奴隷商に紹介状を書くから、ちょっと待ってて」

そう言うとミチェルさんは店の奥に消えていく。そして俺はミチェルさんがくれた紹介状を持って奴隷商のところへ向かうのだった。

奴隷館は繁華街にあり、この町での奴隷の需要を認識させられた。

店に入って店員さんに紹介状を渡すと、いかにもお偉いさんという面《つら》のおっさんがやってきた。

「これはこれは、ミチェル・アスコート様の縁の方が、ようこそおいでくださりました。私はこの店の主《あるじ》のハイネス・ボガードと申します」

おっさんが手を揉みながらそう言う。

うん、ミチェルさんの権力が半端なさすぎて正直ドン引きだ。いや、だっていくら紹介状があるったって俺は駆け出しの冒険者だよ？　なのに店長が出てきちゃうって、やりすぎでしょう。

ミチェルさんって本当に何者なの？　前に鑑定してみたら、受付なのにレベル50を超えていたし……只者《ただもの》ではないよね？　ラノベやアニメで物語の最初のほうに出てくる美形の登場人物はなにかの伏線と相場が決まってるが、ミチェルさんもそうなの？　あとで固有イベントでも発生するの？　こえぇぇー。

とりあえず今はミチェルさんが何者かは置いといて、奴隷を手に入れよう。

「あの、それでですね、戦闘奴隷を見せていただきたいのですが構わないですか？」

「おお、もちろんです。こちらへどうぞ」

ハイネスさんに案内され、奴隷がいると思《おぼ》しき部屋に向かう。

建物の奥に進むにつれ、表の華やかな店構えから、どんどん簡素な造りに変わっていった。

奴隷の住まいにお金をかけたら採算取れないもんね。当然のことではあるが、なんかもやっとするのは俺が奴隷のいない平和な世界で育ったからであろうか。

「こちらの部屋が戦闘奴隷の部屋です。お気に召した奴隷がいましたら、私に声をお掛けください。その者の能力について説明いたします。お望みでしたら個別に呼び出すことも可能でございます」

つまり個人情報を知った上に面接もできるわけか。でも面接なんてしたことないぞ？　せいぜいバイトの面接を受けたことがあるくらいなんだけど。いや、要はフィーリングだよね？　この人と一緒にパーティ組めそうだと思ったら、それでいいんだし。よし、頑張るぞ！

そう決意し、ハイネスさんに続き中に入る。そして仲良くできそうな人がいればいいなと思っていた俺が見たものは――

厳《いか》ついムキムキマッチョのおっさんが通路の両側に整列している光景でした。……なんだ、と？

ハイネスさんは俺の動揺には気付かず、つかつか中へ入っていく。そうしてにこやかに説明を始めた。

「こちらの男はレベルがすでに23もあり即戦力になるでしょう。こちらの男はドワーフなので小柄ではありますが力が強く、前衛にうってつけです。こちらの男は――」

次々と説明をしてくれるが頭に入らない。いや、だって、あのですね、……強面《こわもて》のおっさんたちの眼光が鋭すぎて心が折れそうです。

この人たちの主人に俺がなるの？　無理です。ノオォォォォーー!!

「それでですね、こちらの男は――」

「チェンジで」

「え？」

「チェンジでお願いします」

ハイネスさんの説明を遮《さえぎ》る。いや、これ以上説明されたって、この人たちとパーティ組めませんから。一緒に冒険するとか無理ですから。

ハイネスさんは困惑の表情でこちらを見てきた。

「お気に召した者はいませんでしたか？」

「はい。えっとですね、できれば俺と歳が近くて、容姿が厳《いか》つくない人がいいんですけど」

そう言うとハイネスさんは、ほほうと頷いた。

「つまり若い者がよろしいのですな」

「はい、まあそうです」

「ほうほうわかりました。これは気が回らなくて申し訳ございません。確かにお客様からは言いにくい事柄でありましたね。すぐに手配いたします」

どうやらハイネスさんは、わかってくれたらしい。よかった！　部屋の中にヤのつく自由業的な眼光のおっさんばかり並んでいるのを見た時は、本気でどうしようかと思ったよ！　これで安心だね！

部屋を出て別の場所に向かう。今度の部屋には様々な種族の美少年がいた。よっしゃー！　ハイネスさん、わかってくれたのか！　そうそう、これくらいの年代の人たちがよかったんだよ！　別に美少年である必要はなかったけれど。むしろフツメンの奴らがよかったけれど。

ハイネスさんが一人一人説明していくのを、今度はふむふむと聞いていく。だが、なんかおかしい。なんというか違和感を覚える。こいつら本当に戦闘できるの？

「こちらの少年は兎人族《とじんぞく》で愛玩《あいがん》用にぴったりです。声も可愛らしいし、まだ若いので長くお使いいただけるでしょう。もちろん初物です」

ハイネスさんが説明する兎耳の生えた少年を見る。ふるふる震えていて、見る人が見れば庇護欲《ひごよく》をそそられるのかもしれないが、生憎《あいにく》俺はなにも感じない。

いや、だってこの兎耳の子供、鑑定スキルで見たらまだ九歳なんだぞ？　そりゃ確かに長いこと現役でいられるだろうが、使えるようになるまでにどれほどかかるんだ？　だいたい愛玩《あいがん》用とか初物とかなんなの？　俺は一体なにをすすめられてるの？

ちらっと周りを見たところ、この部屋にいるのは八歳から十四歳くらいの男の子ばかりだった。

この部屋って、ひょっとしてあれか？　アレのための部屋か？

愛玩《あいがん》とか初物とか言ってたし、つまりはそういう人たちを集めた部屋なんだ。もう言わなくてもわかるだろ？　性奴隷たちの部屋だ。ふざけんなあぁぁぁぁぁーーー!!

俺にとって、もっともいらない種類の奴隷じゃねえか！　なにが、ほうほうわかりましただよ！

確かに顔が怖くなくて若い子がいいって言ったけど深読みしすぎだろ！　俺は本当にガチでパーティメンバーがほしいの！

ダメだこのおっさん、役に立たない。もういい、自分で探そう。

俺はあたりをぐるっと見渡して、よさそうな奴を探した。俺を襲わなくて戦える奴がいいな。

ジロジロと探してみたのだが、ここにいるのはやっぱり子供ばかりらしい。別に戦えるなら十四歳でも構わないけど、愛玩《あいがん》用とか言われる奴らだからか、どいつもこいつもレベルが低い。

やっぱりこの部屋はダメだ。ハイネスさんに言って別の部屋を見せてもらおうとした時だった。

視界の端に黒い三角耳を捉《とら》えた。ま、まさかあれは!!

そいつは部屋の隅で丸くなっていて、艶《つや》やかな黒髪の上にツンと立ち上がった二つの三角耳がある。間違いない、あれは猫耳だ。俺の憧《あこが》れの猫耳なのだ。

異世界に行ったら、こういう子とパーティを組もうとずっと決めていた。それがまさか現実に……

そいつは俺の気配に気付いたのか、ゆっくりと振り向いた。緑がかった金瞳《きんどう》と目が合う。ついに、ついに俺は見つけたのだ。俺だけの猫耳びしょうじ……

振り向いたそいつのお胸はぺったんこで、顔つきも女の子のものではない。うん、わかっていた。

猫耳美少年でした。美少年でした。わかってたよ、このオチは。もちろんわかってたさ。ぐすん。

それはともかく、こいつは猫の獣人なのだろう。ここで会ったのもなにかの縁だし、せっかくなので彼を鑑定してみる。

【名　前】　フィルエルト・キルティ
【年　齢】　16
【適　性】　？？
【階　級】　Lv10
【スキル】　なし

スキルはないが、レベルは10とちょっと高めだ。特にこの部屋にはレベルが10を超えている子がいないから強いように感じる。というか俺より高いし、普通に強いんじゃない？　さっき鑑定したら、俺レベル8だったよ！

まあ戦闘奴隷の中にはもっとレベルが高い子がいるだろうから、パーティメンバーに最適かというと微妙なところだが、でもなんか気になってしまう。猫耳だからだろうか。猫耳だからですね。

とりあえずハイネスさんに聞いてみて、それから判断したって遅くあるまい。

「ハイネスさん、あそこにいる猫耳の彼はどういう子なんですか？」

「え⁉　フィルエルトのことですか⁉」

ハイネスさんは心底驚いたような声を出した。なんだ？　フィルエルトには問題でもあるのか？

「確かにフィルエルトはこの容姿ですし、お客様が目をとめるのも無理はありませんが……」

「なにか問題があるんですか？」

「ミチェル様のご紹介の方に、嘘を申し上げるわけにはいきません。フィルエルトは歳が十六なのです」

鑑定したから知ってたけど、それってなにか問題あるのか？

「ご存知の通り、男子というのは十五で成人し、身体的にも大きな成長を遂げます。中には稀《まれ》に体格が変わらない方もいらっしゃいますが、フィルエルトは今年すでに十センチも身長が伸びています。これからも成長しますでしょうし、どのような容姿になるかは保証しかねます」

もちろん知りませんでした。なるほど、俺が十八歳と知ったグレイが驚いたのは、そのせいだな。十五を過ぎると皆ゴツくなってしまうのに俺がムキムキじゃないから。……ほっとけ、俺の成長期はこれからくるんです。俺の元いた世界では後伸びする男の子も多いんです。

とにかくフィルエルトは今、成長期真っ只中《ただなか》らしい。アレ的な目的な人にとっては、ショタがゴツい青年になってしまうのは困るだろうが、俺にとっては万々歳だ。体格がよくなれば、それだけ戦力になるだろう。どんどん成長するといい。

「それにフィルエルトは処女ではありません。彼はとある貴族に飼われていたのですが、十五歳になり成長が始まったので、ここに売られてきたのです。早い話が在庫処分品ですね。お客様にはすすめらません」

しょ、処女ではないのか。いや、俺も処女じゃないけど。お互い大変でしたな。あれ？　なんだか視界が滲《にじ》んできたよ？

「そしてこれが、おすすめいたしかねる最大の理由、フィルエルトは前の主人に逆らったという事実があります」

「え、フィルエルト逆らっちゃうんですか？」

それはよろしくないことだ。奴隷という待遇は可哀想だけど、俺はなにより自分の尻を守ることに重点を置いている。エロスキルを所持する俺を、ムラッとしたから襲いましたなんていう奴は当然却下だ。というか奴隷は主人に逆らえないんじゃなかったの？

「前の主人が言うには抱かれるのを嫌がり、挙句、爪を立てて抵抗したそうです。私も詳しくは聞き出せなかったのですが『あんなに可愛がってやったのに最後に嫌がりおって。まあ、それはそれで楽しめたがな』と。おっと、これは余計な一言ですね。とにかく前の主人は随分《ずいぶん》と腹を立てているようでしたよ。ですので、特にお客様のような方にはオススメできませんね。おそらくフィルエルトは炭鉱に送られるでしょう」

「すいません、フィルエルトください」

「え？」

ハイネスさんは目を丸くする。確かにこれだけ欠点を挙げられれば、普通なら買うのを避けてしまうのだろうけど、生憎《あいにく》とそれらは俺にとっては全然デメリットではないのだ。

これから成長していくならお買い得だし、処女かどうかは心底どうでもいい。主人に逆らったのも、抱かれるのが嫌だっただけでしょ？　大丈夫、俺はフィルエルトとそういう行為をするつもり、まったくありませんから。男とするアレコレには一切興味ありませんから！

「ほ、本当にフィルエルトでよろしいのですか？　猫人族《びょうじんぞく》をお望みでしたら他にも見繕《みつくろ》って参りますが」

「いえ、フィルエルトがいいです。彼を買います」

別に猫人族だからフィルエルトにしたんじゃないよ？　まあ確かに猫耳には心動かされるものがあったけど、フィルエルトにした最大の理由は——

尻　を　狙　わ　な　い　こ　と　だ　！

この世界の人間だから男が恋愛対象なのだろうけど、少なくとも前の主人に逆らっちゃうくらいにはエロい行為したくないんでしょ？　そんな人、大歓迎！　パーティメンバーの条件はエロエロになった俺を襲わない人ですから！

問題は戦闘ができるかどうかなのだが、レベル10ってことはそれなりに戦ったことがあると見ていいのかな？　まあ全然戦えなくても、お友達から始めましょう！　清いお付き合いって素晴らしい！

「そこまで仰《おっしゃ》るなら、フィルエルトをお売りいたしましょう。金額はミチェル様のご紹介ということもありますし銀貨30枚でいかがでしょう？」

「はい、それで問題ないです」

「かしこまりました。では手続きをいたしますね。フィルエルト、出てきなさい」

お金は、なんとか足りた。値段が適正かどうかわからないけど、ミチェルさんの紹介ですって言っているのだから、ぼったくられてはいないだろう。そのままの金額で了承する。

呼ばれたフィルエルトは立ち上がり、ハイネスさんが鍵を開けたドアから出てきた。やはり間近で見ると、びっくりするほどの美少年だ。

身長は俺より少し低いくらいで、頭には柔らかそうな黒い猫耳が、お尻にはゆらゆら揺れる細長い尻尾がある。これで女の子だったら完璧だったのだが贅沢《ぜいたく》は言うまい。男とそういう関係を望まないパーティメンバーを手に入れただけで充分過ぎるほどの成果だ。

そのままフィルエルトを連れて部屋を移動して手続きを行《おこな》う。

奴隷の主人になるためには、奴隷が着けている首輪に認証登録をする必要があるそうだ。具体的には血印することで成立らしい。え、なにそのスプラッタ方式、怖い。と思ったが、それ以外の方法はないとのことなので諦《あきら》めて血文字で署名をする。血を出すためにナイフで指を切るのが怖かったです。

この首輪は魔道具と言うものらしく、魔石で動く特殊な機械だそうだ。数ヶ月に一回は点検を行《おこな》わなければならないから、この店にくるか、奴隷を扱う店に行って整備するらしい。買ったらそれで終了ってわけではないのか。

人を強制的に従わせるってのにはちょっと抵抗があるが、お尻は守りたい。俺にとってこれは絶対に譲れない。でもそれ以外ではこれから仲間になるわけだしフィルエルトには優しくしよう、うん。

すべて完了し、フィルエルトと共に奴隷館を出る。お互いに無言で歩く。

「……」

「……」

気まずい、非常に気まずい。なにか喋ってくれよ。いや、ここは年上の俺が先に喋るべきなのか？

初対面の少年に話しかけるなんて難度高いけど、よし、適当に話題を振ってみよう。

「えっと、フィルエルトって名前なんだよね。フィルって呼んでいいかな？」

「はい、構いません」

「俺の名前はシロム・クスキというんだ。シロムって呼んでくれると嬉しいな」

「はい、わかりましたシロム様」

そこでふたたび無言になる。え、これで話終わり⁉　いやいや、会話のキャッチボール全然できてないよ！　せめて十球くらいはやりとりしてくれ！

まあ確かにフィルの立場上、主人である俺に軽々しく話しかけられないのかもしれない。ならやはり、ここは俺が会話を続ける努力をしなければならない。

「これからギルドに行って、早速クエストを受けてみようと思うんだけど、フィルって戦える？」

「前のご主人様にお仕えする前は、よく近所のモンスターを狩っていたので戦えるとは思いますが、今からですか？」

そう答えたフィルの表情が強ばった。え、ダメ？　クエスト受けるのダメ？

長いこと戦っていないからブランクを感じて不安なのかな？　でもレベル10あったら結構戦えるんじゃないのか？　わからん。まあ、とりあえずクエストは受けて、フィルが無理なら俺が倒せばいいや。というわけで、ひと狩りいこうぜ。

「うん、今すぐに。実は手持ちがあんまりないから、ちょっと稼いでおきたいんだ」

「……わかりました。覚悟はできております」

そう言うとフィルは緊張した面持ちでこくりと頷いた。え、別に覚悟がいるほどの仕事じゃないよ？　ゴブリンを討伐するだけの簡単なお仕事です。

いや、でもゴブリンの討伐って意外と大変なのか？　俺は身勝手な防御力《エゴニスト》があるから、ほとんどダメージ受けないけど、そういえばグレイもゴブリンの攻撃を受けて無傷でいられるのはすごいって言ってた気がする。ゴブリン、初級者クエストのわりに初心者に優しくないな。そりゃフィルが緊張するのも無理ないよ。できる限り援護しよう。

なら、まず装備を揃えるとするか。あまりお金はないが、フィルが安心できるように最低限の装備は整えてあげたい。

「じゃあ武器屋と防具屋に行くけど、どんな装備がほしい？」

「えっ⁉」

そう言うとフィルは、ギョッとした表情で勢いよくこちらを向いた。な、なんだ⁉　なんかマズイこと言ったのか⁉

「奴隷に装備ですか？」

「え、おかしい？　まさか奴隷に武器渡したらグサリと不意打ちで殺《や》られるとか⁉」

奴隷に武器を渡すと『グヘヘ、これで俺も自由だぜー！』とか言いながら主人を襲うのが常識なのか⁉　怖っ！　無防備なところ狙われたら、ひとたまりもないぞ⁉

「いえ、奴隷は首輪で縛られているので主人を害することはできません。ですが、いくら縛られているからといって、奴隷に反抗の手段を与えることは許容できるものではないでしょうし、それでなくとも武器や防具はそれなりに高価なものです。普通は奴隷にそんなお金をかけたりしません」

どうやら寝首をかかれるからではないらしい。よかったー。『お覚悟！』とか言って闇討《やみう》ちされたら目も当てられないもんね。

そして装備は滅多《めった》なことでは奴隷に渡さないらしいけれども、これからパーティを組んでモンスターを狩っていくのだから、それくらいは信用すべきでしょ。背中を預ける仲間なのだから、むしろ戦闘力がない状態のほうが圧倒的に不安だ。お金がかかるっていっても必要な投資じゃない？

銀貨3枚の装備買っても、ゴブリンを30体倒せるならそれでいいんだよ？　うん、別に問題ないな。

「いや、これからモンスターと戦ってもらうんだし必要なことだよ。そこは遠慮しないでよ」

「本当によろしいのですか？」

フィルが不安そうな表情で見上げてくる。本当によろしいのです。

「むしろパーティメンバーが武器を持っていないことのほうが不安だから、装備はちゃんとしよう」

「……なんでもいいです。一番安い装備でお願いします」

フィルは小さな声でそう言った。なんでもいいが一番困るんだけど、でも、まあいいや。わからなければ武器屋の人にオススメを聞きましょう。

というわけで武器屋に行っておっさんのすすめる短剣を買い、防具屋で装備を整えた。その後はギルドに行きフィルをパーティメンバーとして登録する。

「はい、これでフィルエルトくんの登録は終わったよ」

「ありがとうございます、ミチェルさん」

フィルは奴隷だから一個人の冒険者としては登録されず、俺の持ち物的な扱いになるらしい。ただ、俺のパーティメンバーの一人としては勘定されるから、人数制限のあるダンジョンでは気を付けてねと言われた。え、この世界にダンジョンあるの？　なにそれ、すごく行きたい。ダンジョンといえばＲＰＧのロマンではないですか！　マッピングしたりお宝探したりするんだよね？　男心をくすぐられます！

はしゃいでいたら「ダンジョンはこの町にはないから今は無理かな」とミチェルさんに言われる。残念！　まあダンジョンは逃げないし、急ぐことはないよね。今は仲間《フィル》の育成を頑張りましょう！

「にしても猫人族の子でよかったの？　こう言ってはなんだけど戦闘奴隷としては向いてないよ？　シロムくんはまだ子供だし外見で舐《な》められて、ぼったくられたのかもしれない。こういうことにならないように紹介状書いたのに、まったく。もし本意じゃないなら今から奴隷商に話をつけてあげるよ？」

「いやいや、大丈夫です。ちゃんと自分の意思で選んだんで問題ないですよ。フィルがいいんです」

フィルに聞こえないように、こっそりとミチェルさんと会話する。

今、俺がほしいのはアイビーウッドに捕まった時に助けてくれる仲間だ。だから俊敏《しゅんびん》そうなフィルは俺のパーティメンバーとしては合ってる。うん、なんの問題もありません。

まあ一応これでフィルの登録も終わったことだし、武器も揃っている。じゃあ早速クエスト受けようか。

「とりあえずフィルの場慣れとお金稼ぎのために、ゴブリン討伐にでも行きたいと思います。ミチエルさん、手続きお願いします」

「シロムくんがいいならそれでいいけど、困ったことがあったら相談してね。ゴブリンの討伐クエストは受注したよ。じゃあ、いってらっしゃい」

ミチェルさんに見送られて、フィルと共に西の森に向かう。フィルはちょっと緊張しているようで身を硬くしていた。これは俺が頑張らなければなりませんね。先輩面《せんぱいづら》するのって、なんか楽しいです。


西の森について実際にゴブリンとの戦闘を始めたところ、フィルは結構戦えていた。

走ってくるゴブリンをひらりと避《よ》け、棍棒《こんぼう》を持って殴りかかってきた奴も身体を揺らすだけでかわしている。猫だからか、とても身軽である。なんだ、皆が猫人族は戦闘に向いてないって言うから不安だったけど、全然オッケーじゃん。相手の攻撃を避《よ》けられるというのは素晴らしい。これならアイビーウッドの攻撃も食らいませんね？　いざとなったら助けてください。あ、でもアイビーウッドがよく出現するのは南の森だから、ここにはいないかな。

それはさておきフィルだけど、やはり攻撃力はあまりないらしい。フィルの短剣は何度か当たっているが、ゴブリンは転げたり悲鳴を上げるだけで消えない。まあフィルは見るからにアタッカーという感じではないし、想定の範囲内。全然大丈夫だよ！　ゴブリンは俺が倒すぜ！

短剣がゴブリンの角《つの》に当たり弾《はじ》かれ、反動でフィルがバランスを崩す。その瞬間を好機と思ったのか、ゴブリンが「ウガガッ」と叫びながら殴りかかってきた。おっとピンチなようだ。正義の味方よろしく俺はフィルを助けに向かう。

「フィル、大丈夫か？」

「え」

フィルを守るように立ち塞がると、ゴブリンの拳《こぶし》が俺の左腕に直撃した。身勝手な防御力《エゴニスト》を発動しているので痛くも痒《かゆ》くもない。ちょっと熱くて、なにか当たったかなって程度の感覚だ。

そのままゴブリンに向かって紅盗の斬剣《ブラッティスティールダガー》を振り下ろす。ゴブリンはギャァアー！　という悲鳴と共に消え、地面には角《つの》だけが残った。

仲間が殺《や》られたのを見て、ゴブリンたちは一斉に俺に飛びかかってきた。力の差がはっきりあるのだから逃げろよと思うが、向かってきてくれたほうが好都合なので紅盗の斬剣《ブラッティスティールダガー》を振るう。

攻撃を受けたゴブリンが次々に悲鳴を上げて消えていった。そしてあらかた片付いたところで紅盗の斬剣《ブラッティスティールダガー》をしまってフィルのほうを向く。フィルは地面にへたり込み、呆然《ぼうぜん》とこちらを見上げていた。

「フィル、大丈夫か？　ひょっとして怪我でもしたのか？」

立ち上がらないフィルに首を傾げる。見た感じ、うまくゴブリンを避《よ》けてたようだったが、どこかしらで攻撃を受けたのかもしれない。それならそうと言いたまえよ。ここにポーションがありますので進呈《しんてい》しようじゃないか。使う機会がなかったので、ミチェルさんにもらったのが丸々残ってるんだけど、これって賞味期限大丈夫だよね？

「いえ、大丈夫です。シロム様が助けてくださったので」

「そうか、ならよかったよ」

「どうして僕を庇《かば》ったのですか？」

え、なにか問題でも？　フィルはレベルは10あるけど、ゴブリンの攻撃を食らったらマズイだろ。

「戦闘奴隷の仕事は主人を守ることです。主人を襲うモンスターを退《しりぞ》け、主人を害するモンスターの攻撃を受けるのが役割です。主人が奴隷の代わりに攻撃を受けるなんてことはありえません。それに、それに、僕は……」

そこでフィルは言葉を切った。そして大きく息を吸ってから、決意したように感情を吐き出した。

「僕は覚悟していました。戦闘奴隷になった以上、いつ死んでもおかしくないと。使い捨ての奴隷を囮《おとり》にし、その間にゴブリンを狩るという戦法はよくあるのです」

つまり俺がフィルを囮《おとり》にすると思っていたわけですか。そりゃフィルもびくつくよね。

奴隷商やミチェルさんがフィルでいいの？　って言ってた理由がわかったわ。つまり戦闘奴隷とは、モンスターの攻撃を受けさせたり囮《おとり》として使ったりするものなのだ。

この世界のモンスターの攻撃力は、なかなか高いらしい。その危険なモンスターの攻撃を受けやすい前衛を奴隷にやらせるというのは、なるほど理《り》に適《かな》っている。

だけれども俺には身勝手な防御力《エゴニスト》という、エロだけど高性能な防御スキルがある。だから俺の持っていない素早さとか身軽さとかを持っているサポーターのほうが必要なのだ。ほら、アイビーウッドから助けてくれる仲間が必要だろ？　一緒に攻撃受けて捕まっちゃうと意味ないの。

そういう点で回避能力に優れるフィルは、俺のパーティメンバーとして最適なのだ。しかしフィルは、そういうつもりで俺のパーティに来たわけではなかった。クエストを受けようと誘った時、『覚悟はできております』と言っていたのは、死ぬかもしれないという覚悟だったのか。いや、そんなつもりなかったんだけど説明不足でごめんなさい。

「飽きられた性奴隷の末路なんて、こんなもんです。盾《たて》として使われるか炭坑《たんこう》に送られるか、あるいはどこかの金持ちの見せ物にされ残虐に殺されるか、いずれにしろ碌《ろく》なものではありません。貴方は僕になにを望むんですか？　どうして僕を庇《かば》ったのですか？　ゴブリンごときのモンスターで使い潰すのがもったいなくて、助けてくださったのですか？　教えてください、ご主人様。どんな理由でも覚悟はできてます。でも、いつ死ぬかわからない恐怖に晒《さら》され続けるのは辛い……」

そう言いながらフィルは、はらはらと涙を流した。マズイ泣かせてしまった。え、これどうしたらいいの？　俺のせい？　俺が悪いの？　てか、この世界の奴隷事情、思ったよりもシビアですね！法律で最低限の奴隷の権利を保障してあげるべきだと思うの。生存権を保障している憲法二十五条って、すごく大切なのね。俺、異世界でよくよく実感したよ！

この世界の事情に口出す権利も覚悟もないけど、せめてフィルには優しくしてあげよう。

「えっと、俺はフィルを囮《おとり》にしたりとかモンスターの前に放り出したりするつもりはないよ？　そういう前衛の仕事は俺がやるし、フィルのレベルが高くないうちは無茶させないから」

「嘘です！　だってご主人様は華奢《きゃしゃ》ですし年齢もお若いように思えますし、前衛をこなせるわけがありません！　その場しのぎの言い繕《つくろ》いなど不要ですので、どうか真実を教えてください！」

フィルが涙ながらに告げた言葉は、地味にぐさりときた。

誰が貧弱なチビだよ！　この調子でモンスター狩りまくってCランクになる頃には、ムキムキマッチョの予定なんだよ！　ほっとけ！　あと、若く見えるって言っても、お前より三つも上だからな！　なんで日本人って童顔なんだろう？　つらい。

さて、フィルになんて言おう。その場しのぎもなにも、本当のことなんだよね。前衛のつもりでフィルを買ったわけじゃないし。とりあえず言えることは言おう。

「いや、こう見えて俺、結構強いからね？　ほら、ゴブリンの攻撃を食らっても平気だし、ボコボコ倒していただろ？」

「……確かにそうですね。あのゴブリンの攻撃を受けてもダメージを負わないということは、ご主人様はそれなりのレベルの冒険者なのでしょうか？」

「そうそう、だからわざわざフィルを囮《おとり》にしたりしないって」

「では、どうして僕を買われたのですか？」

フィルは首を傾げ、俺を見上げる。ぶっちゃけるとモンスターから尻を守るためだが、その言葉が今の雰囲気とは合わないことはわかるので口を閉ざす。うん、シリアスな場面でお下品な話はダメでしょ。

「俺がアタッカーだからサポート系の仲間がほしかったんだよ。フィルは素早いし補佐役に向いてるだろ？　俺はフィルを一緒に戦う仲間だと思っている。だからフィルも俺を信じてほしい」

「……わかりました、ご主人様。見苦しく喚《わめ》いて申し訳ございませんでした。これからどうか、よろしくお願いします」

フィルはごしごしと目元を拭《ぬぐ》い、ペコリと頭を下げた。よかった、わかってくれたらしい。よしよし、これで正式にパーティメンバーをゲットできたよ。やっぱり一緒に戦うなら信頼関係が必要だし、フィルにも気持ちよく戦ってほしいもんね。

フィルとの関係がうまくいきそうで、俺はルンルン気分でゴブリンの角《つの》を拾う。二人でそれらを拾い終えると、フィルはにっこり笑いながら俺にゴブリンの角《つの》を渡してくる。

「僕はいつでも切り捨てられる覚悟はできていますので、大丈夫ですよ、シロム様」

そう言ったフィルは、とてもいい笑顔でした。……やっぱり信用されてないいじゃないですかヤダー。

フィルと仲良くなるのは、なかなか難しそうだ。

戦闘でフィルも疲れただろうし、ギルドに戻ってクエスト達成の報告をした後、今まで泊まっていた宿に連れていく。一人増えたから部屋を変えてもらわないと。

「あの、すいません。今日からこの子も泊まるので、部屋を変えてもらえますか？」

「そちらの方は奴隷でしょうか？」

「そうですが、え？　ダメですか？」

「いいえ、大丈夫です。それではお部屋はダブルになさるということですね」

何故ダブル一択なのだよ。普通に考えてツインだろ。え、この世界にはツインないの？　皆、同じベッドで寝る文化？

「あの、ツインがいいんですけど」

「え？　ツインですか？」

反応から、ツインはあるっぽいが何故驚くんだし。男二人でベッドを共有しろと？　やだよ、そんなムサイの。別にフィルはムサくないが、それでも嫌だ。男とは寝たくありません。

「本当にツインでよろしいのですか？」

「はい、大丈夫です」

「シロム様、僕の分のベッドは必要ありません。奴隷ですし、それに猫でもありますので、床で充分です」

ツインで決めてしまおうとしたら、今度はフィルから横槍《よこやり》が入った。

え、ベッドいらないの？　猫って床で寝る生き物だっけ？　確かに縁側で丸くなってるイメージあるけど、猫だって布団好きだろ？　冬になると布団にもぐり込んできて暖かいって、ばあちゃんが言ってたぞ？　いいな、猫布団。可愛いし、あったかそう。だけど別にフィルには求めてないからね？

「いやいや！　俺が気になるから！　フィルを床で寝かせて自分だけベッドで寝るとか気ぃ遣うから！　フィルもベッド使ってください！」

「しかし、僕は奴隷ですし、やはりケジメは必要です。奴隷が主人と同じ待遇であるのは、よろしくありません。僕は床で寝るべきです」

「ケジメとかいらんから！　だってフィルは俺のパーティメンバーなんだよ？　仲間なんだよ？　それに床で寝て疲れがとれなくて、モンスターと戦う時にふらふらだと困るから。な？」

そう言うとフィルは目を丸くした。猫人族というだけあって、そういう時の目は本当にまん丸だ。なんかちょっと可愛いなと思うけど、この感情は恋ではないからな！

フィルは眉根を寄せ、俺を見上げてくる。そんなに困った顔しないで、大人しくベッドで寝なよ。

「本当にいいんですか？」

「本当にいいんです」

「シロム様は変わってますすね」

ごり押しして納得させると、フィルは不思議そうにそう言った。そんな変なこと言ってないぞ？

床で寝られたほうが罪悪感で気分が重くなるじゃないか。俺、そんな鬼畜な先輩にはなれないよ。

結論が出たので宿の兄ちゃんにツインの部屋を取ってもらって部屋の代金を払う。二人でしめて銀貨1枚と大銅貨2枚。つまり一日12体以上ゴブリンを狩らないと赤字になるわけか。まあ、フィルもいるし余裕だね。でも頑張って稼ぎましょうか。

部屋に向かいながら、宿のシステムをフィルに話す。料金は基本前払いで、食事は外で取ってもいいし、ここで食べてもいい。ちなみに料金は朝昼が銅貨40枚で夜が銅貨70枚。別に高くも安くもない。

今日はもう疲れたから、さっさとご飯を食べて寝ることにする。食堂でフィルがまた主人と一緒の席に座るのはどうのとごねたが、無理矢理一緒に座らせる。よしよし、この調子でフィルを俺との生活リズムに慣れさせてやる。

フィルは魚料理を注文していた。やはり猫だな。ちなみに俺は肉を注文した。普通に美味《うま》かった。この世界の食生活は俺にわりと合ってる。

さて、飯も食べたし部屋に戻ってもう寝よう。明日もクエストをこなさないといけないし、身体休めないとな！　うん！

って感じで寝ようとしていたのだけど、これはどういうことなの？　プリーズ・テル・ミー？

「あのー、フィルくん、なにしてるんですか？」

「シロム様は、なにもなさらなくて大丈夫です。横になっててください。すぐによくなりますから」

いざ寝ようとベッドに入ったら、いつの間にかフィルまで俺のベッドにもぐり込んできた。おい、ちょっと待ってよ。なんのためにツインにしたと思ってるの？　ほら、自分のベッドにお戻りなさい。

フィルは俺に馬乗りになると、いそいそと俺の服を脱がせにかかる。え、なんでこんな状況になっているの？　エロいことしたくないからフィルにしたのに、何故ＢＬ展開がくるの？

「いやいや！　しなくていいから！　そんなことする必要ないから！　やめよう？　ね！」

「どうしてですかシロム様？　僕は性奴隷でしたから、こういうことには慣れてます。それとも、お手付きの者は嫌ですか？」

そう言ってフィルは金色の瞳を潤《うる》ませる。……うるうるのおめめは、きゅんきゅんします、男でなければ。

「いや、えっと、お手付きかどうかは関係なく、そういうことするつもりないから。だからフィルも、えっちなことする必要はないよ？」

「どうしてですかシロム様。シロム様だって男子なら、そういうことが必要でしょう？　なら僕にさせてください。今日の戦闘ではなにもできなかったので、せめてこちらでは役に立ちたいんです。もう、捨てられたくない」

そう言うフィルの目からハラハラと涙が流れた。どうやらフィルは俺と致したいというよりも、捨てられたくないということらしい。ひとまずフィルが俺とエロいことしたいという最悪の展開は避けられた。しかしフィルの置かれてきた状況に若干引いた。

フィルが前の主《あるじ》といい別れ方をしているとは思ってなかったけど、完全にトラウマになっているじゃないですかヤダー。これ、どうやって接すればいいの？　優しくしてあげればいいの？

でも抱くことはできないぞ？　恋愛スキルゼロでコミュニケーション能力も乏しい俺には、対応が難しすぎますよ。

「えっと、そういうことしなくても俺はフィルを手放したりしないよ」

「何故ですか？　それくらいしか僕に価値はないのに。この容姿ではお好みに合いませんか？」

「いや、そうじゃなくて俺たち仲間じゃん。そういうことはフィルとはできないよ。それにこうして縁ができたことだし、俺はフィルを大切にしたいと思ってる。だから手は出さない」

正直に言うなら男とにゃんにゃんできません、だがちょっとカッコつけて言ってみる。だってそりゃ、フィルにはいい印象持ってほしいもん！

フィルは泣き顔のまま「仲間」と小さく呟き、俺の胸に顔を埋《うず》めて泣き始めた。泣いちゃった。うん、気まずい。

俺の上着を握りしめてフィルはすすり泣く。猫耳が顔に当たってくすぐったいが、これは判断間違えたのだろうか。やっぱり据え膳は食わないとダメだった？　でも無理なものは無理なんです。

とりあえず胸の中にいるフィルを抱きしめる。フィルはぐすんと泣き続けるが嫌がりはしなかった。

結局そのまま泣き疲れて眠るまで、俺はフィルをあやし続けた。明日フィルになんて話しかけよう。

とりあえず言えることは、ベッドはダブルでよかった。結局、一緒のベッドで寝たからね。でも、やましいことは一切してませんから！


『さあ！　今日も頑張りましょうシロム様！』

翌朝。爽《さわ》やかな笑みでフィルは、そう声を張り上げた。

――その日からフィルは変わった。

弱々しく身を硬くしていた最初の頃が嘘のように、ハキハキと行動するようになった。よく喋りよく笑うようになり、いつも明るい表情でいる。

なんにせよフィルが元気なのはいいことだ。『いつ僕を切り捨ててもいいですからね？』なんて自虐的なこと考えてる子とパーティなんて、気まずくてやってられん。重すぎます。

そして俺たちは今日もギルドに赴《おもむ》きクエストを受ける。最近よく出るクエストは麻痺蜂《パラライズホーネット》の討伐だ。ギルドランクＤに指定されているモンスターで、普通の蜂の三倍くらいの大きさがあり、動きが素早く麻痺《まひ》針を持っている。三度その針を受けると数時間は痺《しび》れて動けなくなる手強《てごわ》いモンスターだ。しかし、麻痺蜂《パラライズホーネット》のハチミツは抗麻痺薬《こうまひやく》の材料になるため、ギルドでいい値段で買い取ってくれる。

早速麻痺蜂《パラライズホーネット》のクエストを受注してフィルと共に南の森に向かう。道中は森狼《フォレストウルフ》も出るから気を付けなければいけない。ちなみにあれ以来アイビーウッドには一度も遭遇していない。いや、遭わないに越したことないんだけど、なんでフィルと行動を共にするようになった途端いなくなるんだよ、ちくしょう。なんか損した気分だ。

麻痺蜂《パラライズホーネット》は水辺に巣を作るので、大体いる場所は決まっている。今日も、森に入っていくらか進んだところにある泉に奴らは現れた。俺たちは即座に戦闘に入る。

とはいえ身勝手《エゴニスト》な防御力では麻痺《まひ》を防ぐことができないため、俺とは相性が悪いモンスターなのだ。俺自身は苦戦を強《し》いられたのだが、ここで活躍したのがフィルだ。

フィルは持ち前の身軽さで攻撃を避《よ》け、サクサク倒していく。麻痺蜂《パラライズホーネット》もＨＰ《ヒットポイント》はそんなに高くないのか、フィルの数発の攻撃で麻痺針《まひ》をドロップして消えていった。本当に頼もしいパートナーだ。ぶっちゃけ、俺より働いてる。え、年下に養ってもらってプライドはないのかって？　ふざけんな！ちゃんと働いてるわ！　こういうのは適材適所なんです！　助け合いって素晴らしい。

「終わりました、シロム様」

「おっけー。じゃあ、さっさと麻痺針《まひ》と巣を回収しちゃおうぜ」

フィルが麻痺針《まひ》を拾い集めてくれているので、俺は木にぶら下がっている麻痺蜂《パラライズホーネット》の巣を取りにいく。紅盗の斬剣《ブラッティスティールダガー》で巣の根元を切り取り無事手に入れた。

持った感じ、それなりの重さがある。これはいい金になりそうだぜ、うひっ。

麻痺蜂《パラライズホーネット》の巣を両手で抱え振り返る。するとフィルも麻痺針《まひ》を集め終わったのか、ぱんぱんに膨れた小袋を持って、こちらに向かって歩いてきた。あの膨れ具合ならば、かなりの量が入っているのではないだろうか。えっと、麻痺蜂《パラライズホーネット》は1匹討伐するごとに大銅貨2枚もらえるから、20体だとしたら銀貨4枚の収入だ。ハチミツもあるし結構稼いだ気がする。今日の夕食は豪勢にしようじゃないか。

「はい、これで全部です、シロム様」

「ん、ありがとうね。じゃあ、しまうからちょっと待ってて」

フィルから受け取った小袋をポーチに入れるふりをして、異空間倉庫《アイテムボックス》に入れる。このスキルは念じると目の前に画面のようなものが現れ、収納されているアイテムと残りの空《から》ボックス数が表示されるのだ。ちなみに今、所有しているボックスは20個で、それぞれのボックスには制服×1、銀貨×52、大銅貨×48、銅貨×99、銅貨×86、ポーション×12、抗麻痺薬《こうまひやく》×9、抗毒薬×10、森狼《フォレストウルフ》の牙×11、麻痺《まひ》針×24が入っている。そして空《から》のボックスがあと10個あった。

ボックスの数は俺のレベルに依存しているので今の俺のレベルは10だ。お、今日の戦いで一つ上がってるじゃないか。

「あのシロム様、荷物はそのままお持ちになられるのですか？」

「うん、そのつもりだけど？」

「もしよろしければ僕がお持ちしますよ。やはり主人に物を持たせるなんて、奴隷として忍びないです。アイテム類は金銭と同等の価値がありますので、僕に持たせたくないとのご判断でしたら不服はありません。しかし、そうでないのでしたら是非僕に持たせてください」

そう言ってフィルはニコニコ笑みを浮かべながら両手を差し出した。この展開は考えていなかった。でも俺もスキルがなければフィルに荷物の持ち運びを手伝ってもらっていただろう。

しかし俺には異空間倉庫《アイテムボックス》があるのだ。誰も重い思いなんてしなくて済むのだから、このまま俺が請け負えばいい。

というわけで、フィルに異空間倉庫《アイテムボックス》のことを説明しようと思うのだが、今まで誰かに自分のスキルについて話したことないんだよな。スキルって珍しいっぽいけど話しても大丈夫か？　まあ、これから一緒に戦っていくんだし、教えといたほうが都合がいいか。うん、いいや。言っちゃおう。

「えっと、フィル。荷物は持ってもらわなくても大丈夫なんだ。実は俺は特殊なスキルを持っている」

「それはどういう意味ですか？　シロム様がスキルを持っているなんて、あり得ないと思うのですが」

そう言って困ったような眼差《まなざ》しを送ってくる。え、そんなにおかしいことなの？　やっぱりスキルは、なかなか手に入らないものってこと？　それとも俺みたいな奴がスキルを持っているわけないって意味？　後者だとしたら泣きます。

「俺がスキル持っているのって、そんなに変なの？」

「だって、適性を知ることができるのは十五歳からですよ？」

「俺は十八歳です」

俺は、にっこり笑みを浮かべた。そういえばフィルに俺の歳を言ってなかった。それにしてもまたか！　なんで俺って、そんなにガキに見られるの!?　そりゃ確かに醤油《しょうゆ》顔と言われるけれどもあんまりです。はぁ、もっと男らしい見た目になりたい。

「じゅ、十八!?　僕より歳上だったんですか!?」

フィルはここ一番の驚き顔でそう言う。猫らしく金色のお目めが真ん丸だ。お前、俺のこと年下と思ってたのかよ。泣いた。

もう俺が幼く見られるのは気にしても仕方ないから、適性のことについて教えてもらおう。適性ってあれだろ、俺のスターテスで『？？』になっているやつのことだろ？

「そうだよ。俺は十八歳だ。もう、そのことはいいから適性について教えてよ」

「かしこまりました。適性とは、その人がどんなスキルを習得できるのかを示した物です。適性は十五歳になってから教会に一定の寄付を行《おこな》い、啓示を受けることにより知ることができます」

そう言ってフィルは話を続けた。例えば猫人族だと隠密《おんみつ》や俊敏《しゅんびん》、エルフだと弓や魔法が、騎士の家の者だと剣、槍《やり》、盾《たて》の適性が出やすいそうだ。基本的に適性とは、種族と育った環境によって決まるもので、それに合ったスキルを習得できるらしい。

つまり適性っていうのは才能みたいなものかな？

職業とか武器に関するものってわけでもなかったのね。

適性を知るためには、およそ銀貨10枚くらいのお布施《ふせ》が必要だという。フィルはすでに十五になっているが、「在庫処分品である僕にそんな大金はかけられないと、奴隷館では受けさせてもらえませんでした」と言う。

お、おう、さらりとディープな話を交ぜないでもらえませんか。心が痛むんで。

「なるほど。じゃあ適性を知るには教会に行って啓示とやらを受ければいいんだね」

「はい、そうですが、シロム様はすでにスキルを習得されているのですよね？　でしたら適性もすでにご存知なのでは？」

フィルは首を傾げている。スキルを得るには適性を知る必要があるのだから、すでに適性もわかっているはずだとフィルは言いたいのだろう。そう言われると俺も不思議なんだけど、まあ損したわけではないから深く考えないことにする。きっとこれも、トリップ特典なのだろう。

「なんというか、理由はわからないけど俺は最初からスキルを持っていたんだよね。だから適性はわからないんだ」

「シロム様は生まれつきスキルをお持ちだったということですか？　そのようなことは初耳ですが……、素晴らしいですね。きっとシロム様は神様に愛されているのでしょう」

そう言ってフィルがにっこりと笑う。本当に愛されているなら、こんな男だらけの世界には飛ばされないよ。フィルはいい奴なのに、どうして女の子じゃないんだろう。いと悲し。

ずっと手に持っていた麻痺蜂《パラライズホーネット》の巣も異空間倉庫《アイテムボックス》にしまい、帰る準備をする。

それにしてもスキルか。すでに三つも持っているんだけど、まだもらえるのだろうか？　わからんけど、せっかくだし教会に行ってみますか。

麻痺《まひ》針を納品しクエストを完了させ、その足で教会に行くことにした。「大したスキルが出るわけでもないのに、大金が必要な啓示を僕が受けるわけにはいきません」と恐縮しっぱなしのフィルも強引に連れていく。フィルの活躍を考えれば、大した費用じゃありません。

教会はやはり重要な施設らしく町の真ん中にあった。スキルを得るための啓示を受けられる施設だもんな。軽んじられるわけがない。

ギルドを出てから、およそ二十分ほどで教会に着いた。教会には多くの訪問者と、それに対応する青いローブを着た人たちがいる。あんなにたくさんの人が教会になんの用だ？　お祈りですか？　みんな熱心ですねと首を傾げた。するとフィルが「そういう人もいるでしょうが、多くの人はレベルを測りにきているのです。教会は唯一レベルを調べることのできる施設なので」と答える。

ああ、なるほど。俺には鑑定スキルがあるからいつでも知ることができるけど、他の奴らにはわからないもんな。教会はレベルを測る施設でもあるらしい。

そんなわけで早速、中に入る。すると青いローブを着た青年が俺たちに話しかけてきた。

「ようこそベルザ教会においでくださいました。ご用件はなんでしょう？」

「啓示を受けにきたんですけど、どうすればいいのですか？」

どうやらこの青年は案内役らしい。啓示を受ける方法を聞いてみると、にっこりと答えてくれた。

「啓示はこの先の大神殿で行《おこな》われます。神殿の中央までいくと水晶玉が置かれており、それに手を触れると啓示が受けられます。水晶は大変貴重なものなので丁重に扱ってください」

「啓示って具体的にどういう風に現れるんですか？　頭の中に浮かんでくるとか水晶に映し出されるとかかな？」

「よくご存知ですね。啓示は水晶玉の中に映し出されます。この教会の水晶玉は神より遣わされた特別な魔道具で、触れた者の秘めたる力を映し出すのです。大神殿に着きましたら、ゆっくり手を伸ばし両手で水晶に触れてください。そうすれば貴方の適性を知ることができるでしょう」

どうやら啓示は水晶の中に現れるようだ。

しばらくしたら金ぴかの装飾が施《ほどこ》された豪華な扉が見えてきて、青年がにっこり微笑み「ここで啓示が行《おこな》われます。隣の箱に神への誠意を示されれば、扉は開かれるでしょう」と言って一歩下がる。あ、はい。ここにお布施《ふせ》を入れればよいってことですよね？　フィルの分も含めたお金を、じゃらじゃらと入れていく。一人銀貨10枚で、合わせて銀貨20枚。結構いい金額です。

すると立てつけが悪いのか、ギィと音を立てながら扉がゆっくり開いていった。青年がそれを見て「お一人ずつ中へお進みください」と言ったのでチラッとフィルのほうを見ると、スッと半歩下がった。つまり俺が先に行くべきなのですね。えー、先に行ってもらって、中でどんなことが起こるのか教えてほしかったのに。まあいいか。前衛は俺の役割だもんね。行ってきまーす。

中に入るとそこには、ステンドグラスが使われた窓と大きな神像が置かれた、幻想的な空間が広がっていた。ここで結婚式とかしても違和感のない雰囲気である。

奥に進んでいくと、祭壇っぽいところにフードを被ったお爺ちゃんがいて、その周りを青いローブを着た青年たちが囲っていた。雰囲気からして、あそこにいけばいいのだろう。俺は歩を進めた。

「こんにちは。シロム・クスキと申します。啓示を受けにきたのですが、どうすればいいですか？」

「ホッホッ、これはご丁寧に。儂《わし》はこの教会の司祭でイーニアス・ヘネロと申す。啓示を受けるにはそこの水晶に手を翳《かざ》せばよいのじゃが、お主は本当に十五を超えているのかのう？　焦って早く啓示を受けようと思っても、神は進むべき道を示さぬぞ？」

そう言ってお爺ちゃん司祭がにっこり微笑む。またか、またなのか。俺ってこの世界で、どんだけ子供に思われているのだろう。童顔いじりは、もういいんだよ！　十五どころかもう十八だわ！　本当に思春期の男子のメンタル打ち砕くのやめてくれよ、異世界！

「いや、ちゃんと十五歳は超えてますよ？　はは」

「ほう、それは失礼した。ではこの水晶に手を翳《かざ》してもらえるかのう？」

司祭が指し示すドッジボールくらいの大きさの水晶に、俺は両手を置く。触れた瞬間は冷たかったが、すぐに触れている部分が熱くなり、なにかを吸い取られていく感覚に駆られた。これ、なに吸われているんだろう。魂的なものじゃないよね？　なんか怖いから、早く手を離したいです。

ほどなく手の中の熱が引き、ポウと淡く光りながら水晶が文字を映し出した。

【適　性】　性愛

【スキル】　異空間倉庫《アイテムボックス》・鑑定・身勝手な防御力《エゴニスト》・破殻への天啓《ブレイストランクアップ》・一決必殺《イッケツヒッサツ》

……おふっ。マジか。マジなのか。とりあえず突っ込むべき箇所が二つあるけど、良いほうと悪いほう、どちらからにしようかな。悪いほうからにするか。俺、大好きなショートケーキの苺《いちご》は最後に食べるタイプなの。後味はいいほうがよろしいだろ？

ということで。はい、早速悪いほうから見ていこうか。【適性】性愛ってなに？　そんな爛《ただ》れたものが俺の適性なの？

性と愛について適性があるって言われて、どうせいと言うんだよ。ボーイズラブに走れということか？　ふざけんな！　本当に、なんなんだこの適性！　というか、ひょっとして俺がやけに男に好かれたりエロイベントに遭遇したりするのは、こいつのせいじゃないのか？　もうホントやだ。

嫌なことばかり考えていると気持ちが沈んでいくので切り替えて、良かったところに突っ込んでいこう。スキルが一個増えているよ！　やったねシロムくん！　すでにスキルは四つ持っているけど、いくら持っていたって邪魔になるものではない。それに名前からして攻撃系のスキルだろう。ふふふっ、ついに俺の時代がきたようだ。チートで無双できるんですね、わかります。適性のところの鬱憤《うっぷん》は、ここで晴らしてやるぜ！　ということで、ふたたび水晶を覗き込み効果を読み取る。

【スキル】　一決必殺《イッケツヒッサツ》
条件　：性愛の適性があること

処女の喪失、啓示の受領

能力　：使用時、攻撃力を１００倍にする

代償　：使用後しばらく身体が硬直し、半径10メートル以内にいる者を強制的に発情させ魅了する

説明文を、思わず二度見する。だけれど何度読み返しても内容は変わらない。はは、どうやら啓示の内容は、悪いものと最悪なものだったらしい。うわあああっ‼　ありえねぇぇぇーー‼

一決必殺《イッケツヒッサツ》、攻撃力が百倍になるとかチート過ぎるスキルだなって思ったら、その代償も酷すぎる。発情させて魅了するとか、どう見ても犯されるフラグだろがコレ。なんだよ一決必殺《イッケツヒッサツ》って、俺のケツが必ず死ぬスキルなの？　せっかくの攻撃スキルなのに、まったくもって使えません。

うちひしがれていると、お爺ちゃん司祭が話しかけてきた。

「どうかしたのかの？　やはり水晶に、なにも映らなかったのかい？」

「あ、いや、ちゃんと啓示は受けられました。ただ、適性がちょっと」

馬鹿正直に性愛の適性があったとは言えないので言葉を濁す。なんでこんな適性がついたんだろ。トリップ前に、エロいことばかり考えていたからですか？　だって童貞なんだもん仕方ないじゃん。

言い澱《よど》む俺を特に怪しむことなく、お爺ちゃん司祭はわかっていると言いたげな様子で頷いた。

「若者が特別な適性を求めてしまうのは、いつの時代も同じじゃのう。じゃが、その適性は神がお前さんにふさわしいと思って授けたのじゃ。大切におし」

お爺ちゃん司祭は、ほっほっと穏やかに笑う。……うん、まあ確かに特別な適性がほしいとか思ったりしたけど、こんなにレアリティの高い適性はいらなかった。本気でいらない。なんでエロに適性があるんだよ。神様が俺にふさわしいと思ったのはこれなのか？　神なんて滅んじまえ。

うちひしがれる俺と入れ替わりに、フィルが部屋の中に入っていった。フィルを待っている間に青年に「啓示内容の写しは必要ですか？」と聞かれた。なんですかそれ？　と聞いてみると適性を授かったことの証書らしい。職種によっては必要な適性があるらしく、そういう時に使うようだ。

ちなみにお値段は銀貨1枚だそうです。金取るのかよと思ったが、教会の人間だって霞《かすみ》を食べて生きているのではないのだろうし、仕方ないか。でも銀貨1枚はボッタクリすぎだと思う。

まあ、とりあえず今のところ写しはいりませんね。そんな証《あかし》は俺のメンタルを抉《えぐ》る以外に使い道はありませんから。

青年に断りを入れて扉のところで待っていると、フィルはすぐに戻ってきた。

「終わりました、シロム様」

「そっか。どうだった？」

「はい。暗殺の適性がありました」

え、暗殺？　聞き間違い？　めちゃくちゃ物騒なんだけど、それってもらえて嬉しい適性なの？

まあ俺の適性に比べたら、断然いいと思うけど。

フィルは猫耳をパタパタ動かしながら拳《こぶし》を握りしめる。動く猫耳は可愛いなと目で追っているとフィルが嬉しそうに言う。

「猫人族は戦闘に向かない適性が出ることが多いのです。冒険者のシロム様の役に立てるような適性が出てよかったです」

――フィル、お前ってなんていい奴なんだ。性愛なんて啓示を受けてささくれだってた心が癒《いや》されていきます。適性には恵まれなかったけどパーティメンバーには恵まれたよ。フィルに出会えてよかったな、なんて思いながら教会を後にした。

教会を出ると外はもう薄暗くなっていた。とりあえずお腹が空いたので適当な店に入ると、夕食時ということもあり中はそれなりに混んでいた。

なにを食べようかと悩んでいたら、フィルは魚料理を選んでメニューを置いた。

「フィルはいつも魚だね。魚以外食べないの？」

「他の食べ物が嫌いというわけではありませんが、なにを食べてもいいと言われると魚にしてしまいますね。よろしければシロム様もいかがですか？　例えばリニアフィッシュは脂がのっていて美《お》味《い》しいですよ」

「そっか。なら俺もそれにするよ」

リニアフィッシュは黄色くて目玉が赤い細身の魚で、煮つけにされて出てきた。前の世界では見たことないものだが、身がふっくらしていて美味《うま》い。普通の白身魚の味だ。

フィルとゆっくり夕食を取ってると店がさらに混んできて、店員さんに相席をお願いされた。了承すれば、ちょっとゴツいフツメン二人組がやってきた。

「よっと、邪魔するな、あんちゃん」

「おい、店員。ガルクの焼き肉定食を二つくれ。お前もそれでいいな」

「ああ、いいぜ」

フツメンたちは焼き肉定食を注文した。まあゴツイ男たちの食事になんか興味ないので、俺は黙々《もくもく》と煮魚の骨を取る作業に勤しむ。この世界にはお箸が普通に存在しているから、魚の骨を取ることにも苦労はない。さりげなく日本と同じ文化が存在していて嬉しいです。

「ん？　お前ひょっとしてシロムか？」

「お、本当だ。あのシロムじゃねえか。近くで見るとひょっこいぜ。冒険者っぽくねえな」

煮魚を口に運んでいたところ、いきなり自分の名前が出てきて驚く。あのシロムって、どのシロムだ？　俺って有名なの？　でも言葉のニュアンスからすると、いい噂じゃないっぽいぞ。ひょっこいってなんだよ、ひょっこいって！　ふふふ、どうやら俺の実力を知らしめる時が来たようだ。

表出ろや、ゴルァッ！　返り討ちにしてやんよ！

「いきなり貶《おとし》めるようなこと言ってきて、なんなんですか？　喧嘩《けんか》売ってるんですか？　買うぞ、この野郎」

「おうおう、落ち着けって。なんだお前、背が小せぇこと気にしてるのか？　男はすぐにでっかくなるから気にするなよ。にしても、噂の新人にこんなところで会えるなんてついてるな。ギルドではミチェルの野郎が睨《にら》みをきかせてるから声かけにくかったし」

「そうそう。ミチェルの奴、囲い込んでやがったもんな。おかげで唾《つば》つける隙すらねえ。なあシロム、お前その歳でDランククエストこなしてるんだろ？　大したもんだな」

フツメンどもは馴《な》れ馴《な》れしく話しかけてくる。話の内容を聞くに、俺が今まで他の冒険者にあまり話しかけられなかったのは、ミチェルさんのおかげだったらしい。これはミチェルさんグッジョブと言わざるを得ない。ムサイ奴らと関わりたくないもん。動機はともかく男どもを近寄らせないでくれたミチェルさんには、感謝の念を送っておこう。あざーっす！

「Dランクのクエストを達成できてるのは、俺の力だけじゃなくてフィルのおかげでもありますよ。フィルがいるから俺は冒険者としてやっていけてるんですからね」

「フィルって、そこの猫人族の奴だろ？　猫人族なんて床に侍《はべ》らすにはいいが、戦闘では役に立たねぇだろ。謙遜《けんそん》も過ぎると嫌味に取られるぜ？」

「それに、聞いた話ではその猫人族は奴隷とかいう話じゃねぇか。別に冒険者が性奴隷連れてるなんて珍しくねぇし、隠すなよ。ああ、そういう意味で役に立ってるってことか？　ヒャハハ」

そう言うとフツメンどもは唾《つば》を飛ばし下品な笑い声を上げた。下世話な話が好まれるのは、どの世界でも同じらしい。だが、今のはまったくもって許せん！

フィルは、なんのスキルもないのにモンスターに立ち向かって倒す、勇敢《ゆうかん》で優秀な奴だ。俺は仲間として、とても信頼してる。

フィルも、こんなくそ野郎どもの暴言を聞くだけじゃなくて、言い返していいんだぜ？　と言おうと思ったが、うつむいて唇を噛んでる。最近色んなことを言い合えるようになってきたけど、フィルはまだまだ内気だ。ならばここは俺が言わねばなるまい。この場は黙って引けません！

「ふざけんな！　ただのモブ顔がフィルを悪く言うんじゃねぇ！　フィルは超絶いい奴なんだぞ！」

俺が食って掛かると、流石《さすが》のフツメン共も、かちんときたらしい。ガタッと席を立ち、俺を見下ろしてきた。

「言ってくれるじゃねえか。ちょっと可愛いからって調子に乗るんじゃねえぞ？　俺たちはCランク冒険者だぜ？」

「これは大人な俺たちが、しつけないといけねぇようだな？　表出な、シロム。可愛がってやるぜ」

フツメン共は下品な笑みを浮かべる。

あり？　これはまずいルートに入ったんじゃね？　負けたらあれだろ？　エロ同人みたいに陵辱《りょうじょく》ルートに入るんだろ？　全身鳥肌立ったわ。

そんなの、妹に『ちょっとお兄ちゃん女装してみない？』ってメイド服着せられた時よりも断然嫌だわ。ちなみに着た後は『無駄に似合っていてムカつく』と殴られた。世界は理不尽だと思う。

俺も席を立つ。お店に迷惑をかけるわけにはいかないし、やり合うならば外に出るべきだろう。

ふふふ、このフツメン共には俺の力を見せつけてやらねばならないようだな。身勝手な防御力《エゴニスト》と紅盗の斬剣《ブラッティスティールダガー》を持つ俺に死角などない！　我がチートスキルの餌食《えじき》にしてやろう！

そう思って店を出ようとした瞬間、フツメンその1の首元に、なにかがきらりと光るのが見えた。え、なに？　と思ってよく見ると、フツメンその1のうしろに、恐ろしい形相で首元にナイフを突きつけるフィルがいた。

「僕に対する暴言は構いませんが、シロム様に危害を加えようとするのは許しません。しかもシロム様を性的な目で見ましたね？　万死《ばんし》に値します」

「ひっ！　いつの間にうしろに⁉」

フツメンその１が小さく悲鳴を上げる。

俺も思った。え、フィルいつの間にうしろに行ったの？　一連の出来事を見てたはずなのに、俺も全然気付かなかったぞ？

フツメンその１はもちろんだけれども、フツメンその２も動けずにいる。それだけフィルの殺気は凄《すさ》まじい。

「シロム様に手を出そうとするなんて、おこがましいにもほどがあります。貴方のような人が存在しているだけで腹立たしい。消してしまっても問題ありませんね？」

「ま、待ってくれ！　ちょっとからかってやろうと思っただけで、危害を加えるつもりはなかったんだ！　助けてくれ‼」

いよいよ手に力を込め始めたフィルに、フツメンその１が泣きつく。フツメンその２もガタガタ震えるだけで動けないようだ。うん、ちょっと落ち着こう、フィル。ここはまだお店の中だし、その手に持っているナイフは店の物だよね？　汚してはダメだと思うの。

フィルの忠誠心、高すぎだろ。まだ出会ってから大した時間が経ってないのに、懐かれすぎてないですか？

というかフィル、強すぎない？　こんなに強かったっけ？　フツメンたちを鑑定したら二人ともレベル20以上あるし、Cランク冒険者なんだろ？　フィルのレベルって確か11だよね。え、なんで？

考えられるのは適性の効果だ。実力差があろうが、急所を抉《えぐ》れるのか？　あれ？　ひょっとして暗殺って超レア適性？　まさかのチート適性？　俺の適性なんて性愛なのに、なにこの不公平。俺にもすごい適性つけてくれよ！

とりあえず、お店の中が葬式会場のように静まり返っているから、そろそろ止めに入ろう。ダメだったらフツメンの命は諦《あきら》める。今のフィルに勝てる気はしません。

「えーと、フィルもういいよ。俺、気にしてないし離してあげて」

「どうしてですか。こいつらはシロム様を侮辱《ぶじょく》したんですよ？　殺しましょう」

「いや、本当にいいから。ここお店の中だし騒ぐのやめて。ね？　ね？　マジお願い」

そう言うとフィルは、しぶしぶナイフを下ろした。よかった、まだ俺の言うことは聞いてくれるんだ。一応立場的には俺がご主人様なのに全然そんな気がしません。フィルが怖すぎるのがよくないと思う。

フツメンたちは解放されるとすぐに、慌てて逃げていった。フィルは俺のほうを向く。

「本当によろしかったんですか、シロム様」

「うん、本当によかったですよ。人殺しよくない。とりあえず店を出ようか。騒ぎになっちゃったし」

お代を机の上に置いてフィルと店を出る。もうこの店には来れないなーと思いながら横を見るとフィルはご機嫌だった。

「何故かわからないのですが、どこを刺せばよいかとか、どういう風に動けば相手を倒せるのかがわかるんです。これも暗殺の適性なのでしょうか？　シロム様をお守りできて嬉しいです」

楽しそうに言うフィルに、やっぱり暗殺って物騒なスキルだと確信する。いや、でもまあパーティメンバーが強いのは有難いよね。これからもフィルのことは頼りにさせてもらおう。

——余談だが、これを機にさらに他の冒険者に絡まれなくなった。もちろんムサイおっさんにもだ。よかったと喜んでおこう。

この日からフィルが暗殺者としての才能を発揮して、バリバリ戦闘をこなすようになってきた。急所を見つけ、レベル差をものともせず一撃で相手を葬《ほうむ》ることができる。最近ではフィルにモンスターの討伐数が負けっぱなしだ。いかんいかん、このままだと年上としての威厳を喪失してしまうではないか！　俺も頑張るぞ！　うおおおおっ‼

こうして頑張ってモンスターを倒していたら、破殻への天啓《ブレイストランクアップ》さんがお仕事してくれてたらしく、俺のレベルが15に上がった。ちなみにフィルはレベル12である。レベルは勝った！

しかもレベル15になるとCランク冒険者への試練を受けることができるのだ。ついに来たよ！　Cランク冒険者！　これに合格できれば、とりあえず冒険者としては一人前と見なされるらしい。いい加減、ガキ扱いには飽き飽きだ。いくぜCランク試験！　ここにまた一つ、俺の伝説が刻まれるのだ！

というわけでミチェルさーん！　試験の受け方、教えてください！

「Cランク冒険者の試験を受けたいの？　うーん、正直シロムくんには早いんじゃないかな」

「いやいや！　そんなことはないですよ、ミチェルさん！　俺、ちゃんとレベル15になりましたよ！　受験資格満たしましたよ！　なので受けさせてください！」

何故かミチェルさんは渋っていたが、なんとか説得して試験について教えてもらう。それで知ったのだが、Cランク冒険者の試験はこれまでの試験とは別物で国家資格なのだそうだ。

え、国家資格？　ギルドが認定してくれるんじゃないの？　と首を傾げる俺に、ミチェルさんは丁寧にCランクの意義について教えてくれた。

冒険者ギルドというのはモンスターを倒すために設立された機関のことで、国家からは独立した形を取っている。冒険者ギルドに所属する者たちの戦力は、一国の軍隊に匹敵するほど大きい。これを脅威に思った国家が、部分的に試験に介入し、戦力を把握しているのだ。

EランクDランクには、薬草摘みをする子供や猟のついでにゴブリンを狩る村人なども含まれる。であるからして国家の許可が必要なランクをCと定めた。そしてSランクに許可がいる理由だが、これはわかりやすいね。彼らは複数人集まれば国家戦力に匹敵しちゃう化け物なんだから、把握したいのは当然です。ちなみにSランクの認定には王様の許可が必要らしい。マジすげえ。

なお、Cランク冒険者からは国家が身元を保証してくれる。さらにダンジョンに入る優先権があったり、ある一定の金銭を納めれば市民権を獲得できたりもする。介入される煩《わずら》わしさはあるものの、国とギルド、互いにとってこれはｗｉｎ《ウィン》‐ｗｉｎ《ウィン》な関係なのだ。

ちなみに、Cランク冒険者になるには面接と実地試験を突破しなければならない。試験官を務めるのは騎士たちで、だからミチェルさんは不安らしい。何故ならば——

「騎士っていうのは弱い者を守ることに奮闘する生き物だからね。正直、子供にしか見えないシロムくんが冒険者として活動するのを、彼らは許さないだろう。面接を突破できる可能性は、ほとんどないよ」

——もういい加減、俺の童顔フェイスを弄《いじ》るのはやめていただけませんか神様。なんなの、本当になんなの。どんだけ俺をひょっこい扱いにしたいんだ、この世界は!!

ミチェルさんの言葉を聞いて頭を抱える。俺がCランク冒険者になれない理由は、お子様に見えるからだそうだ。そんなの対処できないんだけど、酷くないですか？　俺にどうしろと言うんだよ。

フィルが一生懸命、「その愛らしさはシロム様の魅力です！」とフォローを入れてくるけど、それ傷を抉《えぐ》ってるだけだぞ。こうなったら実戦で俺の実力見せつけて意地でもCランクになってやる！

渋るミチェルさんをごり押しして、Cランク冒険者の試験を申し込んで受験票をもらう。試験を受ける場所は、ここから少し離れた場所にあるリーデルという街らしい。騎士団があるような大きな街じゃないと試験を受けられないそうだ。

ミチェルさんに申し込みをしてもらった後、教会に行きレベルを測ってもらい、その写しを買う。Cランク冒険者の昇級試験には教会で発行してもらえる写しが必要らしい。なんだかこの世界の教会って宗教的な場所じゃなくて市役所みたいですね。代金は銀貨1枚と結構高かったけど！

リーデルの街までは徒歩で丸二日、馬車で半日だったので銀貨2枚を払って馬車で移動する。


街はベルザよりも大きくて、とても栄えていた。ベルザが田舎の町って感じなのに対してリーデルは都会の街というようなイメージだ。

Cランク冒険者の試験を受けるためにはギルドにいかなければならないらしいので、門番のおっさんに場所を聞いて向かう。だいたい受験票を出してから三日から一週間くらい準備にかかるらしく、受験者はその間ギルドでクエストを受注しながら過ごすのが普通らしい。

じゃあ受験票出したら軽くクエストでも受けようかな。このあたりにいるモンスターは、どんなのか知りたいし。

フィルにも確認したら、それでいいらしい。よし、ひと狩りいこうぜー。

「Cランク冒険者の昇級試験を受けにこられた方ですね。それではこれから面接を始めるので、あちらの扉から中にお入りください」

「え、今からですか？」

「はい、そうです」

そう言って受付のお兄さんはにっこり笑う。

え、今から？　今から面接なの？　ちょっ、流石《さすが》に急すぎませんか？　三日は待つことになるって聞いてたから、心の準備が全然できてませんよ？　え、本当に今から面接始まっちゃうの？

困惑の眼差《まなざ》しを向けても、受付のお兄さんはただニコニコと奥のドアを指し示す。

無言の圧力を感じます。これは逃げられませんね。

チラッとフィルのほうを見ると、フィルもよくわからないといった表情をしていた。

なんなんだろうね、この状況。

「じゃあフィル、俺は今から面接受けに行ってくるよ」

「はい、シロム様。気を付けてくださいね。なにやらギルド内の雰囲気も妙であるように感じるのです」

フィルの言葉を聞いてあたりを見渡すと、皆、俺を見ながらひそひそと話している。そこには可哀想だとか運がなかったとか、同情的なニュアンスを感じた。

これって、なにかあるのだろうか。もう、雰囲気的にすごく行きたくないけど、手続き受付のお兄さんに行けと（視線で）言われているし行くしかない。

恐る恐る扉を開けると、そこは革張りのソファと品のいい机が中央に置かれた部屋だった。

中に入ると、奥のソファに人が座っているのがわかった。燃えるような赤い髪にキリッとしたシャープな顔立ち、全身からは気品が感じられる。腰に白い鞘《さや》に包まれた剣を差し、近くの壁には紋章が刻まれた大きな白い盾《たて》を立てかけ、いかにも騎士って感じの真面目系イケメンが座っていた。

「君がCランクになりたいと言っている冒険者だな。これから面接を始めるので、そこにかけてくれ」

そう言ってイケメン騎士が指し示す向かい側のソファに俺も座る。

ヤバイ、緊張してきた。とりあえずこのイケメン騎士のステータスでも見てみるか。

【名　前】アレックス・ディガード
【年　齢】26
【適　性】盾《たて》
【階　級】Lv58
【スキル】完璧な防御盾《パーフェクトディフェンダー》
条件：盾《たて》の適性があること
Lvが45以上であること
能力：攻撃を盾《たて》で完全に防ぐ
代償：攻撃を受けるたびに盾《たて》の耐久力が減少し、一定の攻撃量を受けると盾《たて》は壊れる

うわっ、こいつもスキル持っているぞ。しかも、どんな攻撃でも防いじゃうスキルだと？　なにそれすごい。

「まず、先に名乗っておこうか。私は第一騎士団所属の上級騎士、アレックス・ディガードだ。本来ならCランク冒険者の試験はこの街の騎士にさせるべきなのだが、近年Cランク冒険者の質の低下が著《いちじる》しいので自分の目で現状を確かめに来た」

そう言ってイケメン騎士が自己紹介した。第一騎士団の上級騎士とか、エリート臭しかしませんね。

そんなに偉い方が、最近のCランク冒険者は碌《ろく》な奴がいないから面接官を引き受けたと。

そうですか、わざわざご苦労様です。

ていうか完全にとばっちりじゃねえか。あの俺に絡んできたフツメンどもみたいな野郎がいるせいで、俺の試験が難しくなっているんだろう？

うわあああっ！　ふざけんなこのやろう！　なんで俺ばかりが損しないといけないんだ！　Cランク冒険者にチンピラみたいな奴が多いのは俺のせいじゃないぞ!?　くそう、こうなったらなにがなんでもCランク冒険者になってやる！　俺は逆境に負けない男だ！　頑張れシロム！

「それでは早速面接を始めようと思っているのだが、君はまだ子供じゃないか？　Cランク冒険者になるには早すぎると思うのだが」

「いや、これでも俺、十八歳ですから」

早速きた心を抉《えぐ》る質問に、俺は笑顔で答える。

落ち着け、俺。今は面接中だから悪印象になることはするんじゃない。ムカつくからと襲いかかるなら夜道でだ。とりあえず今はイケメン爆発しろとだけ心で叫んでいよう。

「そうなのか？　だが、それでも君みたいな子が冒険者という命をかける職業を選ぶ必要はないんじゃないだろうか？　ご両親はなんて言っているのだ？」

「昔から憧《あこが》れていた職業なので構いません。それに、両親はいませんから」

イケメン騎士は目を見開いた後、すまない、と言ってうなだれた。俺の言葉から親は死んだのだと思ったのだろう。

いや、嘘は言ってないよ。だって親は、この世界にはいないんだもん。

そういえばこの世界に来て結構時間経ったけど、家族はどうしてるのかな。いつも通り韓流ドラマの俳優にキャーキャー言っている母さんに、父さんは尻に敷かれてるのかな。それで妹は、無駄にハイスペックで顔もよかった俺の親友にアタックし続けているのかな。

多分あっちの世界も平和だわ。俺も好きに生きよー。

「そうか。それは言いづらいことを聞いた。すまなかった」

「いいえ、別に気にしてません。それで、俺はどうしても冒険者でいたいんですけど」

「いや、そのような境遇ならば、なおさら冒険者などになるべきではない。ご両親も君に幸せになってほしいはずだ。仕事がなければ騎士団の仕事を斡旋《あっせん》しよう。だから諦めてほしい」

死んだ両親（と思い込んでいるだけ）の話題に触れたんだから、それを負い目に面接緩くしてくれないかなーと思ったら、逆に保護しないといけないと思ったらしい。

えー、仕事紹介してくれるのは有難い話なんだろうけど、俺はコツコツ働くんじゃなくて、ドバーッと華やかに生きたいんだって。正社員として生きるより事業を興《おこ》すとか、そっちのほうがいいの。いいじゃん、まだ十八歳なんだから世界に夢見ても。

というわけでイケメン騎士がなんと言おうが、俺は冒険者をやめるつもりはない。しかし、こいつを納得させないと俺はCランク冒険者にはなれないのだ。

どうするかなー。そもそも面接で冒険者になれるか決めるのがおかしいんだよ。ここは実力ではっきりさせよう。

「俺は、なんと言われようが冒険者をやめるつもりはありません。とりあえず俺の実力を見てください。それで納得させられなかったら諦《あきら》めます」

「……いいだろう。君の実力も知らずに将来を決めるのは間違っているな。その代わり、試験で私を納得させられなかったら冒険者をやめなさい」

俺はその言葉には頷かず、にっこりとだけ笑う。

身勝手《エゴニスト》な防御力と紅盗の斬剣《ブラッティスティールダガー》を持つ俺が、よもやCランク冒険者の試験に落ちることなどないだろう。この勝負はもらったな！　かるーく、サクッと合格してみせるぜ！

まあそれに、このイケメン騎士を納得させられなかったとしても、別の場所で再受験すればいいだけだしね。俺、冒険者やめるとは約束してませんから。

イケメン騎士ことアレックスはソファから立ち上がると「よし！　では今から行くぞ！」と叫んだ。

うん。……え、今から？

呆然《ぼうぜん》としていたところ、アレックスが立ち上がり部屋を出て行こうとしたので、慌てて俺も追う。

そして部屋の前にいたフィルに状況を伝える。

「今から俺、Cランクの試験受けてくるね」

「僕は、ついていくことができないのですね。わかりました、ここでお待ちしております。いってらっしゃいませ、シロム様」

ということでアレックスと共に試験場所であるランデルの草原に向かう。せっかくの晴天でピクニック日和《びより》なのに、一緒に出かける相手が野郎とは楽しくないけれど。

さて、それで試験内容なのだが、ランデルの草原に出現するワーウルフを狩ることらしい。事前に聞いたミチェルさん情報だと、ワーウルフは二足歩行の狼《おおかみ》で、サイズは成人男性程度だそうだ。そして片腕が金属で、今までのモンスターとは桁違いに攻撃力が高いらしい。一撃もらえば意識が遠退《とおの》き、その間に金属の爪にやられて命を落とすという。

今まで戦ってきたDランクのモンスターより、はるかに強いだろう。だけれども、こいつに勝たなければCランク冒険者になれないというならばやってやるさ！　サクッと倒してアレックスに俺の実力を知らしめてやろう。そう思いながらランデルの草原を歩く。あたりを見渡す。また歩く。

……あの、まったくモンスターに遭遇しないんだけど、いつになったら試験が始まるのでしょう？

「……おかしい、いつもなら何体かのワーウルフが闊歩《かっぽ》しているのに。ワーウルフどころか他のモンスターも見当たらない。どういうことだ？」

アレックスが周りを確認しながら訝《いぶか》しげにそう言う。どうしてなんでしょうね。他の冒険者が狩り尽くした後とかかな？　それでも、なにもいないっていうのはおかしい気がするぞ。

そうしてしばらく歩いていると、右手に大きな金属の手をぶら下げた二足歩行の狼をやっと見つけた。おそらくあれがワーウルフなのだろう。

「じゃあ行ってきますね」

「ああ、気を付けてくれ。なにやら今日のランデルの草原はおかしいからな。危ないと思ったらすぐに助けを求めてくれ」

「はい。わかりました」

心配そうなアレックスに頷き返し、草原を闊歩《かっぽ》しているワーウルフに近付く。ワーウルフは俺の姿を見つけるとグルルゥッ！　と唸《うな》り声を上げた。

さて、いよいよ俺のCランク冒険者の試験が始まりますね！　紅盗の斬剣《ブラッティスティールダガー》を構えてワーウルフに向き合う。とりあえずあの金属の右手を食らわないように気を付けよう。あとは先手必勝だな、まずは俺の攻撃を受けてみろ！　ということで、全力でワーウルフに向かって走り出す。その瞬間、ワーウルフが腕を振り上げ攻撃を仕掛けてきたが、目で追える程遅い。ステップを踏みながら避《よ》け、そのまま足の裏に力を入れてワーウルフに飛びかかり、紅盗の斬剣《ブラッティスティールダガー》を突き入れた。肉を切り裂く感触があり、もう一撃！　と思った瞬間――ギャオオォンッーーッ！　という叫び声と共に光のエフェクトとなり消えていく。その場にはコロリと金属の塊《かたまり》が残った。

……え、終わり？　もう戦闘終了？　俺にいくらチートスキルがあるからといっても、これは早すぎませんか？　だって仮にも国家資格を得るための超重要試験なんですよ？

「……おかしい。どういうことだ？」

一連の出来事を見ていたアレックスも、このことを変に思ったらしい。眉間に皺《しわ》を寄せ、難しい顔をしている。

「シロムくんのことを軽んじるつもりはないが、こうも簡単にあのワーウルフが倒されるなんてありえないことだ。他のモンスターを見かけないこともそうだし、様子がおかしい」

やっぱり今の状況はおかしいらしい。いったいなにが起こっているのだろう？

そんなことを考えていると、突然、グギャアァァアーーッ‼　というモンスターの叫び声が聞こえ、身体がビクッと震える。

え？　え？　と思ってあたりを見渡していると、そいつは草木を踏みしめながら歩いてきた。俺の何倍もあるだろう巨大な身体にギラつく赤い瞳、全身は硬そうな茶色い皮膚に覆《おお》われ、くすんだ色の鋭い牙がある。俺たちを見下ろすその目は、完全に獲物を見るそれだ。

「あ、大地の土竜《アースドラゴン》」

アレックスが呆然とした声を上げる。

そう。今、目の前に立ちはだかっているのは、俺がこの世界にきて初めて目にしたドラゴンだった。

はい、というわけで戦闘突入です。対戦相手は、まさかのドラゴン。いくら俺にチートスキルが搭載《とうさい》されているとはいえ、これは無理ゲーじゃね？

だってドラゴンだよ、ドラゴン！　ＲＰＧではラスボスの城の前とかで出てくる超強力モンスターですよ！　ダメだ、これは。逃げるしかないね。

「大地の土竜《アースドラゴン》は広範囲にブレスを吐いて攻撃ができる。背を見せたら最後、塵《ちり》にされるぞ」

「マジか。まさかの逃亡ルートなしですか。マジつらいです」

逃げようと思ったら、それはできないらしい。今の心境は、ゲームのセーブ前に強制戦闘に巻き込まれたような感じです。絶望感が半端ないですわ。

仕方がないのでイケメン騎士アレックスと協力プレイタイムを始めます。暗殺適性のあるフィルがいたら心強かったけど、無い物ねだりはやめておこう。それにアレックスだってレベル58で、スキルもあるんだから強いだろ。よし、いける気がしてきた。

そうこうしてると大地の土竜《アースドラゴン》がカパリと口を開き、息を吸い込んでいく。なんかブレスの予備動作っぽいなと思ってたら、アレックスが「ブレスが来るぞ！　俺のうしろに隠れろ！」と叫んだ。

え、マジでブレスがくるの？

「クゴォオオォーー!!」

「完璧な防御盾《パーフェクトディフェンダー》!!」

アレックスがそう叫ぶと、持っている盾《たて》が白く光り、次の瞬間、隣を豪風が突き抜けていった。

これがアレックスのスキル、完璧な防御盾《パーフェクトディフェンダー》か。確かにドラゴンのブレスをきっちり防いでくれた。おかげで盾《たて》の中にいた俺は無傷である。

いやー、助かったー。この攻撃は、アレックスがいなかったら絶対に防げなかったよ。だって俺たちの両脇の地面が綺麗に抉《えぐ》れているんだぞ？　身勝手《エゴニスト》な防御力があっても無事じゃなかったわ。

これはそろそろ防具を充実させろという神からのお達しか？　俺、この戦いが終わったら防具屋にいくんだ。その前に、帰れるかが問題だが。

「くっ、やはり攻撃力も相当高い。この盾《たて》がいつまで持つか」

「じゃあ、その前になんとかしないとダメですね。逃げるのが無理なら戦いましょう！」

無敵の防御力を誇るアレックスの盾《たて》だが、それも無限に使える訳ではない。攻撃を受けるたびにダメージを受け、最終的には壊れてしまうそうだ。

ならばその前に手を打たなければならない。そう思ってアレックスを見るが、苦々しい表情を浮かべて敵を睨《にら》み付けていた。

「大地の土竜《アースドラゴン》は本来なら上級騎士四人以上で挑むべきAランクモンスターなのだ。ドラゴン種の中でも最も防御力が高く、私は攻撃面での決定打を持っていない。倒すのは、かなり難しいだろう」

「クギャオオォォーーー!!」

「くっ、完璧な防御盾《パーフェクトディフェンダー》ッ！　シロムくん、なんとかして隙を作るから逃げてくれ……ッ！」

「えっ、でもそれってアレックスが危ないんじゃ」

「私のことは心配するな。市民を守ってこその騎士だ」

そう言ってふっと笑うと、アレックスは大地の土竜《アースドラゴン》が振り下ろした鉤爪《かぎづめ》の攻撃を盾《たて》で受ける。ガキッと金属音がした。アレックスが足に力を入れて、攻撃を受け続けている。

「大地の土竜《アースドラゴン》の攻撃はすべて受け止めてみせるッ！　逃げろっシロムくん……ッ！」

アレックスの叫ぶ声が聞こえてくる。確かに今、俺だけなら逃げられるだろう。

大した戦闘経験のない俺がこの場に留《とど》まれば、アレックスの邪魔になるのかもしれない。だから逃げて、助けを呼ぶのが戦術的には正しいのだろう。

だけどアレックスを置いて逃げて、本当によいのだろうか？　俺は、ずっと物語の主人公みたいに生きてみたかった。強くてカッコよくて、皆をハッピーエンドに導ける主人公のように生きてみたいのだ。ここで誰かを犠牲にして生き残るような奴は、ヒーローにはなれない。

だから俺の答えは決まっていた。

バンッと大きな音がして、アレックスが攻撃を弾《はじ》く。その衝撃にアレックスと大地の土竜《アースドラゴン》は仰《の》け反《ぞ》り、隙が生まれた。うん、行くよ。

走る。全力で、その場から駆け出す。でも逃げるためではないんだ。

うしろで「なっ⁉　何故……、何故逃げないんだ……、シロムくん……ッ！」というアレックスの声が聞こえたけれども足を止めず、大地の土竜《アースドラゴン》の懐《ふところ》に飛び込む。そうして強く握った紅盗の斬剣《ブラッティスティールダガー》を、奴のうしろ足に突き立て横に引く。筋を切った感触があった。これでもう、うしろ足は使えないだろう。

その瞬間大地の土竜《アースドラゴン》が悲鳴を上げ暴れ出し、うしろからは「えっ……」とアレックスの驚いた声が聞こえる。そして俺は、大地の土竜《アースドラゴン》の攻撃をかいくぐり、アレックスのところまで戻る。

「まさか、大地の土竜《アースドラゴン》に攻撃が効いているのか……？　だが、まだシロムくんはCランク冒険者の実力があるかどうかのレベルじゃ……」

信じられない、といった顔でなにやら呟いているアレックスに近付く。

「ごめん、アレックス。せっかく逃がしてくれようとしたのに、勝手に攻撃仕掛けて。でも俺は逃げたくないんだ。誰かを犠牲にして生きる、なんてことはしたくない」

へらりと笑ってそう言う。アレックスは一瞬戸惑った後に一息ついて、仕方なさそうに笑った。

「君はやはり冒険者に向いてないようだ。冒険者なら生き残ることをなにより優先すべきなのだぞ?」

「俺が目指しているのはSランク冒険者だから、強敵からも逃げないんです」

「ふっ、そうか。ならば生きて帰らなければなるまいな。君のおかげで勝機も見えてきた」

そう言ってアレックスが盾《たて》を構えるのと同時に、大地の土竜《アースドラゴン》が吼《ほ》えた。グルルゥゥと唸《うな》り声を上げながら、こちらを睨《にら》み付けてくる。

「聞きたいこともあるが、今はよそう。シロムくんの攻撃が大地の土竜《アースドラゴン》に効くならば、やりようはある。私が防御するから、シロムくんはダメージを与えることに専念してくれ」

「了解!」

大地の土竜《アースドラゴン》が、ふたたび鉤爪《かぎづめ》を振り下ろしてきた。それをアレックスが受け止め、俺はアレックスのうしろから紅盗の斬剣《ブラッティスティールダガー》でその腕を斬りつける。

すると切り裂いた瞬間、ドクンと身体が脈打ち、力が湧いてきた。紅盗の斬剣《ブラッティスティールダガー》の効果が発動したらしい。流石《さすが》ランクAの武器、回復機能がついているなんて素晴らしすぎます!

アレックスの盾《たて》に守られながら、攻撃を繰り返していく。盾《たて》役が一人いるだけで、こんなにスムーズに戦闘できるのか。アレックスの有難さに感動しながら戦闘を続ける。

アレックスは基本、スキルを使わずに攻撃を受け流しているが、ブレスの時はどうしても使わなければならない。大地の土竜《アースドラゴン》もブレスをそう何度も撃たないようだが、それでも盾《たて》はボロボロになり、蜘蛛《くも》の巣のようにひびが入っている。あと一度か二度、ブレスを受けるのが限度だろう。

大地の土竜《アースドラゴン》の息も荒くダメージが蓄積《ちくせき》されているようなので、どちらが先に倒れるかの勝負である。

鞭《むち》のようにしならせた奴の尻尾をアレックスが受け止め俺が切り裂く。その瞬間、大地の土竜《アースドラゴン》がグギギャオオーーッと叫んだ。お？　これはチャンスじゃね？　一気に決めてしまいましょう！

「大地の土竜《アースドラゴン》よ！　これで終わりだァーー！」

アレックスも同じようにチャンスだと感じたらしい。剣を握りしめ、大地の土竜《アースドラゴン》に斬りかかっていく。それに続き、俺も走り出す。

だが当然大地の土竜《アースドラゴン》だって、ただやられるわけはない。アレックスに向かってブレスを放った。

アレックスは盾《たて》を構え、完璧な防御盾《パーフェクトディフェンダー》を発動させる。攻撃を防いだ瞬間、アレックスの盾《たて》が光り輝きながら砕けた。これでもう大地の土竜《アースドラゴン》の攻撃を防ぐ手段はない。

だが奴が次の動作をする前に、俺の刃が届くだろう。

即座にアレックスのうしろから飛び出し、大地の土竜《アースドラゴン》に斬りかかる。すぐうしろをアレックスが駆けてきているのを感じる。二人の一斉攻撃で仕留めてやる！

——だが大地の土竜《アースドラゴン》は、最強種のモンスターということを忘れていた。油断したつもりはなかった。至極真面目に戦った。ただ次の行動を予想できなかった。

大地の土竜《アースドラゴン》が、ふたたび口を大きく開ける。頭を後方に反らし息を吸い込むその動きは、まさにブレスの前動作だった。

ブレス？　連続で撃つことはできないんじゃ……！

「ギャオオオォォオン!!」

目の前にブレスが迫る。思い出すのは、派手に地面が抉《えぐ》れていった光景だ。大地の土竜《アースドラゴン》には、とんでもない威力がある。俺には身勝手な防御《エゴニスト》力という高性能な防御スキルがあるが、それでも攻撃力を十分の一にするだけだ。とても耐えられる気がしない。

ここで、終わり？　そんな……、嘘だと言ってください。まだ始まってもいないのに……

そう思った瞬間、目の前に白い鎧《よろい》が映る。俺を抱きしめ、アレックスがブレスに背を向ける。

「ぐっ、ぐァあああーーーッ！」

その衝撃にアレックスが悲鳴を上げる。アレックスが俺を庇《かば》い、攻撃を一身に受けたのだ。そんな、だって盾《たて》がなければアレックスだって危ないはずなのに、どうして俺を庇《かば》ったんだよ。

大地の土竜《アースドラゴン》の攻撃が止《や》んだのを確認し、アレックスは腕に込めていた力を抜く。そしてゆっくりと俺を見下ろし微笑んだ。

「無事、か……、シロムくん……」

「アレックスっ！　アレックスこそ大丈夫なのかっ！　俺を庇《かば》って……、どうしてッ！」

「将来の、Sランク冒険者を死なせるわけにはいかないからな……。君が無事でよかっ……」

そう言うと共にアレックスの身体が崩れ落ちる。背中にあったはずの鎧《よろい》は崩れ落ち、真っ赤に腫《は》れ上がった皮膚が所々露出している。酷い怪我だ。

効果があるかわからんが、異空間倉庫《アイテムボックス》からミチェルさんにもらったポーションを取り出し、アレックスの背中に塗りたくる。その間に「グルルゥッ」という唸《うな》り声が聞こえてきた。見ると大地の土竜《アースドラゴン》が荒い息を繰り返しながら、こちらを睨《にら》み付けている。

今は少し弱っているようだ。だけれども時間が経てば回復し、またブレスを撃ってくるだろう。もう一度ブレスを撃たれれば、俺たちに為す術《すべ》はない。

俺は立ち上がり紅盗の斬剣《ブラッティスティールダガー》を構える。この場に今、戦える者は俺しかいない。俺が倒すのだ。

正直、ドラゴンに一人で立ち向かうのはすっごく怖い。負ければ死ぬのだ。そう思うと身体の奥から、ざわざわと恐怖がせり上がってくる。

でも俺は、この世界に来て決めたのだ。主人公のように生きようと。主人公ならカッコよくモンスターを仕留めるだろう。だから俺も逃げない。

ここでおまえを倒して、物語の主役になるのだッ！

覚悟は決めた。出し惜しみもしない。俺は、俺の持つスキルのうち最高の攻撃力を誇るスキルの発動を頭に思い浮かべる。

――身体が熱い。沸騰《ふっとう》してしまいそうなほど身体が熱を持ち、力がみなぎってくる。これで大地の土竜《アースドラゴン》を倒し切る！

紅盗の斬剣《ブラッティスティールダガー》を握り締め走り出すと、大地の土竜《アースドラゴン》が俺に向かい鉤爪《かぎづめ》を振り下ろした。それを薙《な》ぎ払う。

瞬間、ゴロリと黒い物が地面に転がった。それは大きな黒い爪だった。鉤爪《かぎづめ》が地面に落ちたのだ。

一決必殺《イッケツヒッサツ》――教会で啓示を受けた時に手に入れた、俺の最大の攻撃スキル。効果は攻撃力を百倍にするというもの。

「グルルっ!?」と唸《うな》り声を上げて動揺している大地の土竜《アースドラゴン》に向かって、紅盗の斬剣《ブラッティスティールダガー》を構える。

これで決める!!

「食らえぇぇぇぇーー!!　一決必殺《イッケツヒッサツ》!!」

怯《ひる》んだ大地の土竜《アースドラゴン》の懐《ふところ》に飛び込み、腹から胸へと紅盗の斬剣《ブラッティスティールダガー》を斬り上げる。瞬間、大地の土竜《アースドラゴン》は恐ろしい悲鳴を上げる。

「ギャオオォーガァアアアッーーーーーーーーー!!!!」

その風圧に吹き飛ばされそうになるが、紅盗の斬剣《ブラッティスティールダガー》は離さない。離すものか。主人公は決して負けないのだ。

さらに紅盗の斬剣《ブラッティスティールダガー》を強く押し込む。すると、なにかが切れた感触があった。

大地の土竜《アースドラゴン》の動きが止まる。

ゆっくりと上体が傾き、地面に沈んでいく。

やがて大地の土竜《アースドラゴン》の身体から光の粒子が飛び散り、そしてそのまま消えていった。

後には薄茶色の透明な球体だけがコロリと転がる。

やった。

やったぞ。

大地の土竜《アースドラゴン》を、ついに倒したぞ!

この球体がきっとドロップアイテムなのだろう。ということは間違いなく奴は力尽きたのだ。

よっしゃあああっ!　俺、ついにドラゴンを討伐したんだな!　ヤバイ、マジ嬉しい。超嬉しい。

途中、本気で死ぬかもと思ったけど勝てちゃいましたよ。これで俺の輝かしい英雄録に新たな伝説が刻まれましたね!

さあ、凱旋《がいせん》だ！　と思いながら薄茶色の球体に手を伸ばすが、届くよりも先に俺は倒れる。起き上がろうとしても身体が動かない。まるでセメントに突っ込まれて固められたかのような感覚だ。

なにこれ動けんと焦っていると、ふと一決必殺《イッケツヒッサツ》の代償のことを思い出す。使用後、身体が硬直するって書いてあった気がするけど……思った以上に威力が強く動揺する。せっかく大地の土竜《アースドラゴン》を倒せたのに、今ここにワーウルフとか通りかかったら確実に死ぬんですけど、どうしよう。

そう思って絶望していると——瞬間、影が差した。やばい、モンスターが来たのか⁉　と思ったが、視界に映るのは銀色の靴だ。それは間違いなく鎧《よろい》の一部である。ということはこの影の主は——

「シロムく……ん」

上から降ってきた声に確信する。この無駄なイケメン声は間違いなくアレックスだ。

アレックス！　生きていたのかアレックス！

大地の土竜《アースドラゴン》のブレスを食らった時は終わったかと思ったけれど、どうやら生きていたらしい。高レベル騎士様なだけあって防御力も高かったのだろう。なにはともあれ生きていてよかったよ。これで雑魚《ざこ》モンスターが来ても安心ですね。後は頼んだ、アレックス！

「くっ、シロムくん。私はそんな……」

だがなにやらアレックスの様子がおかしい。地面に倒れこんでいてよくわからないが、苦しそうだ。やはり大地の土竜《アースドラゴン》のダメージが酷かったのだろうか？　大丈夫か、アレックス？

「わ、私は、ダメだ。だが……、シロムくん」

そう言ってアレックスが俺に向かって手を伸ばす。なんだ、この状況。一決必殺《イッケツヒッサツ》の代償で全然身体が動かないから、アレックスの様子がよくわからない。なんでこいつ、こんなに錯乱してるっぽいの？　地面に叩きつけられた時に頭でも打ったの？　わけわからん。

……いや、ちょっと待て。一決必殺《イッケツヒッサツ》って確か身体が動かなくなるのもそうだけど、半径十メートル以内にいる奴らを魅了し発情させるんだよね？

大地の土竜《アースドラゴン》にトドメを刺した時、アレックスはすぐ側にいた。ということは、つまりそういうことだ。

一決必殺《イッケツヒッサツ》の代償が、アレックスに作用しているということなのだ。

ええええええっ!?　嘘だろ!?　せっかく大地の土竜《アースドラゴン》を倒せたのにまたピンチじゃん！　しかもアレックスとエロルートだと!?　エロ展開はやめてって言ったじゃん！

もう、こうなったらアレックスに一縷《いちる》の望みを託すしかない！　アレックス！　正気に戻れ！　スキルなんかに負けるな！　そして、こっちに来るんじゃねぇぇぇーー!!

「……そうか、シロムくん。私は君のことが」

そう言うとアレックスは俺の頬に手を添え顔を近付けてくる。あ、もうこれダメだ。完全に魅了されてますわ。ということは俺、これからエロいことされるのね。

そしてアレックスとの距離がゼロになる。

うん、俺キスするの初めてなんだけど。初めてなんですけど。

「はっ、シロムくん」

「んっ、んぅー!?　んんー!!」

唇が触れ合ったと思ったら、ぬるりとなにかが口の中に侵入してきた。これは……アレックスの舌だ。どうやらディープキスをされているらしい。

ギャー！　やめてくれぇー!!　ファーストキスでディープキスなんてハード過ぎるだろ！

「んっ、んぅん、ぁんっ、……はっ」

「シロムくんっ、はぁっ、ァ、シロムくん」

「あぅ、んんぅ、はアッ……、ぁぁ」

やがて、ゆっくりとアレックスの顔が離れていった。その際に互いの唇から唾液が糸を引いていくのが見えてしまい、顔から火が出そうだ。

「シロムくん、こんな気持ちになるのは生まれて初めてなんだ。君のことが愛しくて堪《たま》らない。君を私だけの物にしてしまいたい」

そう言ってアレックスは、うっとりと俺を見つめてくる。

いやいや、それ一決必殺《イッケツヒッサツ》の魅了にかかっているだけだから。アレックスの意思じゃないから。早く目を覚ましてくれないかな。

アレックスは俺の服を捲《めく》り上げ、胸に触れる。指でコリコリと弄《いじ》られ、ピリッと腰が痺《しび》れる。

……アイビーウッドにアレコレされてから、なんか乳首が敏感になったんだよな。すぐに勃つし赤くなる。おっぱい感じるとか恥《は》ずかしすぎるのに、触られると気持ちいい。

あれ？　これって性的に開発されてね？　なんと恐ろしい事実に気付いたんだろう。もうこれ以上触らないでください。

そう願うも、アレックスには届かないらしく熱っぽい眼差《まなざ》しを向け俺の胸に顔を寄せる。

「ああ、こんなにも赤く色付いて私を誘っているのか？　なんて美味《おい》しそうなんだ。食べてしまいたくなる」

「ひっ、やっ、やらぁ……。食べないで……、アアぁッ！」

嫌だと首を横に振るも、アレックスはお構いなしに俺の乳首に吸い付いた。胸の芯から引っ張られる感覚に、じゅくっと俺の息子から先走り液が溢《あふ》れるのがわかった。もう乳首は、がっつり性感帯になってしまったらしい。息子さんがお元気になっちゃっているよ。

「あぁはぁッ……、だめぇ、そこ吸わないで……」

「こんなに悦《よろこ》んでいるのに、どうしてだ？　どうやら、こちらも感じてきているみたいではないか」

「アぁアァッ……！　ひゃぅッ!!」

息子が元気になったのは、アレックスにもしっかりバレているらしい。ズボンの中に手を入れられ、下着越しにやんわり握られ優しく擦《こす》られると腰砕けになる。

やっぱり男の子だから、息子さんへの刺激は別格に気持ちいいです。ああ、ヤバイ。ていうかさっきから俺、あんあん喘《あえ》ぎまくっているんだけど、これって身勝手な防御力《エゴニスト》のせいだよね？　こんなに敏感だと早漏になりそうで本気で怖い。

しばらく息子を弄《もてあそ》んだ後、衣服を邪魔に思ったらしいアレックスは俺のズボンを脱がせた。おかげで今の俺の格好は、上着を胸元までめくられ、下はすっぽんぽんという有り様だ。なにこれ酷い。

「こんなにも感じてくれたのだな、シロムくん。健気に勃ち上がり震えているではないか」

「ぁ、ちがっ……、もっ、見るなァっ……」

「心配しなくとも、こちらも可愛がってあげよう。食べてしまっても構わないよな？」

ジロジロ人のモノ見るんじゃねえと言いたいのに、快感と身体の痺《しび》れから口がうまく回らない。

なんなの？　俺の股間見て、なにが楽しいの？　自分とあまりにも大きさが違うから物珍しいってこと？　別に俺の息子は仲間内では決して、決して！　小さくないんだよ！　イケメン様はブツも大きいということなんですか？　うわぁぁぁぁん！　イケメンのばかアホ、でべそ！　俺も来世はイケメンに生まれたい！

そんなことを考えていると、ぬるりとした感覚が下半身を包む。びくりとして下を向いたところ、アレックスが俺の息子を咥えていた。

「んっ、ヂュルッ……、っこんなにいやらしい液を溢《あふ》れさせて、感じているのか？　どんどん溢《あふ》れてくるぞ？」

「ええええっ!?　あ、あっぁぁあんっ！　だめっ、だめぇ……、そこ舐められるの、もっ、むりィ……」

「無理ではないだろ？　これからが本番なのだ」

フェラされている!?　うわわあぁん！　と嘆《なげ》く暇もなく、アレックスは俺の息子を咥《くわ》えながら、うしろに指を入れていった。

イヤよイヤよも好きのうちとかじゃなくて、本気でガチで嫌なのに穴の中に指が入っていく。え、ちょっ、なんでこんなにすんなり入っちゃうの!?

そうこうしている間に、穴に入れる指を増やされた。

「わかるか？　もう私の指を三本も咥え込んでいるぞ？　ここも、こんなに蜜を垂らして淫《みだ》らだな」

「んぁ……、ちが、おれ、ぃんら、ぁじゃな、……いっ」

「そうなのか？　だが、こうやって擦《こす》るとシロムくんは悦《よろこ》んでいるようだけど？」

「ぇあっ……、んんぅ、あァぁ……、あっあぁッー！」

その瞬間、アレックスは俺のナカにある、しこりのようなものを強く押した。全身にぞわぞわとした感覚が駆け巡り、トドメとばかりに息子を強く吸い上げられ——アレックスの口の中に射精した。

もう俺、泣きそう。すでに別の意味で啼《な》かされてるけど。

おまけに尻も感じるんだけど、これってどうよ？

だが絶望はさらに続く。俺の出したものを飲み込んだアレックス（よくあんな不味《まず》そうなもの飲めたな。俺には無理だ）は下半身を覆《おお》う鎧《よろい》を外し、前を寛《くつろ》げた。

すでに臨戦態勢になっているアレックスの息子が覗いている。

ちょっと待て。今からそのナニを俺に入れるつもりなの？　馬鹿なの？　アホなの？　ねぇ、よく見て。

そ ん な も の が 入 る わ け な い だ ろ ‼

アレックスの息子は、かなりでかい。俺のよりも、はっきりでかい。むかつく！

「ああ、シロムくん。君とこうなれるなんて夢のようだ」

「つく、ぁ……、やっ、そんな、おおきい……、の、むりぃ……」

「私と一つになろう。愛している」

アレックスは俺にキスすると、俺の両足を抱え、ナカに捩《ね》じ込んだ。俺の悲鳴はアレックスの口の中に消えた。

びっくりするほどすんなり入っちゃったんだけど、俺のケツどうなっているの？

アレックスが腰を俺に打ち付けてくる。キスしているから喘《あえ》ぎ声を聞かれずに済んでいるけども、息が苦しいしおまけにこの状況自体がよろしくないです。

「んっ、んぅ、んんふはぁ、ん、んぅッ……」

「はっ、はっ、シロムくん！　シロムくん！　ああ、君はなんて可愛いんだッ！　君のすべてが私を魅了してやまないッ!!」

なにもかもが愛しくて堪りませんみたいな視線で見つめられる。あー、アレックスの魅了はいつになったら解けるんだろ。一決必殺《イッケツヒッサツ》の代償、長すぎだろう。もうちょっと使い勝手よくならないですか。

アレックスが口を離したから呼吸はしやすくなったが、喘《あえ》ぎ声がひっきりなしに口から漏れる。

アレックスが「シロムくんッ！　シロムくんッ！」と俺の名前を呼びながら激しく腰を打ち付けてくる。そろそろラストスパートらしい。そして俺もイキそうである。狙っているのか無意識なのか、ナカのしこりの部分を突かれるせいで、俺の身体も高められていた。

——ああ、ダメだ。もう、無理。奥としこりと交互に攻められて耐えられるわけがない。

「シロムくん、中に出すぞっ！　どうか私の子を孕《はら》んでくれッ!!」

「あぁっは、イッ、ぁああッ、イ、ッうぅ！　イッちゃ、あっあぁはッ、もっ、むりィあっあぁあッ、ッ——〜〜〜!!」

アレックスが中に出す感覚を受けながら、俺もイッた。

薄れ行く意識の中で、何気に俺の性体験は全部、青姦《あおかん》であることに気付いた。なにこれ酷い。

——俺はいつの間にか気を失っていたらしい。目を開けると木目の天井が見えてベッドに横になっていた。

次第に意識もはっきりとクリアになり、これまでのことが思い出される。

そうだ、俺はCランク冒険者の試験を受けにきたんだ。それでワーウルフを倒して、ドラゴンが現れて、一決必殺《イッケツヒッサツ》のスキルを使って——

……うん、全部思い出した。俺、アレックスとアレコレしたんだった。

はっきり自覚したら、尻の違和感も強くなる。やっぱりあれは夢じゃなかったのか。

そうか。とりあえず泣くか。男の子だって泣きたい時くらいあるんだよ。

ちらりと横を見ると、目を真っ赤に腫《は》らしたフィルがいた。俺より先に泣いている子がいたわ。

ただいま、フィル。なんとか帰ってきたよ。まったく無事とはいかなかったけど。

「おはよう、フィル。えっと、大丈夫？」

「っ、大丈夫でないのはシロム様のほうですよッ！　大地の土竜《アースドラゴン》と遭遇したと聞いて……。僕がその場にいれば、盾《たて》になることくらいはできたのに」

そう言ってフィルが泣き腫《は》らした瞳をさらに潤《うる》ませた。確かにフィルには暗殺の適性がある。だけれども防御力がぺらっぺらだから、大地の土竜《アースドラゴン》の攻撃を一撃でも受けたらそれでお陀仏《だぶつ》だっただろう。結果としてフィルは、あの場にいなくてよかったよ。

「たとえあそこにフィルがいたといても、盾《たて》になんかしなかったよ。まあいてくれたら心強かったと思うけど、大地の土竜《アースドラゴン》マジ強かったし、正直フィルがいたらやられちゃうと思う。こんな言い方はあれだけど、俺はフィルがいなくてよかったよ。お前に死なれたくないし」

「ッ、それで僕だけ生き残っても、それこそなんの意味もないじゃないですか！　僕はシロム様のものなんです！　シロム様が死んだら僕も死にます！」

「え、いや、いいよ、そこまで付き合わなくても。もし俺が不幸な事故に見舞われたら、適当に生きていいから」

「いえ、死にます！」

そう言うフィルの目は暗く光っている。なにこれ怖い。俺はどうやらフィルのヤンデレスイッチを押してしまったらしい。

別にフィルのことが嫌いとかそういうわけではないよ？　ただヤンデレこわい。

ほの暗いオーラを放つフィルを、落ち着けもちつけと諫《いさ》めながら『そういえば俺のCランク試験どうなったんだろ？　流石《さすが》に合格だよね、じゃないと泣く』とか思ってたら――バン！　と勢いよくドアが開き、赤い髪のイケメンが入ってきた。アレックスだ。

「目が覚めたのか、シロムくん！」

「シロム様に近付くな、この強姦魔がッ‼」

あ、はい。おはようございますアレックス。目は覚めましたよー。お尻以外は無事ですと返答しようと思ったら、フィルがフシャァァー！　と威嚇《いかく》して、腰から短剣を抜きアレックスに投げた。

って、ええええええっーー!?　ちょっと待て、フィル！　いくらなんでも手が早すぎるだろ!?

やめて、俺のために争うの本当にやめて！

というかフィルに、俺とアレックスがアレコレしちゃったの知られているの？　アレックスが喋ったの？

落ち込む俺をよそに、アレックスはさっとフィルの短剣を盾《たて》で防いでいた。盾《たて》、壊れたんじゃなかったのかよ、予備あるのかよ。とりあえずフィルをなんとかしよう。

「フィル、落ち着けって。病み上がりでいきなり目の前で戦闘始まるとか、俺のメンタルが死んでしまうので本当に大人しくしてほしい。ケンカ、よくない」

「ですが、この男はシロム様を襲ったんですよ！　しかもドラゴンを倒して疲労したところを狙い澄ましてきたんですよね？　こんな奴が騎士だなんて許せません！」

「うん、まあそうなんだけど色々事情があるんだよ。アレックスと話したいから、フィルはちょっと待っていてくれ」

そう言うとフィルはぐっと唇を噛みしめ、口を閉ざした。アレックスを睨《にら》み付けるその目は鋭く殺気が籠《こ》もっているように見えるが、静かにしていてくれるならいいや。俺には被害ないですし。

アレックスに視線を向けると、蒼褪《あおざ》めながらも覚悟を決めた表情でこちらを見てきた。えっと、あ、うん。そんな顔されると話しにくいんだけど、とりあえず聞きたいことから聞きますか。

「えっと、アレックス。俺の試験ってどうなったの？」

「大地の土竜《アースドラゴン》を倒した君が落ちるわけないだろ。当然合格だ。上級騎士アレックス・ディガードの名において誓おう」

アレックスが握り拳《こぶし》を胸の前にさっと翳《かざ》した。おそらく誓いのポーズだろう。

俺、合格なのね。やったー、これで俺もCランク冒険者だぜ。確かCランク冒険者は国家資格なんだろう？　これで俺も一人前ですね！

Cランク冒険者になれたことが嬉しくてニヤニヤしていると、アレックスが懐《ふところ》から拳大《こぶしだい》の茶色の球体を取り出した。なんだろう、見たことあるなと思ったらそれは大地の土竜《アースドラゴン》のドロップアイテムだった。

「これは大地の土竜《アースドラゴン》を倒すと手にすることができる竜玉だ。是非とも受け取ってほしい」

そうして差し出された茶色の球体をじっと見つめる。ドラゴンのドロップアイテムの名前は竜玉と言うらしい。倒したのはアレックスのおかげでもあるから竜玉をもらうことはちょっとためらわれるけど、まあいっか。慰謝料として、もらっちゃってもいいよね。

一決必殺《イッケツヒッサツ》の代償として魅了されただけで、アレックスも本意ではなかっただろうから慰謝料はおかしいかもしれんが、ダメージを受けたのは俺だ。少しくらい、いい目を見たっていいだろう。

「ありがとうございます。じゃあ、いただきますね」

「それから君に仕出かした仕打ちについて謝罪させてほしい。すまなかった」

そう言ってアレックスが頭を下げる。いや、もう別にいいよ。確かにアレックスにはアンアン啼《な》かされたしガツガツ掘られたが、どっかのSランク冒険者と違ってアレックスの本意ではないのだ。竜玉ももらったし、そこまで怒ってはいない。

昨日のことはなかったことにしよう、アレックス。忘れてくれ。俺も全力で忘れるから。

「あれはお前だけが悪かったというわけでもないし、俺にも原因がある。だから誰も悪くないんだよ」

「いや、それでは私の気がすまない。責任を取らせてくれ」

いいって言っているのに、なんでそこで食い下がるんだよ。融通《ゆうずう》がきかないって言うか真面目すぎるだろ、こいつ。そもそも、責任取るってなにするの？

内心首を傾げていると、アレックスがガシッと俺の手を掴《つか》んだ。え、なにいきなり。こいつ手がごついななんて思った瞬間――アレックスは俺の手を強く握りしめ真剣な表情になる。

「シロムくん、俺と結婚してほしい」

その言葉を聞いた途端、天使がファンファーレを吹いている光景が目に浮かんだ。どっかの有名な船が沈没する映画のＢＧＭが頭の中に流れ、フィルが尻尾を膨らませ怒っている姿が目の端に映る。うん、ちょっと待ってくれ。どういうことなのだよ。

結婚？　結婚って言ったの？　あのリア充の終着点、一説によると人生の墓場と呼ばれる結婚を申し込まれているの？　俺。

アレか、傷物にしちゃったから責任とって娶《めと》ってくれるってことですか。なに言っているんだ、こいつ。ノーサンキューです。

「いや、アレックス。責任とか本当にいいから。俺にしたことも、そもそもの状況がアレだったわけだし、なんというか別にアレックスだけに責任があるわけじゃないんだよ」

「シロムくん……。いや、そうじゃない。それだけじゃないんだ」

俺がいいって言っているのに、アレックスは首を横に振る。なんなんだよ。そうじゃないなら、どうなんだよ。

アレックスはしばらく言葉を探すかのように視線をさまよわせたが、やがて決意を固めたようで、ゆっくりと口を開いた。

「私は、君のことが好きなんだ。責任というのは口実で、シロムくんのことを愛しているから結婚したいんだ」

「シロム様こいつ殺しましょうか」

アレックスの告白が終わった瞬間、ジャキッとフィルがナイフを構える。さっきそのナイフ、アレックスに投げて弾《はじ》かれてなかったっけ？　いつの間に取りにいったの？　とりあえずひたすら物騒なフィルにやめてくれと伝えて、現状を整理する。

アレックスは俺のことが好きで、だから俺と結婚したいんだという。なんでだよ。どこに好きになる要素があったんだよ。まさか一決必殺《イッケツヒッサツ》の魅了をまだ引きずっているの？　ちょっと待て、どんだけ効力長いんだよ。まさか永続効果ってことはないだろうな？　代償でかすぎて戦慄《せんりつ》するわ。つまり使えば使うほどモテモテになるってことですね。なんでそんなのが俺のメイン攻撃スキルの代償なんだよ。

とりあえず、アレックスの勘違いにワンチャンかけて説得を試《こころ》みよう。

「えっと､アレックス。お前って真面目そうじゃん。だから性行為したのをきっかけに､好きになったって思い込んだだけじゃないの？」

「確かに気付いたきっかけはあの行為だったが、私は最初から君のことが好きだったんだ。じゃなければ、一冒険者に騎士団の仕事を紹介しようとしたりしないさ。無意識のうちに君を手元に置こうとしていたんだ。一目惚れだったんだ」

そう言ってアレックスはイケメンスマイルを浮かべる。どうやら最後の望みも絶《た》たれたらしい。もうこの場にはなに一つ希望がない。アレックスが、いかに自分が結婚相手として良物件かアピールしてくるが、まったく心惹かれません。

「こんな胸が駆り立てられるような気持ちになったのは、生まれて初めてなんだ。君が好きだ、シロムくん。一生大切にするから、私と結婚してほしい」

「いや、あの、そういうのは考えられないので無理です。ごめんなさい」

握られていた手をゆっくり解きながらそう言う。アレックスのことは嫌いではないが、そういう感情は抱かない。

アレックスは目を少し見開き、肩を落とした。あからさまに気落ちしている様子に、申し訳なくなる。

「そうか……、シロムくんは私と同じ気持ちではなかったのか」

「えっと、うん。ちょっと、そういう気持ちにはなれない」

「いや、私が悪い。出会ってまだ一日なのだから君の気持ちがついてこないのは当然のことだろう。これから時間をかけてお互いのことを知っていこう」

にっこり笑うアレックスを目にして、罪悪感が吹っ飛んだ。……は？　おい、ちょっと待ってくれ。俺、ちゃんとアレックスのこと振ったよね？

誤解を解こうと口を開くが、その前にアレックスが「お互いのことを知るために夕食にでもいかないか？　とてもいい雰囲気の店を知っているんだ」と言ってくる。

おう、ジーザス。これは、あかん奴ですわ。

恋愛偏差値は低いが、多くのラブコメを見聞きしてきた俺にはわかる。アレックスが俺を口説こうとしているのだと。

こうなると俺にできることは限られていますね、うん。

というわけで俺はフィルを連れて、夜になる前にリーデルから逃亡した。


馬車で一晩ガタガタ揺られベルザのギルドに戻ってくると、苦笑するミチェルさんがいた。どうやら通信できる魔石道具《マジックアイテム》があるらしく、俺がリーデルでしてきたことは筒抜けらしい。

ミチェルさんは目頭を押さえて、はぁーと息を吐く。苦労している人の顔だ。

「Cランク冒険者の試験で大地の土竜《アースドラゴン》が出たんだよね。Aランク冒険者数人がかりで挑むレベルのモンスターだから、シロムくんが倒してしまったと知って本当に驚いたよ。無事でよかった」

「いやあ、ありがとうございます。ご心配おかけしました」

「うん。それでそのこともすごいんだけど、なんで『鉄壁のアレックス』に求婚されているの？　どうしたらそんな状況になるか、想像つかないんだけど？」

引きつった顔でそう聞いてくるミチェルさんに、同じく顔を引きつらせながら「俺もわからないです」と答える。運命の女神のいたずらというやつですか？　そうだとしたら間違いなく、その女神は腐っているわ。そんな腐った世界に来てしまったなんて、マジつらたん。

そんでもって『鉄壁のアレックス』っていうのはなに？　ひょっとしてこれは異世界あるあるの二つ名というやつですか？　なにそれ格好いい。鉄壁のアレックスとか完璧な防御盾《パーフェクトディフェンダー》のスキル持っているアレックスには、ふさわしい名前ですよ。俺にも誰か、格好いい二つ名つけてください。

そんなことを考えていたら、ミチェルさんが、はぁ、とため息を吐く。

「鉄壁のアレックスは、彼が完璧な防御盾《パーフェクトディフェンダー》というスキルを持っていることと、どんな美人にも靡《なび》かず落とせない男という意味からきているんだよ。どこかの王子に口説かれても心揺らがなかったって話もあるし、恋愛事には興味ないと思っていたのだけれど、シロムくんみたいな子が好みだったんだ。なかなか大変だなぁ」

なんでミチェルさんが大変なの？　面倒事が舞い込みそうとか、そういう感じ？　まさか俺を対象にした恋のライバルが増えたがゆえの大変だなぁじゃないよね？

——そんなわけで、今まで誰にも靡《なび》かなかったアレックスの心を射止めた俺は、一躍有名人になってるっぽい。ドラゴン倒したことじゃなくて、そっちで名が売れたのかよ。

「残念だけどシロムくん。君はこの町を出たほうがいいかもしれないね」

「へっ⁉」

ミチェルさんの言葉に驚き、ひょうきんな声が出た。え、なんでこの町を出ないといけないの？そりゃ、いつかは他の場所に行って、最終的には世界を旅してみたいとか思ってたけど、ちょっと急すぎませんか？

「なんでこの町を出たほうがいいんですか？」

「さっきも言ったけど、アレックスには今まで浮いた話の一つもなかったんだ。鉄壁のアレックスといえばこの国で一、二を争うくらい優秀な騎士で第一騎士団のエースだ。そんな有望株に、君との見合いの場を立ててアレックスに恩を売ろうとする領主がわんさかいる」

どうやらこのままこの町に留まると貢物《みつぎもの》としてアレックスに献上されてしまう可能性があるらしい。これは町から出る一択ですね。

美味《おい》しいパン屋さんとか安い服屋とかわかるようになってきたから、町を出るのはちょっと残念だけれども仕方ない。次なる冒険が俺を待っているぜ！

……うん、でもどこ行けばいいの？

「アレックスと恋愛関係は築けないので全力で町を出ようと思うのですが、どこに行けばいいですか？　俺、他の町のこともあんまりわからなくて」

「シロムくんって結構物知らずだよね。山奥に籠《こ》もっているエルフ並みに世間のことがわかっていないんじゃないかな？　そうだね、オススメはダンジョン都市レビューだね。冒険者の出入りが多いから、そうそう見つからないだろう。ダンジョンは危険だけれど稼ぎも大きいし」

大地の土竜《アースドラゴン》を倒したシロムくんなら大丈夫だと思うけど、気を付けてね。という言葉でミチェルさんは締めくくる。

おおっ！　ダンジョン！　ダンジョン！　洞窟《どうくつ》とか地下とか敵の要塞《ようさい》とかに入ってモンスター倒して宝箱開いて、各階層のボスと戦うＲＰＧ物の王道じゃないですかー！　やばい、めっちゃテンション上がってきた。よっしゃー、すぐさま行きましょう。

「行きます！　俺、ダンジョンに行って一旗揚《ひとはたあ》げてきますよ！」

「うん、いってらっしゃいシロムくん。ダンジョンは危険だから無理はしないでね。危なくなったら、鉄壁のアレックスのことなんて考えずに帰っておいで。僕がなんとかしてあげるから」

そう言ってミチェルさんがにっこり笑う。なんだろう、人のよさそうな素敵な笑顔なのに、何故かちょっと怖いですね。本当の本気のピンチになるまで、ミチェルさんには頼らないでおこう。

――こうして俺たちは、レビューの街に向かうのだった。

第二章　ダンジョン攻略編

馬車の旅は、なかなか疲れる。馬車は揺れるからケツが痛いし、夜は馬車の中で寝られるとはいえ、床に寝転んで薄い布を被って眠るばかりなので身体がギシギシ痛んだ。ゆとり育ちの日本人には厳しい生活です。あー、冒険もいいことだけじゃないなー。

でも俺がしんどそうな顔をするたびにフィルが『なにか敷くもの持ってきましょうか、シロム様？』とか『僕の分の寝具も使ってください』とか言って気を遣ってくれたから、なんとか耐えた。俺より年下のフィルが平気なのに、情けないところ見せるわけにはいかないぞ！　ああ、だからフィル、その布は自分の掛け布団として使ってね。最近寒いんだし体調には気を付けてくれ。

道中、馬車が襲われて俺☆無双！　的な展開がこないかなと、わくわくしながら待ってたけど、残念ながら今のところ平穏無事だ。暇になった俺はフィルにしりとりを教えて遊んでいたのだけれど、こっちの世界の単語がよくわからないので断念。車って言ってもフィルはわからないもんね。俺もンリルって言われても知らないもん。なにそれ美味《おい》しいの？

車室の広さは、だいたい俺の実家のひと部屋より少し広いくらいで、人が数人寝っ転がっても狭いと感じない。そんな広い空間がずっと俺たちの貸切というわけではなく、一時的に同乗者がいることもある。途中の町でお爺さんが乗ってきた。彼はその町へ、買い物と息子夫婦の顔を見に来ていたそうだ。次に訪れた村で降りていった。

それから五日間の間に二つの村に立ち寄ったが、誰も乗ってくることはなかった。この馬車の持ち主である狐耳の御者《ぎょしゃ》の兄ちゃんは、途中の村々で商《あきな》いをしているようだった。

俺たちも村に着くたびに降りて、食料を買ったり土産物《みやげ》を見たりする。馬車でも食事を買えるが、割高なのだ。そうとは知らずに、最初の村に着くまでは御者《ぎょしゃ》から食事を買っていた。チーズとハムを挟んだパンとカップ一杯のコンソメっぽいスープで、一人大銅貨1枚はマジぼったくりです。

そんな感じでのんびり過ごしていた六日目、立ち寄った村で新しい人が乗ってきた。黒いメッシュが入った明るい金髪にがっしりとした体格、頭の上には丸みを帯びた黄色い三角耳がついていて、頬には横に二本引っ掻き傷のようなものが刻まれている。二の腕は太く丸太のようで、胸板が厚く服が盛り上がっている。

その雄《お》っぱい野郎は、暴力的な肉体とは対照的に、俺とフィルを見るとニカッと友好的な笑みを浮かべた。

「同乗者がいるって聞いてたけど、こんな可愛い子なら大歓迎だぜ。俺はライドって言うんだ。お前らの名前は？」

ライドと名乗った男が気さくに話しかけてくるが、俺の警戒心は現在ＭＡＸです。可愛いって言った相手がフィルなら納得だが（フィルは可愛い）、俺に向けてならノーサンキュー。しかもこいつ、イケメンなんだよな。多分あの耳の形からして虎人族《こじんぞく》だと思うし、野生系イケメンってやつ？　まあ、とりあえず最近イケメンには碌《ろく》な目に遭わされてないし、念のため鑑定しておくか。

【名前】　ライド・フーグル
【年齢】　18
【適性】　狩《ハント》
【階級】　Lv 19
【スキル】　なし

どうやらスキルは持っていないようだ。ここのところ出会ったイケメンは皆スキルを持っていたから、イケメンは必携なのかと思ったけど、そうでもないのか。うん、で、それよりも気になることがあるのだが、年齢十八なのね。

俺と同じなのか！

嘘だと言ってください。こんな筋肉ムキムキで身長百九十センチを超えてそうなのが同い年なの？　おかしくね？　異世界の発育事情おかしくね？　なに食ったら、そんなにょきにょき伸びるんだよ。俺も異世界に来たから身長伸びますかね。

とりあえず名乗られたから、自己紹介くらいはしておくか。年齢は、もちろん伏せときます。

「俺はシロム・クスキで、こっちは俺のパーティメンバーのフィルエルト・キルティだ。よろしくな」

「人と猫人族の組み合わせは珍しいと思ったが、パーティ組んでいるってことは、お前らも冒険者なのか？　さらに珍しいな！　じゃあ、お前らもレビューに行くのか？」

「そのつもりだよ。でもダンジョンがどういうところなのか、あまり知らないんだ。イメージでは迷宮になってたり、お宝が出てきたり、ボス倒したりって感じなんだけど。ライド、知っている？」

他に同乗者もいないことだしそのまま話をしていると、ライドもダンジョン都市レビューに向かっている冒険者であることがわかった。

「俺も話を聞いただけだが、その認識でいいみたいだぜ。それからモンスターを倒すと、ドロップアイテムじゃなくて魔石が出てくるって話だ」

「魔石？」

「魔石っていうのは、それ自体が力を持った石のことで、使い方は主に魔道具の燃料だな。魔道具は維持するのが大変だから、手に入りやすいダンジョン都市以外ではあまり使われないが、生活道具を動かしたりモンスターを倒すための武器を作ったり色々あるらしい」

ファンタジーのお約束では、魔石と言えば電気やガスみたいなエネルギー源的な扱いか、魔法を使う依り代《よしろ》的なものだけど、ここでもその認識でいいらしい。魔石って電池みたいなものかな？

魔道具、面白そうだ。レビュー行ったら早速見に行こう。

「魔道具はコストがかかるけど威力は抜群って話だ。シロムみたいに冒険者になりたての奴が使うには、いいかもしれねえな」

「いや、俺、Cランク冒険者なんだけど」

「え」

何故俺が駆け出し冒険者扱いされているんだよ。そりゃ、まだ異世界に来てから少ししか経ってないけどランクはCだぞ！　冒険者としては一人前なんだからな！

「ははっ、背伸びしたい気持ちはわかるけど、無理する必要はないぜシロム。ガキはすぐ大きくなるんだから焦るんじゃねえよ」

「シロム様は本当にCランク冒険者ですよ」

「そうそう。あと、ガキじゃねえよ！　俺はもう十八歳だ！」

「はあぁぁああ!?　俺と同い年!?　嘘だろ!?」

ライドがここ一番の驚き顔を晒《さら》す。うん、気持ちはわかる。俺も鑑定スキルで同い年だということがわかった瞬間、発狂しそうだったもん。気持ちはすごーくわかる。

だけども、そんなに驚くんじゃねえよ馬鹿野郎！　俺が傷つくだろ！　いや、確かに身長は二十センチ以上違うし、胸板も倍くらいライドのほうが厚いけども、俺も確かに十八歳なんだよ！

「マジで十八歳ですが、なにか？」

「お、おう、そうなのか。いくら人族とはいえ華奢《きゃしゃ》過ぎないか？　そんなんで冒険者としてこれからやっていけるのか？」

「やっていけてるからCランク冒険者なんですけど？　なんだ、喧嘩《けんか》売ってんのか？　買うぞゴルア！」

全然バリバリ冒険者としてやっていけてるよ！　チートスキルあるし、紅盗の斬剣《ブラッティスティールダガー》あるし、俺めっちゃ強いよ！　ドラゴンだって倒せちゃったもん！　代償でエロくなるけどな！

「シロム様のお手を煩《わずら》わせるまでもありません。僕が」とフィルが言い出したところで「お客さん、喧嘩《けんか》はやめてくんしゃい」という声が聞こえてきた。狐耳の御者《ぎょしゃ》を怒らせて馬車から追い出されても困るので、大人しくしておくことにする。野宿は嫌です。

うん、でもとりあえずライドのこと、いい奴かもと思ったのはなしにしておこう。やっぱりイケメンにいい奴なんていないんだよ。滅べ、高身長イケメン！

俺のメンタルがやられている間も馬車は進み、そうこうしている間に日が暮れてきた。今日はもう進まず、このあたりで馬車を止めると狐耳の御者《ぎょしゃ》が言ってくる。ならば俺たちも夕食の準備を始めよう。

鞄《かばん》から出しているように見せながら、異空間倉庫《アイテムボックス》から前の村で買った鍋やまな板や包丁といった調理器具と材料を出す。最近では、自分で料理するようになったのだ。

ちなみに俺は料理ができる。元の世界にいる時に、料理ができる男はモテると聞いて、母さんから必死で料理を習ったのだ。しかしその結果、調理実習のたびに『シロムといれば、美味《うま》い飯が食える』と男に集《たか》られるようになった。解《げ》せぬ。

異空間倉庫《アイテムボックス》から牛乳やバターやチーズなどを取り出す。前に立ち寄った村は、ここに入れておけば腐らないので、大量に買い込んでおいた。前に立ち寄った村は、畜産が盛んで乳製品が名産品だったのだ。特に牛乳はかなりの量を買っておいた。ほら、牛乳飲むと背が伸びるって言うだろ？

「ライド、俺とフィルは自分たちで飯を料理するけど、お前はどうする？　なにもなければ御者《ぎょしゃ》のニックがご飯を売ってくれるぞ？」

隣でいきなりむしゃむしゃ食べるのも感じが悪いと思い、一応ライドにも声をかける。するとライドは笹の葉みたいなものに包まれたなにかを取り出した。なんだろう？

「今朝狩ったボアの肉があるから食い物には困らねえけど、なんか美味《うま》そうな物を作っているな。なあ、この肉やるから俺にもその料理分けてくれないか？」

どうやらこの大きな塊《かたまり》は肉らしい。これから作る料理は肉があるほうが美味《おい》しくなるし、こういうことなら大歓迎だ。

「いいよライド。その肉をくれるなら、お前にも分けてやるよ」

「おう、サンキューな。なにか手伝えることがあったら言ってくれよ。力仕事なら得意だぜ」

ライドがニカッと笑う。やはりライドは悪い奴ではないのだ。ただ見た目が、全力で俺のコンプレックスを刺激してくるだけで。くそう、俺もムキムキマッチョのイケメンになりたいぞ。トリップ特典で、あと三十センチくらい身長を伸ばしてくれればよかったのに。

フィルが火の支度をしている間に（俺は火を起こせないので。現代人が火打石《ひうちいし》とか使えませんよ）、料理の仕込みをする。本日のメニューはシチューだ。マッシュルームやブロッコリーに似た食べ物を一口大に切り揃え、ジャガイモの皮を剥《む》いていく。ライドにはジャガイモを切ってもらった。

材料を準備し終わり煮込んでいると、フィルがそわそわし始めた。猫ってミルクとか好きだもんね。木製のおたまでかき混ぜながらしばらく煮ると、ジャガイモに火が通った。シチューの完成だ。

シチュー用の木皿はフィルと俺の分しかないので、ライドの分はコップに注《そそ》ぐ。いただきます、と手を合わせた後にスプーンですくった一口を口にいれた。あ、美味《うま》いわ。

「っ!! とても美味《おい》しいです、シロム様！」

「なんだこれ！ めっちゃうめぇ！ シロムお前、料理美味《うま》いんだな!!」

猫科二人は異常に喜びながら、パクパクとシチューを腹に収めていく。野郎の手作りがそこまで嬉しいか？ まあ二人とも猫科だし乳製品が好きだということだろう。

「なんか美味《おい》しそうな物を食べていますねぇ。あちきにも分けてくれませんか？」

「なんだよ悪徳商人。お前は自分の分の飯あるだろ？」

美味《おい》しそうな匂いにつられて、狐耳の御者《ぎょしゃ》までやってきた。最初の村に着くまでの三食分を高額で売りつけたことを揶揄《やゆ》すると狐耳の御者《ぎょしゃ》はヤレヤレと首を横に振った。

「アレは正当な代金ですわ。移動中の入手困難な状況で商品の価値が上がるのは当然ですよ。こちとら商売なので、そこはまけられまへん」

「うん、まあ、その言い分はわかるからご飯の値段が高かったのは仕方ないけど、やっぱりムカッとするんだよ」

同じ魚でも海の近くで食べるのと山の中で食べるのでは輸送費もあるし大きく違うだろう。だから普段だと銅貨40枚で食べられるご飯に、大銅貨1枚取られたのも仕方ない。仕方ないけれども、うん、でもやっぱり腹立つな。

「安く仕入れて高く売る、これが商売のコツですわ。それを咎《とが》めるなんて、可愛い顔して酷いお人ですな、お客はん」

「うるせえ、可愛いって言うなよ。とにかく悪徳商人には自分の飯があるんだから、それを食えばいいじゃんか」

「こんないい匂いさせといて、それは殺生《せっしょう》ですわ。ここは商人らしく物々交換を提案しましょう。あんさんは、なにかほしいもんありまへんか？」

細い目をさらに薄くし、ニコニコと笑みを浮かべている。そんな笑みですら胡散臭《うさんくさ》く感じるな。まあ、それは置いといて、物々交換か。どうしよう。

悪徳商人は怪しい奴だが、こちらが納得しなかったら交渉に応じなければいいだけの話。それに失敗したとしても失うのはシチュー一杯だ。別にどうということはない。

ちらりとフィルに視線を向けると、ピンッと耳を立てて『シロム様の思う通りにしてください』といった顔をしている。ライドに関しては夢中でガツガツとシチューをかき込んでいる。このままでいるとライドに平らげられて、こちらの交渉材料がなくなってしまいそうだ。うん、まあいっか。なにかと交換してもらおう。なにがいいかな～、ああそうだ。ライドとの話で出てきたあれがほしいや。

「じゃあ魔道具がほしい」

「……あんさんのほうが、ぼったくりやろ。どう考えても銀貨、下手したら金貨がかかる魔道具とその料理じゃ釣り合わへんわ」

悪徳商人は引き攣《つ》った笑みを浮かべている。え、魔道具ってそんなに高いものなの？　なんかこう、百均にありそうなお手軽製品の一つでももらえたらいいな～と思って言ったら、とんでもないものを要求してしまったらしい。あれか、魔道具は電化製品的な物なのか。これはレビューに着いても、そう簡単に入手できないかもしれない。

俺が、がっくりと肩を落とすと、悪徳商人はちょっと考える仕草をした後、ニィッと笑いながら話しかけてきた。その笑みも胡散臭《うさんくさ》い。

「なら、こういうのはどうやろか。魔道具と取引はできまへんが魔工師なら紹介できまっせ？」

「魔工師？」

なんだそれは？　と思っていると、悪徳商人が説明してくれる。どうやら魔道具を作る人らしい。所謂《いわゆる》職人さんですね。つまり紹介するから、あとは勝手に交渉しろということだろう。なんと投げやりなと思ったけど、よく考えると、これいい話だよね？　俺の意見を取り入れたカッコいい装備を作ることができるかもしれない。シチュー一つで、とんでもなくおいしい話が出てきてきた気がするぞ。

「魔工師は頑固で偏屈な性格の人が多いから、ツテもないのに仕事を頼んでも、なかなか受けてくれまへんよ？　魔道具がほしいなら魔工師との繋がりは絶対に必要でっしゃろな」

「ふむふむ、なるほど。うん、なら是非とも紹介してくれ」

「ほな、レビューまで、あんさんが食事の支度をするということでよろしゅうな」

そう言って悪徳商人が口の端を吊り上げる。おい、こら。なんかさりげなく要求が大きくなっているぞ。やっぱりこいつ悪徳商人じゃねえか、ちくしょう。

でも、今更一人分増えたくらいで手間は変わらんわと思って受けることにした。

無事交渉が成立したので悪徳商人にもシチューを振る舞うことにする。悪徳商人が自分用の木皿を持ってきたので、それにシチューをよそってやる。悪徳商人は美味《おい》しそうにそれを食べた。

「このシチューとやらは美味《うま》いですな。以前訪れた村で食べた、ラグーという料理に似てますわ」

「へー、こっちにも似た料理があるんだ。どんな味なのか食べてみたいな」

「レビューは大きい都市ですから、ラグーを扱っている店があるかもしれまへんよ？　あちきも探しますから、あんさんが見つけたら教えてくんしゃい」

そのタイミングでライドが食べ終わったらしく、器を置いて満足そうにお腹をさする。こいつ、すごい食ったよな。鍋の半分はやられたわ。

「いや、旨かった！　シロムは料理上手だな。これならいい嫁になれるぜ」

「俺は嫁になるんじゃなくてお嫁さんがほしいんだから、それは褒め言葉じゃねえよ。ああ、別に料理上手じゃなくていいから可愛い女の子のお嫁さんがほしいな」

「女はよくわかんねえけど、シロムは嫁にはなりたくないのか？　そんだけの容姿を持っているのに、もったいねえな」

ライドが残念そうに言うが、生憎《あいにく》と嫁にいく気は微塵《みじん》もないです。まあ、この世界は男が嫁になるのが当たり前の世界らしいけど。

「そういえば御者《ぎょしゃ》の方のお名前は、なんておっしゃるのですか？」

ライドに続き食事を終えたフィルが悪徳商人に尋ねる。あれ？　俺と悪徳商人待ち？　後から食べ始めた悪徳商人より遅いとか嫌だし、さっさと食べてしまおう。

シチューをかき込みながらフィルの言葉について思案する。もう悪徳商人でいい気はするが、折角だし鑑定しておくか。

【名　前】　ニック・リッキーラ
【年　齢】　19
【適　性】　言技《コトワザ》
【階　級】　Lv 8
【スキル】　なし

名前はニックと言うらしく、スキルはないようだ。悪徳商人がスキルを持ってなくて、ちょっと安心である。別に持っていたところでなにがあるわけでもないけど、なんか腹立つので。

しかしスキルはないけど適性が珍しそうなものだ。言技《コトワザ》ってどういう適性なんだ？　まさか四字熟語が思いつきやすい能力？　なんかよくわからん才能だ。

「あちきの名前はニック・リッキーラですわ。あんさんたちはライド、シロム、フィルエルトですな。まあ、こうして会ったのもなにかの縁ですし、道中よろしゅうな」

「よろしく、悪徳商人」

「ちょっとシロムさん、折角名乗ったのにそれはあんまりですわ。ニックと呼んでくださいな」

悪徳商人がちょっと嫌そうな顔をしていたので、仕方なしに名前呼びしてやることにする。

旅は道連れ世は情け、まあこうして道中に知り合いができていくのも悪くないですね。

そんなわけでレビューまでの間、俺は食事係となった。ニックは色々な調味料を持っていたから料理するのは楽しかった。うおおおっ！　醤油《しょうゆ》まであるぞ！　これはテンション上がりますね！

途中で誰かが乗車することなく、ついに明日にはレビューに着くそうだ。なんだかんだ言ってこの面々で旅するのも楽しくなってきたし、ちょっと寂しい。硬い床のせいでお尻はずっと痛かったけれど。

明日はいよいよレビューか、楽しみだな～と思いながらスヤァと眠りについたのだが、急に強い衝撃を感じて意識が浮上する。いきなりなにが起こった⁉　え、もうレビューに着いたの⁉

起き上がって状況を確認しようとした瞬間「シロム様、お静かに」というフィルの声が聞こえた。あたりは真っ暗でよく見えないが、すぐ近くにフィルがいるらしい。うん、ちょっと落ち着いたけど、やっぱりこれ、どういう状況？　まだ夜だよね？　なんで俺、起こされたの？

「シロム、起きたか？」

「あ、うん。起きたけど今どういう状況なの？　急に起こされて全然よくわからないけど」

「襲撃です。あたりを囲まれています。獣のようなうめき声とシルエットから、おそらく森狼《フォレストウルフ》かと」

フィルとライドが状況を説明してくれる。二人は生き物の気配を感じて目が覚めたらしい。ドアの隙間から確認したライド曰《いわ》く、30匹以上のモンスターに囲まれているそうだ。

なんで君たちは気配を感じて起きるという漫画の主人公みたいなことを普通にできるんですか？

そんなもん、まったく感じなかったわ。しっかりがっちり爆睡してましたよ。

「ところでニックは？」

「物音もしませんし、おそらくまだ眠っているのだと思いますよ」

俺の呟きにフィルが答えてくれた。ニックの寝床は俺たちとは別で、馬車の前のところに小さなプライベートルームを持っている。この間ちょこっと見せてもらったがクッションが敷かれていて快適そうだった。後部にもクッションを完備して、ケツの痛くならない環境を作ってください。

ということは今もニックは安眠しているというわけか。羨《うらや》ましいぞ、この野郎。

「まあ戦闘が得意そうな面《つら》はしていなかったから、今はほっといてもいいだろう。それよりも気になるのは相手のモンスターのレベルだな。旅客輸送の許可取っている馬車なら、防御レベルはC以上のはずだ。その馬車に近寄れるとなると、強いモンスターが来ている可能性が高《たけ》えぜ」

「防御レベル？」

初めて聞く単語に首を傾《かし》げる。言葉のニュアンス的に守りのレベルってことはわかるんだけど。

俺の呟きにライドだけでなくフィルも驚いた顔をした。

「シロムって実は、どっかのボンボンなのか？　世間知らずっぽいって思ってたが、そんなことも知らないなんて箱入り息子ってレベルじゃねえぞ」

「防御レベルとは、寄せ付けないモンスターのレベルを表した物です、シロム様。モンスターは自分より高位の者を襲わない性質があるので、魔石やドロップアイテムを使って高位の魔道具を作りモンスター避《よ》けにするんです。街などの防衛にも使われています」

「森狼《フォレストウルフ》のレベルはDだから馬車に近寄れるのはおかしい。なにか強い魔物が頭《かしら》にいるぜ」

二人の話を聞いて、ふむふむと納得する。この馬車、全然モンスターが寄ってこないなと思ってたらそういうことだったらしい。とりあえず坊ちゃんであることは否定して、詳しくは黙秘しておこう。異世界から来たとか怪しげなこと、言いふらしたくないし。

今の現状で気にかけなければならないのは強いモンスターがいるということだ。

「ここに籠《こ》もっていても奴らに食われるだけだろうし、戦うぞ。お前らの得物《えもの》は？」

「僕は短剣です。シロム様も短剣を使われます」

「そうそう。で、ライドの武器はなに？　その腰の剣？」

「俺の武器は爪と牙だな。後は殴り合いとかも得意だぜ」

ライドは両手をバシッと合わせてニカッと笑う。うん、肉弾戦が得意なのは、その身体見て気付いていたけど爪と牙もあるんだ。じゃあ、打撃と斬撃持ちの近接戦闘型ですね。俺もフィルも近接型だし、近距離タイプの奴しかいないな。まあ今回の相手も近接型の狼なんだし問題ないだろう。

「俺はニックの奴が気になるし、前にいく。シロムとフィルは後方を頼んだぜ」

「了解。ライドも気を付けろよ」

「危なくなったら、すぐ呼べよ。じゃあな」

俺とライドは正面から堂々と飛び出し、フィルは暗殺の適性を生かして闇夜に溶けながら俺の後をついてくる。戦闘中エロくなってしまう俺としては、ライドとバラけるのはありがたい。

俺は目の前で唸《うな》る森狼《フォレストウルフ》に向けて紅盗の斬剣《ブラッティスティールダガー》を構える。ふふふ、俺の活躍の場がやってきましたよ！　サクッと倒してライドに『シロム強《つえ》えっ!?　いったい何者なんだ!?』って感じの脇役のテンプレなセリフを言わせてやる！　強さは、筋肉と身長ではないんだからな！

外へ出ると森狼《フォレストウルフ》たちのグルゥゥという唸《うな》り声が聞こえた。上空を木々に覆《おお》われ、星さえも見えず真っ暗だ。なにこれ怖い。よく考えたら夜戦は初めてだよ、俺。なんかちょっと緊張してきた。

すぐ側で森狼《フォレストウルフ》の唸《うな》り声が聞こえると同時に、キャインという犬がやられた時のような鳴き声も聞こえた。どうやらフィルが早速活躍しているらしい。いかんいかん、このままだと手柄をすべて取られてしまうぞ！

フィルは持ち前の暗殺の適性で森狼《フォレストウルフ》を捕らえているのだろうけど、俺にはまったく気配を察することができない。普通に考えれば『オワタ』と両手を上げながら絶望する状況だが、俺にはチートスキルがあった。「鑑定」と呟くと『森狼《フォレストウルフ》』という表示が、あたりにいくつも浮き上がる。ありがとう鑑定スキル！　ほんとこのチートスキルたちは、エロいことを除けば優秀だよね。エロいけど。

一番手前にいた森狼《フォレストウルフ》が俺の腕に噛み付いた。それと同時に紅盗の斬剣《ブラッティスティールダガー》が森狼《フォレストウルフ》を切り裂く。すると光のエフェクトと共に敵は消え去る。攻撃のタイミングは同じであったが、俺にダメージはない。

元々、身勝手《エゴニスト》な防御力でダメージを十分の一にできることに加えてレベルが18に上がって、素の防御力も高くなっている。森狼《フォレストウルフ》相手なら、そう簡単にダメージは食らわない。

襲ってくる森狼《フォレストウルフ》を次々に切り裂いていく。右側に森狼《フォレストウルフ》の表示が見えた。斬る。左手が噛まれたが、また斬る。森狼《フォレストウルフ》という文字がこちらに向かって猛スピードで近付いてきた。タックルだ。胸の前に紅盗の斬剣《ブラッティスティールダガー》を構えて足を踏ん張る。両手に肉を切り裂く衝撃が伝わった瞬間、目の前の存在が消える。

すぐうしろでフィルが倒しているようで、森狼《フォレストウルフ》の悲鳴が聞こえてくる。これは楽勝だなと思ったのだが——ぞくりとしたものが背筋に走った。

獣のうめき声が聞こえ、悪寒が酷くなり背筋が粟立《あわだ》つ。

近付いてきたことで、それがなにかわかった。真っ黒な狼だ。暗闇の中でも動く気配で、そいつが俺の腰くらいまでの背丈で、赤い目が煌《きら》めいているのがわかった。

間違いなくこいつが高レベルモンスターだ。発動している鑑定スキルが、そいつの情報を映し出す。

【名　前】　沈黙の黒狼《ダンダロス》
【適　性】　闇
【階　級】　Lv28
【スキル】　黒夜の羽衣《こくやのはごろも》
条件　：沈黙の黒狼《ダンダロス》であること
能力　：自身の気配を消す
代償　：光を浴びると効力を失う

うわっ、めっちゃ強い。しかもスキルが厄介だ。気配を消せるってことは、フィルでも見つけられないってことか？　俺はそもそも気配読むのとか超苦手だし。あれ、これ詰んでね？

光を浴びるとダメという弱点があるから対処法がないわけではないだろうけど、こんな真夜中に光とか、どうやって手に入れればいいんだよ。火でも起こせばいいんだろうか。でも俺、いまだに火の付け方よくわからんし、そもそも火打石《ひうちいし》はフィルが持っているぞ？　どうしよう。

ごちゃごちゃ考えていると、ふと目の前から威圧感が消えた。驚いてあたりを見渡すも、沈黙の黒狼《ダンダロス》の姿は見つからない。これはスキルが使われたということだろうか。やばいやばい、このままだと一方的に攻撃を受ける羽目になる。

とりあえずフィルとライドに沈黙の黒狼《ダンダロス》のことを伝えなければならない。俺は声を張り上げた。

「高ランクモンスターを見つけたぞ！　沈黙の黒狼《ダンダロス》っていう黒い狼だ。気配を消せるみたいだから気を付け、って、うわあああっ！」

「シロム様っ!?　くっ、邪魔だ狼！　シロム様、すぐに行きます！」

フィルの声が聞こえた気がしたが、俺は森狼《フォレストウルフ》にのしかかられて、それどころではない。フィルを探そうと暗闇に意識を向けていた俺の不意をついて、森狼《フォレストウルフ》が背後から飛びかかってきたのだ。

ちくしょう、俺ってパワー勝負も弱いのかよ。また一つ、自分の弱点が判明してつらい。俺もムキムキの筋肉がほしいです。

「シロム様！　この狼がッ！　今すぐシロム様からどけ……ッ!!」

狼にのしかかられながら『この狼、息が生臭い』なんて思っているとフィルが駆けつけてくれて、俺の上にいた森狼《フォレストウルフ》の喉元を切り裂いた。

フィル、マジありがとう。でも暗闇の中から修羅のようなオーラを出しながら現れたフィルは、めっちゃ怖かったです。フィル強くなってね？　あ、鑑定したらレベルが一つ上がっているわ。

フィルにお礼を言って上体を起こす。森狼《フォレストウルフ》の下にいたから服が血で汚れちゃったんだけど落ちるかな。この服、気に入っていたんだけど。

「シロム様、大丈夫でしたか⁉　どうぞ、お手を」

「フィルが森狼《フォレストウルフ》を倒してくれたから無事だよ。うちの子がマジ頼りになるわ」

そうして笑いながら顔を上げた瞬間、フィルのうしろに浮かぶ文字を見つけ息を呑む。

沈黙の黒狼《ダンダロス》という文字をフィルの肩越しに見つめる。暗闇のせいで姿は見えない。もちろん気配も感じない。フィルもなにも感じないらしく、ただ俺を心配するだけだ。

もう沈黙の黒狼《ダンダロス》という文字はフィルのすぐうしろまで迫っている。フィルに注意を促《うなが》す暇すらない。

なら、取れる手段は限られている。俺は差し出されているフィルの手を左手で掴《つか》み、思いっきり引っ張る。予期していなかった行動にフィルは驚き、そしてそのまま前のめりに倒れていく。ごめん、フィル。でもお前、運動神経がいいから受け身を取れるよね。

そして俺はその反動で勢いをつけ、右手に持っていた紅盗の斬剣《ブラッティスティールダガー》で『沈黙の黒狼《ダンダロス》』という文字の場所を突き刺す。姿は見えないが、ナイフからずっしりとしたものを切り裂いた感触が伝わってくる。

「ギャオオオオッンンン‼」

鋭い叫び声と共に姿を現す。

「なんですか⁉　黒い狼？　いつからそこに⁉」

「こいつは、どうやら気配を消せるみたいだ。それでフィルにうしろから奇襲を仕掛けようとしてたみたいだけど、そうはいかないんだからな！　フィルを攻撃するなら俺を倒してからにしてもらおう」

うしろから「シロム様、僕のためにそんな……」と感極まったようなフィルの声が聞こえてきたけど、恋愛感情ではないと信じている。うん、きっとこれはちょっと行き過ぎただけの友情だろう。

沈黙の黒狼《ダンダロス》はすぐさまうしろに飛び退《の》き、グルルと唸《うな》り声を上げている。だが俺の不意を突いた一撃は、かなりのダメージを与えられたらしく胸元から血が流れている。

沈黙の黒狼《ダンダロス》は威嚇《いかく》しながらも後退していく。どうやら不利を悟って逃げるらしい。そうはいかないんだからな！　高ランクモンスターなんて経験値的にもドロップアイテム的にも美味《おい》しそうな獲物を逃がしてたまるか！

沈黙の黒狼《ダンダロス》がうしろを向き走り出したので、俺も後を追う。と、その瞬間、あたりの森狼《フォレストウルフ》が襲いかかってくる。どうやら沈黙の黒狼《ダンダロス》を逃がすために、俺たちの足止めをしようとしているっぽい。

ぐあああっ！　めんどくさい！　森狼《フォレストウルフ》と言えど何匹も同時に飛びかかってくるとなかなか捌《さば》ききれない。しかも噛みつきや体当たりを結構食らったせいで身勝手な防御力《エゴニスト》さんが仕事して、身体が熱くなってきた。これ、エロフラグじゃないよね？　本当に勘弁して。

「シロム様！　この森狼《フォレストウルフ》は僕が引きつけますので、シロム様は先ほどの黒い狼を追ってください」

「おおっ、サンキューだフィル。すぐに倒して戻ってくるから、それまで頼むぞ！」

フィルが俺の周りの森狼《フォレストウルフ》を瞬時に片付けてくれたおかげで道が開《ひら》けた。ありがとう、フィル。でもお前、やっぱり強すぎね？　なんで俺よりあっさり森狼《フォレストウルフ》の大群をやっちゃえるの？　こうなったら、沈黙の黒狼《ダンダロス》は絶対に俺が倒すからな！

沈黙の黒狼《ダンダロス》が逃げていった方に向かって走ると、視界の先に黒い影が駆けているのが見えた。怪我しているのか速くないし、見えるってことはスキルも使えてないようだ。

俺は走る。走る。最近馬車で揺られるだけだったから若干身体が鈍っている気がしたが、それでも俺のほうが速い。

走る。そして手の届く範囲に黒い毛皮が揺れる。よっしゃー！　これで終わりだ！

だが紅盗の斬剣《ブラッティスティールダガー》を振り下ろそうとした瞬間、黒い塊《かたまり》が急に反転して襲いかかってきた。

沈黙の黒狼《ダンダロス》はこのままでは逃げられないと思ったのか、攻撃を仕掛けてきたのだ。奴の大きく開いた口が俺の肩に食い込んでくる。

噛まれた。肩口が燃えるように熱い。流石《さすが》高ランクモンスターは甘くないらしい。完全に、してやられましたよ、ちくしょう！　でも俺の反撃はここから始まるんだからな！

身勝手な防御力《エゴニスト》がお仕事しているのか痛みは感じない。ただただ身体が熱いだけだ。

紅盗の斬剣《ブラッティスティールダガー》を強く握りしめる。俺はまっすぐ沈黙の黒狼《ダンダロス》に向かって振り下ろした。

手に肉を切る感触が伝わり、沈黙の黒狼《ダンダロス》がギャオォンッ！　と叫んで俺の肩から口を離す。

そして沈黙の黒狼《ダンダロス》は光のエフェクトとなり消え、黒い毛皮だけがその場に残る。

やった。勝ったんだ。これで高レベルモンスターの討伐はばっちりですね！　後の森狼《フォレストウルフ》は大したことないし！

ただ、一つだけ問題がある。うん、あのですね――

身体が熱くて堪《たま》らないのですが、どうしたらいいですか？

沈黙の黒狼《ダンダロス》から受けた傷は紅盗の斬剣《ブラッティスティールダガー》の回復機能によってほぼ回復しているが感度が高まりま

くっているのだ。

多分、身勝手な防御力《エゴニスト》のせいだろう。戦闘中に痛みを感じなくて済むのはありがたいけど、痛いのが気持ちよく感じるなんて、なんがやばい気がする。これで変な性癖に目覚めてしまったらどうしよう。

その場で立ち止まり身体の熱に震えていると、暗闇の中から草を踏む音が聞こえてきた。まさか新しいモンスターか!?　こんな状態でモンスターを相手にするのは、かなりキツイぞ!?

「確かこっちに、でかいモンスターの気配がしたと思ったんだが……って、シロムか!?　大丈夫か、シロム!?　こっちにボスの群れらしき高レベルモンスターの気配があったんだが」

「ああ、よかった。ライドか。それ、さっき俺が倒したよ。沈黙の黒狼《ダンダロス》っていう黒い狼で、気配を消すことができる手強《てごわ》い奴だったよ」

「倒したって、シロム一人でか!?」

ムキムキマッチョのライドに筋肉だけが強さじゃないと証明できて嬉しいが、ぶっちゃけそれどころではない。この身体の火照《ほて》りをなんとかしなければ、おかしくなりそうだ。

「ッ、……ああ。俺一人で倒したよ」

「シロム、なんか震えてねえか？　まさか怪我をしたのか？」

なんとか落ち着いて自然に話そうとするが、声の震えがライドに伝わったらしい。瞬間、ライドが心配するように伸ばした手に捕まり、全身に快感が駆け巡る。

「ひゃあああ……っ!?　だめぇ、ライドっ！　触らないでくれぇ……！」

「っ、シロム？」

驚いたライドが手を離す。だけれども、すでに快感は全身を駆け巡り、俺は自分の身体を抱きしめるようにしてそれに耐える。

初めて身勝手な防御力《エゴニスト》を発動した時よりも受けているダメージがでかい分、感度も高まっているようだ。とんでもないエロスキルだ。便利だけど、ちょっと代償が酷すぎますよ！

「いまはっ、さわらないでくれ……！」

「シロム、お前ひょっとして発情しているのか？」

すんすんと匂いを嗅いでそう言うライドに、ビクッと身体が震える。これってひょっとして傍《はた》から見たら、戦闘後いきなり発情してる状態だよな？　なにそれ恥《は》ずかしい。

「ちがっ……、ぁ、みないでくれ……」

「シロム。辛いのか？」

身体の熱を外に逃がそうと荒い呼吸を繰り返していると、ライドの声がした。潤《うる》む視界の中、顔を上げるとごくりとライドが唾《つば》を呑み込む音が聞こえた。

ライドはゆっくりと俺に近付き、引き寄せるように抱きしめた。その時、全身に快感が駆け巡り、衝撃が頭を突き抜け一瞬呼吸が止まる。

「シロム、俺は決めたぜ。お前を大切にする。強くて、そんでもって飯が旨くて可愛いお前を、俺は嫁にしたい。だから生涯の番《つがい》になってくれ」

抱きしめられる快感に震えていると、ライドがとんでもないことを言ってきた。はい？　嫁になれだと？　なんでそんなトチ狂った提案をされているんだよ。もちろん答えはノーだ。

だがしかし、その返事をする前にライドの顔が近付いてくる。

物理的距離がゼロになり、俺は意思表示をする手段を失うのだった。


「アッ！　アッ……！　ヒィッ、ダメッ……、ライド、ほんと、だめぇ……ッ！」

「はっ、はっ……、なんで駄目なんだよ、シロム。良くねえのか？」

「アアァアッ……！　あっ、良すぎておかしくなるからァ……！　アアッ、もうっ、ゆるしてッ！」

ライドに腰を打ち付けられるたび、悲鳴を上げる。ただでさえ感度の高まった俺の身体は、ライドのモノを挿れられて、おかしくなってしまっている。

——あの後ライドは手早く俺の服を脱がせると（脱がされる時、下着からねちょっと音がして、むちゃくちゃ恥《は》ずかしかった）、一度俺をしごいてイカせ、俺の精液でうしろを解《ほぐ》し突っ込んできた。

ライドのナニは大きい。ものすごく大きい。それが服の下から現れた瞬間、俺は思わず絶叫した。

だってライドのナニって、俺の腕くらい太くて、でかかったんだぞ！　身体の大きさと息子の大きさって比例するんですね！

「イクッ……！　イクッ！　もうイッちゃうからぁ……！　アアッ！　ライド、だめぇ……ッ！」

「おうっ、好きなだけイッてくれ。嫁をイカせられるのは、男として嬉しいからなっ！」

「っ、アア、……ぁ、ああッ！　ひぐっ、あ、アアアァーーッ!!」

身体が震え盛大にイッてしまう。俺の息子が色々な汁を零しまくっているが、それでもライドは止まらない。敏感な身体を突かれ、身体がビクビクと跳ねる。

大きいとアレだね、良いところ狙うとかそんなことしなくても全部ゴリゴリ抉《えぐ》れるし、奥を突かれると頭が弾《はじ》けそうなほどの衝撃が与えられるし本当やばいですね。

ライドが俺の身体を離さないようにと強く抱きしめる。その締め付けられる感覚にも、ぞくぞくとしたものが背筋を駆け抜けていった。

「シロムッ、シロムッ……、お前みたいな強い奴に種つけできるなんて最高だッ！　大事にするからなっ！　俺の嫁になってくれ……ッ！」

「ちょっ、まっ……、あああああっ、らめぇっ、それ……っ、アアアアァァーーーっ!!」

頭が真っ白になり俺もイク。それと同時に、お腹の中がなにやら熱いもので満たされる。

また、守れなかった……

薄れていく意識の中で、尻を守れなかった悲しみに涙した。

あたりが騒がしい。ゆっくりと目を開けると、馬車の天井が見えた。

――残念なことに先ほどまでのライドと致した記憶は、俺の中に残っている。尻に違和感があってホントつらい。

エロ展開は四度目ということもあり、思ったほど動揺はしてないけど悲しみは消えない。うん、まあこれは事故だよ。

まあ、それでもライドに文句の一つでも言ってやろうかと思って外に出た瞬間、ライドとフィルが戦闘している姿が目に入りました。……なんだ、と？

ライドの攻撃をフィルがギリギリ避《よ》け、パッと見フィルが押されているように見える。しかしライドの頬にも赤い線が何本か入っているので、フィルの攻撃も食らっているのだろう。

「あ！　シロムはん！　目を覚ましたんですな！　それなら早う、あの二人を止めてくんしゃい。さっきからずっとあんな感じで戦っているですわ」

「え、なんでそんな状況になったんだよ。俺が寝ている間に、なにがあったんだし」

「シロムはん、ライドはんとしはったんやろ？　そのことでフィルエルトさんが怒って攻撃を仕掛けたんですわ。このままだと、こっちにまで影響しそうやし、なんとかしてくんしゃい」

呆然《ぼうぜん》とする俺に、ニックが側にやってきてそう言う。つまりフィルは、俺がヤられた仇討《あだう》ちにライドに戦闘仕掛けたってこと？　フィルの忠誠心が強くて驚く。ご主人冥利《みょうり》につきますね。でも確かにこのまま戦闘していると話が進まないから止めますか。

「フィルー！　その戦闘やめて、ちょっとこっちにきてくれないか？」

「シロム様!?　お目覚めになったんですね、シロム様!!」

フィルは俺が呼ぶと戦闘をやめ、すぐさま飛んできて頭を地面に擦《こす》り付けた。

「僕が付いていながらこのような失態、本当に申し訳ありません。シロム様の仇《かたき》を取った後、死んでお詫びします」

「ええー!?　いやいや、まったくもってフィルのせいではないので責任感じる必要ないよ!?　そんなことで死ぬとか言わないでくれ」

「いえ、以前シロム様が襲われた時に、もう二度とあのような目に遭わせないと決意したにもかかわらずこの体《てい》たらく……、僕など存在する価値はありません。ライドを討った後、死にます」

地面に土下座しながらそう言うフィルを全力で止める。待ってください、フィルはなにも悪くないから思いつめないでよ！　責任感が強すぎて、ちょっとビビります。

なんとかフィルを起き上がらせていると、こちらに気付いたライドもやってくる。

「お、シロム起きたのか。身体、大丈夫か？」

「もちろん大丈夫じゃないんですけど？　フィルじゃなくてお前が謝れよ、この野郎」

「おう、悪かったな。初めてだったから加減がわからなくて、無理させちまったな。次からは気を付けるぜ」

謝るポイントはそこじゃねえよ、そして次もないわ！　と突っ込もうとしたがそれよりも。

え、ライド童貞だったの？　こんなイケメンでも童貞のことがあるのな、ちょっと親近感。あ、でもこいつはもう、俺の尻で卒業しやがったわ。やっぱり許すまじ！

「いや、そこじゃなくて俺を襲ったことについてどう思っているんだよ！」

「なんでそんなに怒っているんだ？　だってシロムは発情していただろ？」

「うぐっ」

そこを突かれると言葉に詰まる。先にエロいことになっていたのは俺なのだ。それはスキルの代償で俺の意思は関係ないとはいえ、傍《はた》から見たら美味《おい》しいカモでしかない。

……うん、なんかライドのこと責められなくなってきましたわ。

「オーケー、わかった。俺にも非があるし、お互いなかったことにしましょう。俺も忘れるし、お前も忘れろ。それでいいな？」

「いや、シロムはもう俺の番《つがい》だから忘れることはできないぞ？」

「はあああっ？　なんだそりゃ。番《つがい》って、俺、了承してないぞ!?」

それってひょっとして生涯の伴侶《はんりょ》的な奴ですか？　うわあああっ！　なんでそうなるんだ!?

「ちょっと待て、ライド！　成り行きでそういう関係になっちゃったけど俺、お前と結婚するとか無理だぞ!?　悪いが他を当たってくれ！」

「虎人族っていうのは生涯に一人しか嫁を持たねえんだ。だからヤッちまった以上、他に番《つがい》を持つことはできねえ。俺はシロムを嫁にしたいからヤッた。悪いが諦《あきら》めて俺のものになってくれ」

そう言ってライドがニカッと笑う。いやいやいや、まったく納得できませんから！

どうしよう、これマジでライドと結婚しないといけないのか？　横でフィルが『殺《や》りましょうか？』と目で訴えかけてくるが、流石《さすが》にそれは待ってくれ。いや、殺すとかはちょっと。

「いやあ、虎人族は生涯にただ一人しか愛さないと聞いたことがありましたが、本当だったんですねぇ」

「おう、虎人族は嫁の力の分だけ力が増すんだ。だけどその代わり嫁以外の奴とすれば元の状態より弱体化する。だから強い嫁を得ることが大切だし、迎えた嫁を裏切る奴はまずいねえな」

完全外野のニックが気軽にライドに話しかける。このやろう、他人事だと思って気楽にしやがって。でもニックとライドの会話に、ちょっと気になるところがある。

ライドは、虎人族は嫁を得ると強くなり裏切ると弱くなると言った。やけに話が具体的だし、これは『愛する者がいれば強くなる！』的な精神論ではなく、もっとシステム的な要因な気がする。

なので、まさかと思いつつもライドを鑑定する。鑑定結果は前見た物と変わっていた。

【階　級】　Lv20＋20
【スキル】　生涯の愛番《エテル・アイ》
条件　：虎人族であること
番《つがい》を得ること
能力　：番《つがい》のLv分、強くなる
代償　：番《つがい》以外を抱いた場合このスキルは消滅し、レベルが元の半分になる

ちょっとそんな予感がしていたけど、やっぱりそうなのか。俺がエロいことするとスキルが増えるのと同様に、ライドもそうらしい。ついでに、今の戦いでライドも俺もレベルアップしているぞ。ライドは俺とエロいことをして番《つがい》を得たことで新たなスキルを獲得したらしい。スキル名は生涯の愛番《エテル・アイ》。嫁のレベルが自身のレベルに加わるらしい。なにこのチートスキル。俺のレベル分強くなるとかズルすぎるだろ。俺の頑張りで勝手に強くなるとか、やめてもらえませんか？　いや、それよりやばいのはこの代償だな。ライドは俺以外の奴を抱くとスキルがなくなる上、レベルが元の半分になるとのことだ。優秀なスキルはやはり代償も大きいらしく、ライドが番《つがい》を裏切ることはないだろう。

……うん、確かにライドの立場に立つと番《つがい》を解消できない理由はわかるが、だからといって俺が尻を捧《ささ》げる謂《いわ》れはないいよ！

「ライドの状況はわかったけど、俺はやっぱり番《つがい》にはならないぞ！　悪いけどホント、それは無理なんで！」

「なんでシロムはそこまで嫌がるんだ？　生理的に無理なほど俺のことが嫌いなのか？」

「いいや、別にお前のこと嫌いなわけじゃないけど嫁は嫌なの。尻は捧《ささ》げられないんです」

ライドの虎耳が、しゅんとペタンコになったから少し語気を弱める。猫好きの俺としてはお耳が元気ないのは、やはりちょっと罪悪感を覚えますので。まあ実際悪意があったわけでもないし、ライドのことは嫌いではない。悔しいから、背が縮めとは思いますけど。

ライドは俺の答えを聞いて虎耳をピンッと立て、ピクピク動かしながらなにやら考えている。図体でかいくせに耳は可愛いなと思っていると、ライドが口を開いた。

「じゃあシロムの許可がない限り絶対にお前を抱かないからパーティに入れてくれないか？　俺にとって番《つがい》はシロムだけだ。抱けなくてもいいから、側にいさせてくれ」

え？　エロいことしないの？　それならそんなに悪い話でもないのか？　いや、でも俺に恋愛感情を持っている奴がパーティにいるのは……、うーん。

俺が男に好かれてなにが一番嫌かと言うとエロいことすることだ。

だから、それがなければライドとも、うまく付き合っていけるのかもしれない。それに俺は別にライドのことを嫌いなわけではないのだ。

俺のコンプレックスを刺激しまくるけど、料理を旨いって言ってくれるし、身体的特徴をからかうとかそういうこともない。致してしまったわけだが俺にも原因があるし悪い奴ではないと思う。

なんというかライドは憎めない奴なのだ。あっけらかんとしていて素直で爽《さわ》やかだ。そして耳は可愛い。生涯の愛番《エテル・アイ》というチートスキルを持っているから、これから間違いなく強くなるだろうしパーティメンバーとしてありなのかもしれない。

どうしようか？　とフィルに聞いたら「シロム様の好きなようにしてください。馬車馬のように働かせるなり責任取らせて殺すなり、どちらでも構いません」と言ってくる。フィルの提示してくる二択が究極ですね。でもまあ、それならこうするか。

「俺はちょっと体質的なもので戦闘後エロくなることがあるんだけど、それでも絶対に手を出さないって誓えるか？」

「おう、シロムが嫌がることは絶対にしねえ」

「じゃあいいよ。今日からライドは俺たちの仲間だ。でも嫁にはならないからね！　嫁扱いは絶対にするなよ！」

というわけでライドが仲間になりました。まあ正直不安はいっぱいだけど、この世界で仲間なしに冒険するのは大変だからね。ライドの忍耐力を信じることにしましょう。

外に出ているついでに、皆で朝食を取ってから出発する。

馬車に揺られながら、そういえばライドに新しいスキル出たんだから俺もスキル獲得してないかな、と思って鑑定する。すると一決必殺《イッケツヒッサツ》の下に新しい文字が出ていた。

【スキル】　仲間の絆《フレンドリー・コネクト》

条件　：性交がある者とパーティを組む
能力　：経験値の共有。モンスターを倒した経験値が、自分、そして性交がある者の両方に付与される
代償　：一ヶ月間性交がなかった場合、効果を失う

どうやらライドとエロいことしたからというよりは、エロいことした奴が仲間になったから手に入れたスキルのようだ。

つまり、ライドの得た経験値が俺にも、俺の得た経験値がライドにも与えられるってことか。仲間の経験値までもらえるなんて美味《おい》しいスキルだよな。でも効果は一ヶ月間だけなのか。なら、この一ヶ月間はモンスターをバシバシ倒しまくって経験値をしっかり稼いでいきましょう！

え？　エロいことしたら一ヶ月後も効果が続くって？　なにを言う。経験値なんかよりも、お尻のほうが大切です。

「もうすぐレビューの街に着きまっせ。中に入るには手続きがいりますから準備してくだせぇ」

ついにダンジョン都市に着くのか。よし、ＢＬ体験は忘れて、いっぱい冒険するぞ！

「手続きにはなにが必要なんだ？」

「身分を確認するものと入街料の銀貨１枚ですねぇ。奴隷なら確か、その半分でよかったはずですわ。後は違法な物を持ち込んでいないかの簡単な荷物チェックがあるんやけど、皆はん変なもん持ち込んではらへんやろな？」

「お前じゃないし持ち込んでないよ」

「あちきも善良な商人ですわ」

なんて会話をしていると馬車が止まる。どうやら着いたらしく馬車から降りると、円形の大きな城壁がそびえ立ち、その前には深い堀がある。

馬車を降りて跳ね橋を渡ると、何人かの憲兵っぽい人がやってきて一人一人にボディチェックをし、積荷を調べていく。周りを見ると他の馬車の人々も同じようにチェックを受けていた。毎日通行人の検査をするって結構大変な作業だよな。お仕事ご苦労様です。

「よし、では次は人族の君だ。身分を確認できるものと入街料を用意してくれ」

「はい、これが俺のギルドカードと、それから銀貨1枚です。うしろの黒髪の猫人族の男の子は俺の奴隷なんですが入街料は今払ったほうがいいですか？」

「む、その猫人族は君の奴隷か。ならば大銅貨5枚を追加で払ってくれ。君のギルドカードは、……Cランクだと!?　君はその歳でCランク冒険者だというのか!?」

俺のギルドカードを受け取った青年が驚いた顔をする。ふふふ、やはり異世界チートトリップならこういう展開がないとな。他の人よりすごい結果を出して、その称賛をドヤ顔して受けるの楽しいです。

「そうです。俺はCランク冒険者です。なにか問題でも？」

「いや、この都市はダンジョンによって成り立っている。ようこそダンジョン都市レビューへ。強く将来性のある者を歓迎しよう、シロムくん」

「シロム、本当にCランク冒険者だったのか」

「そうだよ、ライド。なんだ疑ってたのかよ、このやろう」

「疑っていたわけじゃねえけど素直に信じられねえよ。Cランク冒険者の試験は、一人前と認められるための関門だからな。まあでも昨日の実力見たら納得だ。やっぱりシロムは強くて可愛いんだな」

ひとこと余計だったがライドの驚いた顔を見られて、胸がすっとする。ほら、異世界にきて早々Cランク冒険者になれちゃう俺ってすごいだろ？　ケツを犠牲にしてまで、なった甲斐《かい》があったわ。

――いや、嘘。ケツを犠牲にするほどの価値はなかったわ。おまけに真面目系で将来有望な騎士の恋心までついてきたんだからホント散々な結果でした。もっと穏便にギルドランクを上げていきたかったよ。

全員のチェックが終わり、無事レビューの街に入ることができた。レビューはとても栄えていて中世ヨーロッパの都市のようにレンガ造りの建物が多い。けれどもやはり、ここが異世界だと感じるのは行き交う人々の中に明らかに人間以外の種族がいるからだろう。あのウロコのついた緑色の人ってリザードマンだよね？　おおぅ、ファンタジー。

「ほな、約束通り魔工師を紹介しましょうか」

「お、ちゃんと約束を覚えていたな。忘れてたとか言ってすっぽかしたら、俺の黄金の右手が炸裂するところだったぞ」

「Cランク冒険者の一撃を食らうのはごめんですわ。魔工師の家は、少しここから離れてますし馬車に乗ってくんしゃい」

ニックに促《うなが》されてふたたび馬車に乗る。この馬車、小さな窓が一つついているだけだから、全然外の様子がわからないんだよな。ニックに、なんでこんな仕様にしたのか聞いたら、日の光を浴びたら傷《いた》む輸送物があるし、単純に安かったからだそうだ。流石《さすが》悪徳商人、けちくさい。

「これから会う魔工師は、どんな奴なんだ？」

「そうですねぇ、一言で表すならめんどくさい奴ですわ」

「え、なんでそんな奴を紹介するんだよ」

「魔工師に伝手《つて》があるってなかなかないんやで？　選り好みしてるほど余裕なんてありまへんし、これから会うのはあちきの幼馴染《おさななじみ》なんですわ。めんどうやけど腕は確かですし、悪い奴ではないんで、まあ仲良うしてくださいな」

この、がめつくて口が達者なニックがめんどくさいと言うなんて、どんな奴だ？　とりあえずニックの幼馴染《おさななじみ》ということは、ニックと同じ狐系の獣人なのかな？　もうそれだけで嫌な予感がするよ。オーダーメイドの装備は作ってほしいけど、ぼったくられないように気を付けよう。

しばらく馬車が走り、ニックの「着きました。おりてくんしゃい」という言葉と共に馬車を降りる。そこは大通りから外れた脇道で、居住区画なのかアパートのような建物や家々が並んでいる。

ニックはその中でもこぢんまりした小さな一軒家を指差し、「ここがその魔工師の家ですわ。あちきが話をつけてきますから皆様方はしばらくお待ちを」と言って中に入っていった。

しばらくすると――

「はぁ!?　なんで俺がそんな奴らに会わないといけないんだよ!!」

「まあまあ、ここはあちきの顔を立ててくんしゃい」

「ぜってぇ嫌だ！　俺の研究の邪魔すんなって言っているだろ！」

「でもレオンだって、……で、だから……」

「だぁ！　もう！　わかったよ！　会えばいいんだろ！　お前の口車に乗るのは、これで最後だからな！」

といった感じの言い合いが聞こえてくる。

随分《ずいぶん》、口が悪い奴が魔工師だよな？　ニックみたいな胡散臭《うさんくさ》い奴は嫌だけど、乱暴な奴ともうまく付き合える気がしないぞ？　まあ、こちらにはフィルと俺と一応ライドもいるし、戦力的に負けることはないと思うけど大丈夫だろうか。なんかニックの言う通り、めんどくさそうな奴だ。

「血の気の多そうな奴だな。まあ殴り合いになっても負けねえから任しとけ」

「シロム様、危険です。どうぞ僕のうしろに」

「いや、前衛は俺の役目だろ？　大丈夫だと思うから、フィルはうしろで構えていてくれ」

武器は構えないが、なにか起こっても対処できるように心構えはしておく。

やがてドスドスという乱暴な足音が聞こえ、それと共に目の前のドアが開く。そこには橙色《だいだいいろ》の髪の上に狐耳を生やした眉毛の太い男が立っていた。

「お前らが俺に仕事を依頼したいって奴らか？　言っとくが俺は気に入った仕事しか受けねえ、ぞ……」

身長はライドより低く、俺より高い。ニックよりは少し低いかな。で、眉毛がめっちゃ特徴的。二匹のゲジゲジ乗っけているんですかってくらい眉がでかいんだけど、こいつが魔工師か？　とりあえず鑑定しておこうかな。

【名　前】　レオン・カーバンクル
【年　齢】　20
【適　性】　発明《エレクア》
【階　級】　Lv10
【スキル】　なし

適性を見る限り、腕は確かそうだな。発明の適性があるってことは物作りの才能があるってことだろ？　性格的に折り合いがつくのなら是非とも、この眉毛に魔道具作ってほしいなー。

で、その肝心の眉毛なのだけれども、ドアから出てきて固まったままである。しかも、だんだん首元から顔にかけて赤くなってきているんだけど、なに、風邪でもひいているのか？

「なんか顔赤いけど、体調が悪いんですか？」

「え、いや、ちがう。大丈夫だ。あんたがニックの言っていた俺に魔道具作ってほしい奴か？」

「はい。これからダンジョンに行こうと思うから、その装備を整えたいんです。なにが必要かもよくわかっていないので、相談もさせてほしいんですけど頼めますか？」

魔道具なんていかにもファンタジーっぽい道具を使ってみたいけど、どんな種類があるかも知らない。だから今の俺の状況を知ってもらい、オーダーメイドで作ってほしいっていうのが希望だ。

「わかった。引き受ける」

「え、いいんですか？　俺、魔道具のこと全然知らないですし、頼りきりになると思うんですが大丈夫ですか？」

「おう、任せてくれ」

そう言って眉毛がコクリと頷く。え、こんなにあっさり魔道具の製作引き受けてくれるものなのか？　なんか裏でもあるのか？

チラッと周りを窺《うかが》うと、フィルは尻尾を膨らませて警戒マックスモードに入っているし、ライドは「モテる嫁を持つと大変だな」と苦笑している。

そしてニックに至っては——

「いやあ、人が恋に落ちる瞬間を初めて見ましたわ。シロムはんも罪つくりやなあ」

と言われたところで、一つの可能性が頭を過《よぎ》って、思わず眉毛の魔工師をガン見する。

眉毛は、耳まで赤く染めており、俺と目が合うとビクッと身体を震わせ視線をさまよわせた。おおう、まじか、マジなのか。

これってまさか俺、この眉毛の魔工師に一目惚れされたのですか？　嘘だと言ってよ神様。誰か俺を自意識過剰だと笑って否定してください。

こんな短期間にまたＢＬが生まれるとかなんなの？　これ、俺の適性のせいなの？　もう人と違うすごい能力がほしいとか望まないから、今すぐ俺の適性を変えてください。もうこのＢＬ製造適性、嫌です。

とりあえず立ち話もなんだしということで、ニックが中に入ろうと言ってきた。正直、俺のことをそういう目で見ている奴の家に上がるのには躊躇《ためら》いがあるんだが、まあこんだけ人がいるんだしエロ展開にはならないだろう。……フラグじゃないよね？

ニックの家は研究者っぽく乱雑な感じなのかと思ったが小綺麗《こぎれい》で、通された部屋にはカーペットが敷かれ、ソファとそれに合わせた机が置かれていた。

ニックが「この部屋はあちきが来客用に整えたからかまへんけど、他の部屋はレオンの研究道具で散らかっていて危ないから、あんま入らんとってな」と注意を促《うなが》す。

なるほど、いい部屋だなと思ったら、この部屋を用意したのはニックだったらしい。それを聞いて「うるせぇ。俺は研究さえできればいいんだよ」って言っているのを見ると、レオンは掃除が苦手そうだ。まあ別に部屋が汚くても、すごい魔道具を作ってくれるのならそれでいいや。ちなみに俺は掃除が得意です。

皆が席に着くとニックが「じゃあ、あちきはお茶でも淹《い》れてきますから、自己紹介でもしといてくだせぇ」と言って席を立つ。え、ちょっと待ってニック。お前が席を立つと、この場にいるメンツのBL率が高くなってつらいから行かないでくれよ。べつにお茶なんてなくても我慢できるからさ。だってレオン（一目惚れされたっぽい眉毛）とライド（嫁扱いしてくる筋肉）とフィル（友情が行き過ぎている黒猫）の三人だぞ？　フィルはまだ勘違いかもとワンチャンあるが、残りの二人は確実にBLなんですよ？

俺の心の悲鳴はニックにまったく届かなかったらしく、あっさり部屋を出ていった。仕方ない、ニックの言うとおり自己紹介でもするか。鑑定スキルが便利すぎて忘れていたけど、そういえば俺まだレオンの名前を知らないことになっているもんな。ボロが出ないうちに名前を聞いておこう。

「えっと、じゃあ自己紹介しましょうか。俺はシロム・クスキ、職業は冒険者です。貴方のお名前は？」

「レオン・カーバンクルだ。魔工師やっている。シロム、シロムって言うのか。名前まで可愛いんだな」

「フィルエルト・キルティです。シロム様の奴隷《もの》です。シロム様を困らせる者は排除します」

「ライド・フーグル、シロムは俺の嫁だ。強くて可愛いシロムに惹かれるのはしゃあねぇが、手を出すのは許さねえぜ」

「え、シロム結婚しているのか」

レオンがさっと蒼褪《あおざ》め、この世の終わりみたいな顔をする。ほら、BL率高くて早速問題が起こったじゃねえか。ニック、早く帰ってきてくれ。

「誰　が　嫁　だ　！」

「おう、まだ違ったな。だけど牽制《けんせい》くらいはさせてくれよ。俺はお前以外の奴と番《つがい》になるなんて考えられないし、絶対惚れさせるつもりだから覚悟してくれ」

「お前、そんなこと考えていたのかよ。なんと言おうが俺は、お前の嫁になるつもりはないからな！」

「な、なんだよ脅かしやがって。シロムは虎野郎のものじゃねえのか。ビビって損したぜ」

レオンがあからさまにほっとした声を出すが、貴方にもワンチャンありませんよ？

さらにレオンは、ライドに対してはタメ口な俺に対して口を尖《とが》らせて「俺にも素《す》で接しろよ」なんて言ってくる。それに関しては了承したりしていると、人数分のティーカップを持ったニックが戻ってきた。「なんや、皆はん仲良うなったみたいやな」と朗らかに笑っているけど、全然大丈夫じゃないよ？

ニックの持ってきた紅茶を一口飲む。もう、この話は置いといて、ダンジョンに必要な魔道具の話を進めていこう。

「俺はダンジョンに行きたいんだけど、その時に便利な魔道具ってある？」

「目的によって必要な物が違うんだが、シロムはなにをしたいんだ？」

「逆に聞きたいんだけど、ダンジョンに行く人ってどういう目的なんだ？　ダンジョンって魔石とか宝物とかが出てくる所だと思っているんだけど、合っている？」

「その考えで合っているぜ。ダンジョンに行くのは、金を稼ぐため か攻略をするためかが主な理由だ。ダンジョンでは冒険者たちがエリアのボスを倒すと、新しい階層が現れるらしい。ちなみに今は七層を攻略中って話だ」

レオンにダンジョンの話を聞く。流石《さすが》ダンジョン都市に住んでいるだけあって詳しかった。

俺は圧倒的に、この世界の知識が足りませんからね。ミチェルペディアも使えない今、わからないことはできるだけ聞いておこう。

「攻略されているのって六層までなのか？　なんか思ったよりも少ない気がする」

「ダンジョン攻略で大変なのは攻略そのものより移動らしいですわ。あちきは入ったことありまへんがダンジョン内は広いそうで、一つの階層の移動に半日から丸一日かかるそうや。その間の水や食料を用意するのが一番大変って聞きましたわ」

「だから初めてダンジョンに行くなら、ポーターになるのがいいって言うな。少し下の階層を目指すパーティなら、どこもポーターを募集しているし、この街に来たばかりの奴らに人気の職業だぜ」

二人の話を聞いて、この世界のダンジョンがどんなものか、なんとなくわかった。つまり途中にセーブポイントやワープゾーンのないタイプのダンジョンで、毎回最初から攻略しなければいけないということなのだろう。トリップ前にゲームでやる分には、食料や水のことは考えなくてよかったが、ここは現実なのでそうはいかない。

確か水は最低一日一リットル必要だというし、七層まで最速で行くとしても一人あたり三・五リットル、往復の分も考えると七リットル必要なのか。これは最低の量だし、実際には十リットルくらいいるんじゃないかな。ということは十キロの荷物をしょって移動しないといけないということだから大変だな。攻略されているダンジョンが六層までっていうのも納得だ。

でも聞いてて思ったんだけどこの問題、俺ならなんとかできるよね？　だって俺には異空間倉庫《アイテムボックス》があるんだから、かなりの量の物資を容量気にせずに運ぶことができるぞ？　やばい、俺☆無双の予感がしてきた。一番苦になるであろう物資の運搬問題がないなら、ダンジョン攻略も夢じゃないよね！

「それで、シロムはどうするんだ？」

「やっぱりここは男らしくダンジョン攻略を目指すよ。というわけで必要な魔道具はなにかな？」

「シロム、ダンジョンの攻略はかなり難しそうだが本気で目指すつもりか？」

俺の答えを聞いて、ライドが驚いたようにそう言ってくる。まあ確かに今の話を聞いたらダンジョン攻略って大変そうだけど、俺には異空間倉庫《アイテムボックス》があるから物資の運搬は難しくないんだよね。これだけ好条件なら挑戦しないって選択肢はないわ。

異空間倉庫《アイテムボックス》の存在を知っているフィルは納得顔で頷いている。フィルが賛成してくれるなら、なにも怖くありません。頑張ってダンジョン攻略をしようじゃないか。

「そりゃ、やるならてっぺん目指したいじゃん。俺はダンジョン攻略して有名になって、そんでもってSランク冒険者になりたいから、ここは全力でいくぞ？　まあ、ちょっと考えがあるから後でライドにも伝えるよ」

するとレオンが、ぼそりと呟く。

「夢に向かって一生懸命なところも可愛いな。俺がその夢、支えてやりてえ」

「でもその夢は無謀ちゃいますか？　まあ無茶でも目標に掲げる気持ちはわかりますし、否定はしまへんよ。頑張ってくんしゃい」

「僕はシロム様の意向に従います。それにシロム様ならば、ダンジョン攻略も可能であると思っていますよ」

ライドは俺の答えに、少し考え込むような仕草で黙り込んだ。まあ異空間倉庫《アイテムボックス》がなければ無謀にしか聞こえないだろうし、悩んでいるのだろう。ともあれ、ライドには後で種明かしするとして、とりあえず今はダンジョン攻略に必要なものを教えてもらおう。

「ダンジョンを攻略するなら絶対に必要なのが、防衛レベルがC以上のテントだな。中で寝泊まりしなきゃならねえけど、どこもモンスターが徘徊《はいかい》してて危険だからな」

「ああ、確かに必要でっしゃろな。でも、そのためにはレベルの高い魔石が必要なんじゃありまへんか？　シロムはんにもすぐには用意できないやろし、まずはモンスターを倒せるように武器を用意したほうがええと思いますよ？」

お、聞いたことがある単語が出てきた。防衛レベルってあれだろ、確かモンスターを寄せ付けないための魔道具のレベルのことだろ？

「Cランクのテントくらいなら、すぐに用意できるぜ。シロムが必要っていうのなら先にやるぞ？」

「依頼者が魔石を用意しない場合のほうが、魔道具は高くつくやろ。シロムはんにそんな高額な魔道具を売るのは、逆に負担になるんちゃいますか？　それとも、まさか無料《ただ》で渡すつもりやったんか？　商売人として自分の能力を安売りするようなことは許しまへんよ？」

「うっ」

「なあ、魔石ってこれでも大丈夫か？」

レオンとニックが言い合いしている間に、鞄《かばん》から取り出すように装《よそお》いながら、異空間倉庫《アイテムボックス》から大地の土竜《アースドラゴン》の竜玉を取り出す。魔石って、つまり魔力の籠《こ》もった石のことなんだろ？　じゃあ、これでもよくね？

「なんだ、このでかい石は。まさかこれが魔石か⁉」

レオンが訝《いぶか》しげに石を眺める。

「ああ、大地の土竜《アースドラゴン》の竜玉なんだけどこれって使えるか？」

「大地の土竜《アースドラゴン》⁉　それってAランク相当のモンスターやろ？　なんでシロムはんがそんな魔石を持ってはるんや⁉」

レオンとニックは驚き、目をまん丸にしている。糸目のニックが目を見開いているということは、よっぽどの衝撃を受けたってことだろう。

やっぱり、ドラゴンを倒すのはすごいことなんだな。あの時は尻が犠牲になったショックであんまり喜べなかったけど改めて考えると、この世界に来て短期間で俺☆無双できちゃっているね！

「Cランク冒険者の昇級試験で出てきて、その場にいた上級騎士と一緒に討伐したんだよ。で、それって魔石として使えるの？」

「そりゃAランク相当の魔石だが、普通、上級騎士と共にドラゴンを討伐したって竜玉をくれたりしねえぞ。なにせ街の防衛に使われるレベルの魔石なんだぜ」

「シロムはん、本当に強いんですな。そんな可愛い顔して驚きですわ」

突っ込みたいところは色々あるが、とりあえず大地の土竜《アースドラゴン》の魔石は防衛システムがついたテントを作るのに使えるらしい。ただし、Aランクの魔石を使って作ったことはないと言い、自分にできるか調べるから預からせてほしいと提案された。俺はもちろん了承し、レオンに魔石を託した。

ひとまず話はまとまったので、ニックとレオンには席を外してもらい三人で話をする。ニックは馬車をいつまでも家の前に置いておくと邪魔だから商業ギルドに行ってくると言い、レオンはAランクの防衛システムについて研究室で調べ物をしてくると言って出ていった。

今、この場を俺とフィルとライドの三人だけにしてもらったのは、異空間倉庫《アイテムボックス》について話そうと思ったからだ。

「フィルには話したけど、ライドにも俺のスキルについて教えておくよ」

「スキル？　それってレベルが高くなると自分の適性に合わせて得ることができる特殊な能力のことだろ。それをシロムが持っているってことか？」

「そうだよ。実は俺は最初からいくつかのスキルを持っていて、その一つに『異空間倉庫《アイテムボックス》』があるんだ。このスキルのおかげで俺はあらゆる物を異空間に収納して運ぶことができるんだよ」

そう言いながら目の前で銅貨や食器や鍋を取り出したりしまったりすると、ライドは目を丸くした。

「マジかよ。本当にスキルを持っているのか」

「ああ。だけど内緒な。お前の他にはフィルしか知らないんだから、誰にも言うなよ？」

「ああ、もちろんだぜ。このスキルのおかげでダンジョン攻略が本当に現実的になってきたな。にしても、初めからスキルを持っているなんて聞いたことねえぞ。王家にはレベルを上げる以外に習得する道具があるらしいが、そんなもん秘宝扱いだからな」

ライドは本気で驚いているようで、すげぇすげぇと連呼している。ふふふ、ライドに褒められると気分がいいぞ。筋肉や身長がなくとも俺がすごい奴だとわかってもらえただろう。この調子でチートスキルを使って異世界無双してやるぞ！

「じゃあ、荷物は基本的にシロムに任せるわ。だけど流石《さすが》に手ぶらで行ったら周りに怪しまれるし、多少は俺も荷物を持つようにするぜ」

「おう、それで頼むわ。これで物資運搬の心配はしなくていいから、後は地道に頑張ろうぜ！」

言うべきことも言ったし、これからどうしようかと相談すると、ライドが「じゃあギルドに行こうぜ」と誘ってくる。え、ギルド？

「なんでギルドに行くんだ？」

「そもそも俺は冒険者ギルドへの登録がまだだし、俺たち三人をパーティとして登録する必要もあるだろ」

ライドの言葉に納得する。なら、今から行こうかとレオンに伝えると簡単な地図を書いてくれた。うん、助かるわ。その時ちらっとレオンの作業部屋を見たんだけど、ゴミ屋敷としてテレビ局が来そうなレベルで散らかっていたわ。これはニックが応接室を整えた手腕を褒めるべきだな。

その時レオンがついでに「今日の宿はどうするんだ？」と聞いてきた。俺が特に決めてないと言うと真っ赤になりながら「べ、別に泊めてやってもいいんだぜ」と言ってきた。何故ツンデレになったし。でも宿代浮くのは素直に嬉しいので泊めてもらうことにしよう。さて、ギルドに行くか。

「そういえばパーティ名はどうするんだ？」

「登録にはパーティ名がいるのか？」

「なくても登録はできるが、ないと不便だろ。それにないと勝手に周りから変なアダ名をつけられるかもしれないぜ？」

ライドの言葉にふむふむと頷く。そういうことならここは、自分たちでしっかり名前を考えるべきだろう。『漆黒の堕天使《ダークインテリジェンスフール》』とかどうだろうか。……一年後に黒歴史になっている予感しかないな。やめておこう。

「全員ネコだから、ネコに由来する感じの名前がいいな」

「ちょっと、待て。お前とフィルは猫科だが、俺はネコじゃないぞ！」

まさかと思うがタチ、ネコのネコじゃないだろうな。お前速攻パーティから追放するぞ！

「違うのか？」

「違いますけど？」

「シロム様と猫なので〝白猫〟はどうでしょうか？」

俺とライドが言い合いをしているとフィルが別の案を出す。白夢《シロム》と猫だから白猫か。いいんじゃないかな。少なくともネコネコパーティとかよりは百倍いい名前だわ。

「お、いいな。それでいこうぜ。冒険者だから〝白猫団〟でどうだ？」

「俺もそれでいいと思うよ。流石《さすが》フィルだわ、いいセンスです」

無事パーティ名も決まったので、ギルドに登録を済ませに行く。レビューのギルドはベルザと違って大きくて混んでいた。

そこそこ時間をかけて、ライドの冒険者としての登録とパーティ登録を済ませていく。その時いくつか話を聞いたのだが、レビューではクエストを受けるのではなくダンジョンで取ってきた魔石をギルドに納めることが昇級条件らしい。

「もちろん別の魔石屋に売っても構わないけれども、適正価格で買い取るし、ランクを上げたいと思うならばギルドに納めてね」と兎耳の職員が言っていた。

まあ特にデメリットもなさそうだし、ダンジョンで魔石を取ったらギルドで買い取ってもらおう。それに俺は早くギルドランクを上げたいしね。どっかの藍色《あいいろ》髪のSランク冒険者に、さっさと追いついてやる！

ギルドを出てからダンジョン攻略に必要な物を買い込んでいく。携帯食料と水筒とナイフと、それらを入れる大きなカバンを買って、最後に装備を整えにいく。

ライド曰《いわ》く『そんなぺらっぺらの装備だと、危なっかしくて見てられねえよ』とのことだ。お前だって胸元見えているじゃねえか。あれか、自分は筋肉があるから大丈夫ってことですか？　ぐうう、俺も筋肉質の雄《お》っぱいがほしい！

まあ俺も防具屋には用事があったから、いいや。レビューの武器屋はベルザと違って品揃えが豊富で武器や防具がたくさん置かれていた。おおっ、完全鎧《プレートアーマー》もある。俺が着たら動けなくなりそうだけど。

「らっしゃい。お客さん、なにをお求めで」

「こいつらに適した防具がほしいんだが、なにかいいのがあるか？」

中に入るとライド並みにムキムキマッチョな髭面《ひげづら》のおっさんがカウンターに座っていた。ライドは俺とフィルに適した装備がほしいと言い、それを聞いたおっさんがじろじろと俺たちを見定める。

「二人とも体格は良くねえから、レーザー・アーマーがいいだろうな。ソフトよりハードのほうが丈夫だが、まあそのあたりは値段との相談だ。いくつかサイズが合いそうなのを出すから、好きなのを選んでくれ」

「この店ってオーダーメイドできますか？　この素材で防具を作ってほしいんですけど」

そう言って沈黙の黒狼《ダンダロス》の毛皮を取り出し、カウンターの上に置く。

武器屋のおっちゃんはじっとそれを見ると、ふむ、と頷いた。

「沈黙の黒狼《ダンダロス》の毛皮だな。Bランクモンスターのドロップアイテムだし、いい装備が作れるだろう。持ち込みだから安くしといてやるよ。お前に合わせて作ればいいのか？」

「いや、この猫人族に合わせて作ってください」

「え⁉」

フィルがびっくりしたように声を上げる。まさか自分の装備を作られるとは思ってなかったのだろう。

「シロム様、僕の装備はどうでもいいものです。Bランクモンスターのドロップアイテムなんて貴重なものは、シロム様のために使ってください」

「でも沈黙の黒狼《ダンダロス》って気配を消すことが得意なモンスターだっただろ？　その装備なら俺よりフィルが使ったほうが有効活用できそうじゃん。その素材を最も活用できる人が使うべきだよ」

「しかし」

「まあシロムがいいなら、その通りだな。沈黙の黒狼《ダンダロス》の装備ならフィルエルトのほうが合っている。だけれども自分の装備より奴隷の装備を整えるのは普通じゃねえよ。シロム、お前フィルエルトのことが好きなのか？」

「なんでもかんでも恋愛を絡めるのはやめてもらえませんか？　フィルのことはめっちゃ大切だけど、これは友情なんだよ！」

ということでフィルはおっさんに、俺はおっさんの弟子《でし》っぽい兄ちゃんに採寸されて装備を整えていく。俺は既製品を買うことにしたんだが、試着すると全部ぶかぶかで、裾直《すそなお》しが必要と言われた。さりげなく俺のメンタルを削りにくるの、やめてもらえませんかね？　くそう、これから身長が伸びると信じてる！

俺の装備の裾直《すそなお》しはすぐ終わるけど、フィルの装備を作るのには一日必要だと言われたので、フィルの分は明日取りに行くことにする。

そうしてすべての用事も終わったので、皆でレオンの家に戻るとニックも戻ってきていた。どうやらこの家にはニックの部屋もあるらしく、結局、旅の面々がまた勢揃いした。これでお別れっていうのは寂しいなとちょっと思っていたのだが、そんな心配はまったく必要なかったね。

「晩飯はどうする？」

「シロムはんに作ってもらいましょう。彼は料理上手なんですわ」

「おいこら、さりげなくここでも飯当番に任命するなよ」

ニックの一言で、レビューでも俺は飯係である。面倒だし断ろうと思っていたのだが、「宿代にはちょうどいいやろ？」とニックに押し切られる。ぐぬぬ。まあ料理するのは嫌いじゃないし、周りも手伝うとの条件のもと俺が料理することになった。レオンが増えただけで、ほんと旅中と変わらない生活になってきたよ。まあ嫌じゃないけどね。

狐二人にはいなり寿司を作って、他のメンバーはちらし寿司にした。この世界の人たちには生の魚を食べる習慣がなかったことと、俺も鮮度が心配だったから魚はすべて焼いたのだけど、なかなか上手にできたと思う。お味噌汁と共に美味《おい》しくいただいた。

レビューに来て一日目、俺はダンジョンの街をそれなりに楽しんだのだった。

いい朝だ、希望の朝がきた。

今日からいよいよ本格的にダンジョンに潜《もぐ》ることになる。いかにも異世界っぽい冒険に、俺も正直浮き足立っていた。だってダンジョンだよ、ダンジョン！　ここで強くなって魔石納めまくって、絶対にSランク冒険者になってやる！　俺はやる時はやる男だぞ！

今からダンジョンに入るなら、朝飯はしっかり食べたほうがいいだろう。というわけでレオンの台所を勝手に使わせてもらって（許可は昨日取ってある）、米を炊いて魚を焼いて朝食を準備する。やっぱり朝は和食だよな。洋食も大好きなんだけど、ここぞという時は和食がいいや。今日は定番のメニューでいこう。

俺が起きた時にフィルも目が覚めたようなので、手伝ってもらって五人分の朝食を準備した。メニューに魚があるのでフィルは嬉しそうだ。準備ができた頃に三人が起きてくる。

「おはよう、フィル、シロム。二人とも早いな」

「おはようはん。いい匂いがしてお腹が空いてきましたわ」

「おはよ。……なんかこういうの、いいな。シロムが朝起きたらエプロン姿で飯作ってくれてるのって、胸がきゅっとなる」

三人は挨拶《あいさつ》をしながら席に着く。ちなみにこの場はリビングだが、あちこちにレオンの研究道具が散らばっていて非常に乱雑だ。昨日まではテーブルの上に物を置くスペースすらなかったらしい。

「シロム、テントのことなんだけど、調べた感じ、他のランクのテントと造りは似たようなものだった。だから、昨日預かった魔石で、俺が作れると思う。Aランクの防衛システムを作るのは初めてだが、任せてもらえないか？　必ず最高の魔道具を作って見せるぜ！」

ンリルという非常に呼びにくい白身魚をほぐしていると、レオンがテントのことについて切り出してきた。どうやらAランクの防衛システムを搭載《とうさい》したテントは作れるようだ。

「うん、わかった。じゃあ、レオンに頼むわ。いい魔道具を作ってくれよ」

「おう、任せとけ！　だいたい一週間くらいで完成する予定だ」

「それで料金は、どれくらいになるんだ？」

「別に金なんていらね……」

「Aランクの防衛システムが搭載《とうさい》されたテントなんて市場に出回りまへんから、単純に買うなら金貨が必要になりますわ。でも魔石はシロムはんの持ち込みですし、大銀貨3枚くらいが適当なんとちゃいますか？」

一瞬無料《ただ》になりそうだったが、ニックの横槍《よこやり》によってそれはなくなりました。流石《さすが》悪徳商人、金に関することには機敏《きびん》な動きを見せますな。まあ俺も流石《さすが》に無料《ただ》は申し訳ないと思っていたけど、大銀貨3枚ってどれくらいなの？

「大銀貨3枚って銀貨何枚分？」

「300枚です、シロム様」

「うわお」

「別に、すぐに払わなくてもいいぜ！　今すぐ金が必要ってわけでもねえし、それに、ふ、夫婦なら旦那に金払うのはおかしいっていうか、別に払わなくてもかまわねえし、そういうのも、考えられるっていうか」

「まあ待つのはかまへんやろな。こちらには竜玉っていう担保《たんぽ》がありますし、ゆっくりダンジョンで稼いできてくんしゃい」

ということでテントの代金は大銀貨３枚に決まりました。思った以上に高くて正直ビビっている。今の所持金は銀貨70枚くらいか。テントの代金には、あと銀貨２３０枚も足りないぞ？

だけれども払わないという選択肢はない。払えなかったらレオンの嫁にされそうだ。やっぱり、只《ただ》より高いものはないということだね。

待ってもらうのも悪いし、なるべく完成までに金を用意しないと。

朝ご飯を食べて、武器屋にフィルの装備を取りにいく。フィルの装備は、かっちょよかった。全体はなめした革を基調としていて、肩のところは滑《なめ》らかな沈黙の黒狼《ダンダロス》の毛で覆《おお》われており、身体の各部分をベルトで留めている。なんか本当に暗殺者っぽい服装だ。うちのフィルエルトさんが、またパワーアップしちゃいましたよ。

お金を払い、ダンジョンに向かう。武器屋のおっちゃんに場所を聞いたので、街の中心部にあるダンジョンをすぐに見つけることができた。

ダンジョンへの入り口には屋台が立ち並び、商売人のおっさんやパーティメンバーを募集する者で賑《にぎ》わっていた。ここはお祭りの縁日かな？　とりあえず周りの声は気にせず、ダンジョンの入り口っぽいところに並ぶ。ぱっと見、百人くらいは並んでいそうだ。これは入るのにもひと苦労しそうだ。

「めっちゃ人いるな」

「そうですね、流石《さすが》ダンジョンで発展した都市というだけありますね」

「入るまでにも、こりゃ時間がかかりそうだな。まあ気長に待つしかねえか」

「あ、あの！」

某有名テーマパークの入場待ちのような気分で列に並んでいると声をかけられ、振り返ると茶色い垂れ耳に柔らかそうな白と茶色の髪を持った少年がいた。なんか犬っぽい感じの獣人だな。

「おう、少年、なんか用か？」

「はい、お兄さんたち見かけない顔ですし、新しくこの街に来た人ですよね！　ポーターは必要ないですか？　僕は二年間ポーターをやっていますから、ダンジョン内にもそれなりに詳しいですし、犬人族《けんじんぞく》なので見た目以上に力があります！　いかがでしょう？」

どうやらポーターの売り込みらしい。ダンジョンに入るまでの並びで声かけられるなんて思ってなかったからちょっとびびったが、営業するならこれ以上ないほど適した場所だよね。

「どうするシロム、フィル」

「荷運びはいらないけどダンジョン知識があるっていうのは魅力だよね。俺ら、ダンジョンのことあんまり知らないし」

「そうですね、確かに道案内はあったほうがいいのかもしれません。値段と相談の上、シロム様たちに決めていただければと思います」

「そうだな。いくらだ？」

「運ぶ荷物がないのであれば前払いで大銅貨5枚と、それからダンジョンで稼がれた魔石の納品額の一割をいただきます！」

「だそうだ。どうするシロム？」

ガイド料はなかなかのお値段だ。ダンジョンでの稼ぎがどれくらいになるかわからんが、俺とフイルがベルザの街で稼いでいたのは一日あたりだいたい銀貨4、5枚である。ということはガイド料は合計で銀貨1枚くらいかな？　ちょっと高い気もするが今日一日雇う分には悪くないね。

「雇おうか。やっぱり最初はダンジョンのこと知っている人について来てもらったほうがいいよ」

「ありがとうございます！　僕、ラリーって言います！　今日一日よろしくお願いします！」

というわけで大銅貨5枚を払い、元気いっぱいの荷運び少年ラリーがパーティに加わりました。

そんな話をしているとダンジョンに入る順番が回って来たようで中に促《うなが》される。ダンジョンの前には大きな柵があり、その切れ目に立っているおっさんに「入場料はひとパーティにつき銀貨1枚だ」と言われる。え、金取るのかよ。しかも地味に高《たけ》え。

とりあえず俺が全員分払って、後で精算するということになった。

「入るまでに結構時間がかかったな。毎回待たされるとなると流石《さすが》に嫌になるぜ」

「あそこはギルドランクD以下の冒険者用の入り口なんです。ランクがC以上になると別の入り口が使えるので、さほど待たずに入れますよ。ダンジョンに入りたい方は、まずCランク冒険者になることを目標にされるようですね」

「え、マジで？　なら、そっちを使えばよかったな」

流石《さすが》、国家資格なだけあってCランク以上は優遇されていますね。うん、早速有用な情報を得ることができたわ。ラリーを雇ってよかったよ。

「お客様の中にはCランク冒険者の方がいらっしゃるんですか？」

「うん、俺がCランク冒険者だよ」

「ええっ⁉　そうなのですか⁉」

ラリーが、びっくりした顔でそう言う。うん、完全にライドのほう向いていたもんね。せっかくCランク冒険者になったのに、周りに認識されなくてつらいです。そういえば俺ってCランク冒険者になる頃には、ムキムキマッチョになっている予定じゃなかったっけ？　全然なっていないぞ？　現実が非情すぎる。

ダンジョンの入り口は大きな洞窟《どうくつ》で、その先に道が続いている。薄暗いが、そこらじゅうに生えている光る苔《こけ》のおかげで、進むのには苦労しなかった。でも、いきなり不意打ちとか食らわないように気を付けないとな。

「この階には、どんなモンスターが出るんだ？」

「主にゴブリンです。他にも丸ネズミや牙コウモリといったモンスターも出ますが、一番警戒しなければならないのはゴブリンです。基本的にゴブリンは5、6体の集団で襲ってきますから気を付けてください。戦いになったら僕は逃げますから」

なるほど、ダンジョンの中にもゴブリンっているんだなと思っていると、前から5体のゴブリンが現れた。登場が早いよ。ゴブリンたちは前方からのそのそと歩いてきており、俺の知っているいつもの緑の小鬼の顔をしていた。ダンジョンだからといって姿が変わるわけではないのね。すぐに紅盗の斬剣《ブラッティスティールダガー》を抜いて戦闘準備をする。

フィルもライドも準備はできている。ラリーはすぐ脇に逃げていた。逃げると宣言していただけあって行動が早いですね。さて。いっちょやりますか！

「ライド、フィル、行くぞ！」

「ああ、俺が奥2体をやる。シロムとフィルは手前3体を頼んだ」

「オッケー。任せてくれ」

「わかりました。シロム様、行きましょう」

ライドはまっすぐゴブリンに向かって駆けていき、奥の2体に殴りかかった。

ライドの拳《こぶし》がゴブリンに当たった瞬間、パンッとゴブリンが弾《はじ》け飛ぶ。そしてそのままゴブリンは光のエフェクトとなり消えていった。

……はい？　え、ちょ、ゴブリンが一撃でやられたんだけど、どういうこと？　そんなにライドって強いの!?

初めてライドの戦闘シーンを見たけど、攻撃力高すぎだよ、なにあれ怖い。だけどライド本人も驚いたようで目を見開き、自分の拳《こぶし》を見つめている。

「は？　なんだこれ……、ゴブリン殴って一撃で消えるなんてこと今までなかったぞ？」

うん、それはスキルの力だろ。って、あれ？　さっきライドが自分で、虎人族は嫁の力の分強くなると言っていたけど、スキルによるものだとは知らないのか？

それなら後でライドにスキルのことを教えてあげようと思っていると、残りのゴブリンたちがライドに攻撃を仕掛けてきた。

そうはいくか！　お前たちの相手は俺らだからな！

棍棒《こんぼう》を持ったゴブリンがライドに襲いかかる。俺はその間に素早く割り込み、ライドに向けて振り下ろされた棍棒《こんぼう》を受け止める。

そしてその隙にライドがゴブリンに殴り掛かると、ゴブリンはアアア！　と悲鳴を上げて光の粒子と共に消えていった。その場には、ころりと魔石と思われる黒い石が転がる。

とりあえず魔石は後で回収するとして、残りのゴブリンも片付けねば！　と思って振り返ってみると——ちょうどフィルが最後のゴブリンにトドメを刺したところでした。魔石が床に落ち、あたりにはもうモンスターはいない。

めっちゃスピード解決でしたね。俺はゴブリン1体しか倒してないし、その1体もライドと共同だけど。まあ、それは置いといてライドにスキルのことを教えてあげよう。

「ライド、お前、新しいスキルを手に入れているの、わかっているか？」

「スキル？　俺にか？　なんでシロムがそんなことわかるんだ？」

「俺のスキルに『鑑定』っていうのがあって、人や物の情報を読み取ることができるんだよ」

そう言うとライドが目を見開き、ぽかんとした顔をする。俺が複数のスキルを持っていることに驚いているらしい。あれ？　異空間倉庫《アイテムボックス》の話をした時に、いくつかスキルがあるって言わなかったっけ？

「マジかよ。異空間倉庫《アイテムボックス》のこと聞いた時にもすげえと思ったけど、まだスキルがあるのか。ひょっとして他にもスキルを持っているのか？」

「あ、うん、まあ。持っているんだけどなんというか、ちょっと説明しにくくてですね」

「スキルは自分の戦力だし別に言わなくてもいいぜ。それより俺のスキルのことを教えてくれ」

俺のスキルはエロスキルばかりだから言いづらくて言葉を濁していると、ライドは言わなくてもいいと付け足した。うん、ありがとう。

ライドに生涯の愛番《エテル・アイ》のスキルの効果と代償を伝える。するとライドは納得顔で頷いた。

「なるほど、虎人族が嫁を得ると強くなるってのはスキルの効果なんだな。理屈まではよくわかっていなかったぜ。ってことは俺は今、シロムのレベル分強くなっているんだな？」

「らしいな。俺のレベルは20だから、きっとかなり強くなっているんじゃないかな？」

「シロム、レベル20もあるのか。じゃあ俺が強くなったのはシロムのおかげだな。ありがとな」

ライドはニカッと笑う。こんな風に爽《さわ》やかに礼を言ったりするから、こいつのこと憎めないんだよな。悪い奴じゃないいんだよ、嫁にはなれないけど。

戦闘が終わったので、ラリーが小走りで戻ってきた。

「皆さま、お疲れさまです！　お兄さんたち、すごく強いんですね！　僕は二年間ポーターやってますが、ゴブリンを瞬殺するパーティなんて見たことないですよ！　皆さん、僕とそう歳が変わらなさそうなのに、すごいです！」

ラリーが興奮しながらそう言う。ラリーの言葉がリップサービスじゃなければ、俺たちの実力はこのダンジョン都市でも充分やっていけるものらしい。こういう周りのパーティとの差がわかるのもポーターを雇ったメリットだよな。ラリーについてきてもらってよかったな。

ラリーの情報によると、ゴブリンの魔石は一つ大銅貨1枚くらいになるらしい。外で討伐するのと変わりませんね。でも、たくさん出てくるなら、こっちのほうがまとまった稼ぎになるのかな？

うん、出てきたゴブリンは片っ端から倒してやろう。

その後もゴブリンや、でかい前歯を生やしたネズミや、やけに好戦的なコウモリなんかも出たが、特に問題はなかった。討伐数はやっぱり俺が一番少なかったけどね！

ちょっと余裕が出てきたから、歩きながらダンジョンのことをラリーに聞いてみる。とりあえず知りたいのは、他の階層にはどうやって行けるかだな。

「下の階層に行くにはどうすればいいんだ？」

「各階層の一番奥にある『主《あるじ》の部屋』にいる強力なモンスターを倒すと行けます。でも主《あるじ》は一度倒すともう出てこないので、今は『主《あるじ》の部屋』に行けば誰でも二層に行くことができますよ！」

なるほど、各階層には所謂《いわゆる》ボスがいて、そいつを倒すことで次の階に行けるんだ。で、攻略済みのボス部屋は素通りできると。ボス部屋に挑むことができるのは最前線で戦っているパーティというわけだ。俺も早く強くなって、先頭組に追いつきたいぜ。

ラリーは流石《さすが》二年間ポーターをやっているだけあって、色々なことを知っていた。

このダンジョンが出現したのは数百年前とも言われているが、見つかったのは数十年前と比較的新しいらしい。現在、六層まで攻略されていて、複数のパーティが先を競い合い、それぞれの階層を突破しているのだと教えてくれた。

一、二、三、五層を突破したのが『黄昏《たそがれ》の旅団』。小さなパーティが徒党を組んで成立していて、五百人以上が所属している。人海戦術で物資の供給問題を解決して突き進む一番有名なパーティである。

四層を突破したのは『翡翠《かわせみ》』で、リーダーのジェイド以外全員奴隷という特殊な形態を取っている。このパーティの影響で、ダンジョンに奴隷を連れていく人が増えたようだ。また、六層を攻略したのは『蒼穹《そうきゅう》の爪』で、全員がBランク以上の精鋭という最近話題のパーティだ。

この他にも『輝く焔《ほのお》』や『笑う道化《ピエロ》』など様々なパーティがいるとのことだ。ほほう、なるほど。将来は俺たちも、そのあたりの奴らと鎬《しのぎ》を削っていくわけだな。ライバル情報を知れてよかったよ。サンキュー、ラリー。

「他のパーティに関してはこんな感じです。ところでダンジョンの様子もわかりましたし、この後のお兄さんたちはなにを目的に行動しますか？　魔石ですか？　それとも二層までの道のりを知りたいですか？」

「俺は二層までの道のりが知りたいかな。先々へ進んでいくこと考えると、知っていたほうがいいと思うし」

「俺も、それで構わないぜ。じゃあ二層までの行き方を教えてくれ」

「はい！　最短経路と安全な道と、どちらがいいですか？　最短経路はモンスター部屋を通らないと行けないから、かなり危険なのですが」

「モンスター部屋？」

「ダンジョン内にポツポツとある、開《ひら》けた空間のことです。ここはモンスターの出現率がとても高くて一度に約十数匹、多い時なんかは数十匹のモンスターが溢《あふ》れています。一層のモンスター部屋で出てくるのはゴブリンだけですが数が多く、ここで命を落とす冒険者が毎年何十名もいます。お兄さんたちほど強ければ大丈夫だとは思いますが、かなり危険な場所です」

ゴブリンくらい楽勝と思わなくもないが、こういう油断が失敗の元になるのかな？　うーん、どうしよう。

「ちなみに最短経路と安全経路は、それぞれどれくらい時間がかかるの？」

「最短経路は三時間で、安全経路は大体半日くらいです」

往復六時間と丸一日？　初日に丸一日ダンジョンに籠《こ》もっているのは流石《さすが》にしんどいぞ。ちょっと危険でも最短経路で行きたいな。

「俺は最短経路がいいんだけど二人は？」

「俺もそれで構わねえぜ。一層で半日もかかってたら一生ダンジョンなんて攻略できないし、さっさと進もう」

「僕もそれで構いません。どれだけゴブリンがいようと攻撃は当たりませんから」

おおぅ、フィルが勇ましい。俺なんてさっきからゴブリンの攻撃をわりと食らっているのに。まあ痛くはないけど。

ちょっと不安そうなラリーに頼んで最短経路を案内してもらう。さあ、ダンジョン攻略頑張っていきましょう！

「ここがモンスター部屋です。お兄さんたち気を付けてくださいね」

「ああ、案内ありがとう。じゃあ行ってくるな」

途中、何度かゴブリンと戦闘しながらラリーに連れられてモンスター部屋までやってきた。モンスター部屋はちょうど学校の体育館くらいの広さで、あちこちに光る苔《こけ》が生えており幻想的だ。でも中にいるのはゴブリンの大群なんだよね？　サクッとやって魔石にしてやろう。

パッと見ただけで10体以上のゴブリンがうろうろと中を歩いている。こういう時に遠距離攻撃ができたら一方的にボコれるのだろうけれど、まあないものは仕方ない。

「相手はゴブリンだが、数が多いし連携に気を付けようぜ。大きく離れず互いの背中を守り合う形で行こう」

「おう、わかった。じゃあ俺の背中はお前らに任せたよ」

「わかりました。シロム様の背中は必ずお守りします」

紅盗の斬剣《ブラッティスティールダガー》を持って中に飛び入る。部屋の中央にいくとゴブリンに四方を囲まれてしまうから、あまり奥へは行かない。

ゴブリンたちはすぐに俺たちに気付き、武器や拳《こぶし》を握りしめて駆けてきた。そのうち3体がライドの前に、2体がフィルの前に、そして3体が俺の前にきた。

俺は大きく腕を振り、紅盗の斬剣《ブラッティスティールダガー》を薙《な》ぎ払う。ライドが急に強くなって活躍しているけど攻撃力の高さなら俺だって負けていない。なんたって最強のチート武器・紅盗の斬剣《ブラッティスティールダガー》さんがついていますから！

紅盗の斬剣《ブラッティスティールダガー》で目の前のゴブリンたちを切り裂き、魔石に変える。ゴブリンなら一撃で倒すことができるから、一回の動作でなるべく多くの敵を屠《ほふ》る。

新たに俺の前にきた2体のゴブリンにも紅盗の斬剣《ブラッティスティールダガー》を振るう。魔石が二つ、地面に転がった。さらにきた3体のゴブリンも魔石に変える。

俺の強さに危機感を覚えたのか今度は4体のゴブリンがやってきたが、すぐにフィルとライドが

1体ずつ引き受けてくれた。俺は、2体のゴブリンを切り裂く。

モンスター部屋のゴブリンを斬っては倒し斬っては倒ししていると、ついにモンスター部屋からゴブリンがいなくなり地面に魔石が散らばるだけになった。これで終わりかな？

「これでもうゴブリンはいないっぽいな。二人とも大丈夫か？」

「ああ、大丈夫だ。にしても、かなりの数のゴブリンをやったな」

「魔石の回収をしましょう。30体は倒したので、回収するにもひと苦労ですね」

戦闘が終わったのでラリーも中に呼ぶと、床に散らばる魔石の数にラリーは目をまん丸にしていた。「こんな数のゴブリンを全部倒したなんて、お兄さんたちすごいです！」と大はしゃぎだった。

ラリーにも手伝ってもらって魔石を集めると、なんと37個もあった。おおっ、そんなにゴブリン倒したのか。ということは、この一回の戦闘で銀貨3枚と大銅貨7枚を稼いだってことだ。

モンスターを倒し尽くしたモンスター部屋からは、しばらくモンスターが出てこないとのことなので、ひと休みすることにした。

俺は異空間倉庫《アイテムボックス》から、朝作っておいたサンドウィッチを取り出す。具はハムとチーズ、卵、生クリームと果物を挟んだ物の三種類だ。大食漢《たいしょくかん》のライドのためにたくさん用意しているから、ラリーにも分けてやる。皆、夢中でサンドウィッチにかぶりついた。

「うめえ！　やっぱりシロムは料理上手だな！　なんでパンに具を挟むだけで、こんなに美味《うま》くなるんだよ！」

「流石《さすが》シロム様です。こんな美味《おい》しい手料理をいただけるなんて、僕はシロム様のものになれて本当に幸せです」

「え、なにこれ！　こんなに美味《おい》しい物、食べたことないです！」

「まあ調味料がある家だと、それだけで料理の幅が広がるよね。個人的にはマスタードもほしかったなー。マヨネーズはなんとか自作したけど、帰ったらニックに他の調味料も手に入れられないか聞いてみよう」

サンドウィッチは作るの得意だよ、だって女子ウケがいい食べ物だもん。でも元の世界にいた時は、せっかく学校に作っていっても肝心の女子に見せる機会がなくて結局親友に全部食われたわ。あれは泣けた。

そんなわけで腹ごしらえもして、ラリーに最短経路への道のりの続きを案内してもらう。

そしてその間に三つのモンスター部屋を通り、合計で１２０個の魔石を手に入れた。すごい収入だなコレ。今日一日で、ベルザの町での稼ぎの何日分だ？　懐《ふところ》がホクホクである。

そして俺たちは、ついに二層へ降りるための階段のある部屋にたどり着いた。

開きっぱなしの重厚な門をくぐると、室内は松明《たいまつ》に照らされていて厳《おごそ》かな雰囲気を醸《かも》し出していた。いかにもボス部屋っぽい空間ですな。しかし、もうボスは倒されている。残念。

「ここが二層への階段がある部屋です。あの奥に階段がありますよ」

「じゃあ、その階段の前に屯《たむろ》している奴らはなんなんだ？」

ライドの言葉で階段のほうを見ると、十人くらいの男が大きな荷物を持って階段の前に居座っていた。本当だ、なんなんだあいつら？　まさか二層に行くなら通行料を払ってもらおうか、げへへって感じのチンピラですか？　え、今からモンスターじゃなくて人間との戦闘が始まるの？

「ああ、彼らは『黄昏《たそがれ》の旅団』のメンバーですよ。おそらく最前線のメンバーに渡すための物資の運搬をしてるんです。黄昏《たそがれ》の旅団は皆さん橙色《だいだいいろ》と黄色の布を頭に巻いているので一目でわかりますよ」

なるほど、あれが最前線を攻略しているパーティのメンバーか。確かに物資の供給方法って自分で持って行くだけじゃなく、後から誰かに持ってきてもらうってのもあるよね。

二層への行き方もわかったことだし、俺たちは引き返すことにした。帰りにもモンスター部屋を通ってゴブリンを狩り尽くして、戻る頃には、２５０個くらいの魔石を手に入れていた。なにこれすごい。ダンジョン、儲《もう》かりすぎだろ。ちょっと冒険が楽しくなってきたわ。


ダンジョンを出た俺たちはギルドに行き、魔石を換金してもらう。全部で魔石は２５６個あったらしく、合計で銀貨26枚と大銅貨6枚になった。その中からラリーに銀貨２枚と大銅貨６枚を渡した。ラリーは大はしゃぎで「こんな金額もらったことないです！　またガイドが必要になったら絶対に僕に声かけてくださいね！　サービスしますから！」と茶色い尻尾をパタパタ振りながら駆けていった。ラリーがここまで驚くってことは、俺たちの稼ぎはかなりの物なのだろう。また俺の英雄録に輝かしい一ページが刻まれましたね！

必要経費を差っ引いて、一人頭の稼ぎは銀貨8枚となりました。分ける時にフィルにも取り分を渡そうとしたのに『僕の物はすべてシロム様の物です！』と言って受け取ってもらえなかった。

それならそれで俺の取り分が多くなっちゃうし二等分しようとしたら、ライドが『フィルの分をシロムがもらうのは当然だろ？』と言ってくれた。お前ら、いい人すぎないか？　テント代が必要で正直お金はほしいので、その言葉に甘える。俺ってパーティメンバーに恵まれているよな。仲間は大事にしよう。

ということは銀貨16枚の稼ぎか。普段の四倍近い金額稼いでますよ！　この調子ならテントの代金もわりと早く払えるんじゃね？

六時間もダンジョンの中にいたので、もう夕方だ。食事の準備をしないといけないから三人で買い物をしてから帰る。今日の晩ご飯はシチューにしようと言うと、猫科二人は大喜びだった。

レオンの家に帰って皆でご飯を食べて、その日あったことを話して、ダンジョン突入一日目は終わっていった。

翌朝。昨日ラリーに二層への行き方を教えてもらったので、今日は二層を覗いてみることにする。

二層は一層で遭遇したゴブリン、丸ネズミ、牙コウモリに加えて、それらの上級種が出てくるそうだ。上級種は力が強いのはもちろん知能が高くなり、仲間と連携を取ることがあるという。なんとも厄介な戦いになりそうだね。これは気を引き締めなければ！

そんなわけで昨日と同じくモンスター部屋を通って魔石を稼ぎながら一層のボス部屋まで行き、その奥にある少し急な階段を降りていくと、やがて二層が見えてきた。二層も一層と同じように薄暗く光る苔《こけ》によって、あたりが照らされている。

今回はガイドがいないので深入りはせず、何回かこの階層のモンスターと戦闘して戻ろうということになった。十分くらい歩くと緑色のゴブリンが6体と、少し大きめのオレンジ色のゴブリンが歩いてくるのが見えた。

「シロム、フィルエルト、あのオレンジ色のゴブリンがホブ・ゴブリンだ。油断せずにいくぞ」

「オッケー。じゃあ上級種ってことだし、互いの動きには気を遣いながら戦おうな」

「わかりました、シロム様」

ゴブリンのほうも俺たちの存在に気付いたらしく「ガァッ！」と叫び突進してきた。

前3体はなにも持たず、うしろ3体は棍棒《こんぼう》を持っており、さらにその一歩うしろにホブ・ゴブリンがついてきている感じだ。うわっ、ホブ・ゴブリンが指揮を執《と》っているよね？　これ、やばいんじゃない？

今まで突進するしかなったゴブリンたちは、指揮官がいると回避行動も取るようになった。紅盗の斬剣《ブラッティスティールダガー》を振り下ろそうとするとすぐにうしろに飛び退《の》き、別の個体がタックルをかましてくるのだ。厄介極まりない。

しかし俺たちも連携を取っていた。俺の攻撃を避《よ》けようとして無防備になったゴブリンを、ライドが「ナイスだシロム！　こいつは俺がもらったァ！」と叫びながら殴り飛ばしたり、俺に飛びかかり背を向けたゴブリンをフィルが「シロム様に触れるな！」と言って切り裂いたり、確実にゴブリンの数を減らしていた。……俺は全然討伐できていなかったけどね！　まあ囮《おとり》としては活躍できたので、パーティには貢献したということにしよう。

残るはゴブリンあと2体というところで、ついにホブ・ゴブリンも動き出す。腰の鞘《さや》から、その身体と同じくらいの大きさの剣を抜いた。ところどころ錆《さ》びていて切れ味は良さそうには見えないが、やはりあの大きな剣を叩きつけられれば痛いでは済まないだろう。

ライドの武器は拳《こぶし》、フィルの武器は短剣だけどランクDだし、刃物の相手は刃物がいいよね。よし、俺がいこう。それに俺だって活躍したいしな！

幸いにしてホブ・ゴブリンも、俺のほうに向かってきている。……確か動物は群れで一番弱そうな奴に狙いを定めて狩りをするんだよな。え、まさか俺が一番弱そうに見えたってこと？　な、な、ふざけんな！　俺はチートスキルたっぷりでめっちゃ強いんだぞ！　もう、このオレンジゴブリンは絶対に許さん！　サクッと魔石に変えてやるぜ！

ホブ・ゴブリンが大きな剣を振りかぶる。当たっても身勝手な防御力《エゴニスト》が仕事してくれるだろうし死なないとは思うけど、痛そうだから紅盗の斬剣《ブラッティスティールダガー》で受け止める。

ホブ・ゴブリンは俺に一撃目を防がれると、しっちゃかめっちゃかに剣を振り回してくる。紅盗の斬剣《ブラッティスティールダガー》で受け止めたり避《よ》けたりするけど、こうも攻撃を続けられると反撃のタイミングが難しい。

チラリと周りを見ると、フィルとライドはそれぞれゴブリンと一対一で戦っていた。きっと二人ならすぐにゴブリンを倒して俺の援護にきてくれるだろうけど、ちょっと思いついたことがあるから、二人がくるまでに試してみようか。

地面にしっかり足を踏ん張り、紅盗の斬剣《ブラッティスティールダガー》を構える。それに対してホブ・ゴブリンが大きな剣を振り下ろしてきたので、紅盗の斬剣《ブラッティスティールダガー》の刃を奴に向ける。

ガンッと鈍い金属の響く音がした。その瞬間、ホブ・ゴブリンの持っていた大きな剣が砕け散った。おおっ、大成功だ。あの剣脆《もろ》そうだし壊せないかなと思ったんだけど、うまくいったようですね。そりゃAランクチート武器である紅盗の斬剣《ブラッティスティールダガー》とボロい大剣じゃ、比べものになりませんよ。

武器がなくなって「ウガッ、ゴォッ」と動揺しているホブ・ゴブリンに紅盗の斬剣《ブラッティスティールダガー》を振るう。肩から腹にかけて一閃《いっせん》――ホブ・ゴブリンは「ガアアアッ」と悲鳴を上げて消えていった。コロンと橙色《だいだいいろ》の魔石が、その場に落ちる。

「ホブ・ゴブリンを一撃で倒したのか？　やっぱりシロムはかなりの強さだな。単純な攻撃力なら俺もちょっとやばいぜ」

「遅くなって申し訳ありませんシロム様。でもお一人でホブ・ゴブリンを倒されたのですね。流石《さすが》シロム様です」

戦闘が終わった二人も駆け寄ってくる。ふふふ、称賛されるのは、やっぱり気持ちのいいものですね。雑魚《ざこ》戦では全然役に立たなかったけど、大物を倒せてちょっとホッとした。

その後二回ホブ・ゴブリンたちと戦闘して一層に戻り、地上へ帰る。今日の魔石の数は昨日より少なく２４３個だったが、取引額は銀貨30枚になった。ホブ・ゴブリンの魔石の価値が高く、１個につき銀貨２枚がもらえたのだ。マジで⁉　あのオレンジが、ゴブリンの20倍の価値⁉　よし、明日からは積極的にホブ・ゴブリンを狩るぞ！

今日のギルドの受付も兎耳の少年だったのだけども、何故か換金中じっと俺のことを見ていた。なんなんだろうね？　まあ特に心当たりはないからスルーしておこう。

ギルドで換金を済ませ、ちょっと遅くなったが、夕食と明日のお弁当の買い出しをしていく。カレーを作りたいんだけど、香辛料からは作ったことないや。ニックに頼んでそれっぽい香辛料を探してもらって、いつか作ってみよう。

こうして俺たちのダンジョンでの日々は、順調に過ぎていった。


最初にダンジョンに入ってから六日経った。その間の稼ぎは順調に増えていき、ここに来てからの俺の稼ぎは銀貨１０４枚である。まだまだテントの代金にはほど遠い。今日中に１２６枚か。うん、無理だな。

借りを作るのは嫌だけどしばらくレオンに代金を待ってもらうことにしよう。だいたい俺は毎日飯作ったり、最近だったら部屋の掃除をしたりもしているんだからそれくらいの恩恵《おんけい》があってもいいよね？　まあ俺が家事しているとレオンも手伝いにきて『お、俺も手伝うぞ。家事を手伝うことが夫婦円満の秘訣って聞いたし』とか言ったりするんだけどな。……やっぱり今日中に銀貨１２６枚用意できないかな。レオンに借りを作ると結婚させられそうだわ。

で、今日もダンジョンに稼ぎに来ているわけだが――

「つけられているな」

「つけられていますね」

「え、なにが？」

振り返ってみるが、なにもいない。うん、俺にはわからないね。二人の気配察知能力が高すぎるだけでした。

「今朝、ダンジョンに入った時から、ずっとついてきています。間違いなく僕たちを狙っているのでしょう」

「こそこそと人をつけ狙う輩《やから》に碌《ろく》な奴はいねえ。嫌な予感がするから気を緩めるな」

二人が嘘をつくはずがないので紅盗の斬剣《ブラッティスティールダガー》を握り、気を引き締める。向こうの目的はわからないがおそらく俺らを襲い、持っているお金を剥《は》ぎ取る盗賊のような奴らなのだろう。人間じゃなくてモンスターを狩れよ。ダンジョンにたくさんいるんだからさ。

「どうする？　相手するか？」

「このまま進んでいて撒《ま》ける気がしねえな。先に仕掛けるか」

「それでいいと思います。僕はいつでも構いませんので」

そう言ってフィルがナイフを構える。うしろをつけている人間が、偶然俺たちの後をたどってしまっただけなら可哀想なことになるが、ダンジョンに入ってからずっとついてきているなら、その心配もないだろう。

三人で頷き合った次の瞬間、反転し、全力で後方に向かって駆け出す。あいつらが俺たちをつけてきた奴らか！

男たちは、遠目でも動揺している様子がわかった。よし！　向こうが態勢を整える前に、一気に吹っ飛ばしてやる！

そう思った瞬間だった。ふと目の前に灰色の塊《かたまり》が現れる。

なにか考える暇などなかった。その塊《かたまり》が視界に入った途端、額に強い攻撃を受け、身体がうしろに傾ぐ。遠くで「シロムっ！」「シロム様ッ！」と俺を呼ぶ二人の声が聞こえる。

そのまま重力に従い背中から地面に倒れた。受け身を取ることもできず、叩きつけられる。それと同時に顔の側に転がる灰色の塊《かたまり》を見て、自分がなにをされたのか悟った。

石だ、相手は石を投げてきて、それが俺の顔にぶつかったのだ。よくよく考えれば当たり前のこと、こちらに遠距離攻撃の手段がないからといって向こうにもないとは限らない。甘かった、そう思っていると俺に石をぶつけてきただろう奴らの声が聞こえてきた。

「おっしゃ、命中。俺の投石の腕も捨てたもんじゃないだろ？」

「バカ。狙うのは虎人族の男だけって言っただろ？　人族のあいつ可愛かったし、ヤるのすっげえ楽しみにしてたのに死んだらどうすんだ」

「おい、まだ虎人族の奴と猫人族が残っているだろ？　気を緩めるんじゃねえよ」

「てめえら、よくもシロムを狙いやがったなァ。俺の番《つがい》に手を出してタダで済むと思うなよォッ！」

ライドの怒号が聞こえる。それは普段の爽《さわ》やかなライドから考えられないほどの怒りに満ちた声だった。

その様子を見てマズイと思ったのか、襲撃者たちの慌てた声が聞こえてきた。

「なッ、番《つがい》がいる虎人族だと!?　流石《さすが》にマズイぞ。おいゲイリー、出し惜しみせずにやるぞ！」

「ちっ、これすげえ高《たけ》えんだぞ？　くそっ、損害はこいつらに払わせてやるっ！」

襲撃者たちがそう言った直後、「シロム様っ！」とフィルがこちらに駆ける音が聞こえたのだが、すぐにキンッと、なにか金属を弾《はじ》く音が聞こえた。

どうやら持っていた武器で、フィルが防御してくれたようだ。

「あ、くそっ。弾《はじ》かれた。当たれば即、身体が痺《しび》れて動けなくなる毒針だったのによう」

「まあ二対一なんだから、焦らずゆっくり料理してやろうぜ」

「貴様ら、よくもシロム様を……ッ！　殺します！　万死に値する！」

フィルはいつも、アルトの聞きやすい声だけど、今は低く殺意が込められていることがはっきりとわかった。

ライドもフィルも俺が攻撃を受けて怒っているらしい。なんかこんなに怒ってもらえると俺のことが大事みたいで、ちょっと嬉しいな。でもまあ、そんなこと言っている場合じゃないし俺も起きて働きましょう。

頭に石をぶつけられ受け身も取れず倒れ込んでしまったわけだが、ぶっちゃけダメージはほとんどない。身勝手《エゴニスト》な防御力さんがお仕事してくれたのだろう。それなのに倒れたのは、頭に石がぶつかってびっくりしちゃって、咄嗟《とっさ》に身体を支えられなかったからです。ひ弱でつらい。

目を開けてあたりの様子を見ると、斜め左にフィルがナイフを構えていて右側に剣を持った二人組の男がいる。ここからはちょっと遠くて見えないけど、奥ではライドが戦闘しているのか金属音とドンドンと地面を蹴る音が聞こえてくる。

フィルと対峙《たいじ》している二人組の男は、俺のほうに半分背を向けている。おそらく俺が無事なことに気付いていないのだろう。よし！　奇襲するなら今がチャンス！

「おいおい、猫人族のガキが粋がるなよ。お前らなんて、どうせ性奴隷としてしか役に立たないんだからよう」

「そうそう、大人しくしとけば命までは取らねえし、良い思いをさせてやるぜ？」

「フィルを侮辱《ぶじょく》するなよクソ野郎。フィルは俺の最高のパーティメンバーだぞ？　誰がお前らなんかにやるか！」

俺の声にギョッとした顔で襲撃者たちがこちらを向くが、もう遅い。俺の腕は振り上げられている。

紅盗の斬剣《ブラッティスティールダガー》が手前にいた男の肩口を切り裂く。ホブ・ゴブリンを瞬殺するほどの威力なので、下手すれば一撃で殺してしまうかもしれないから急所は避けた。

だからといって許すつもりもないので、紅盗の斬剣《ブラッティスティールダガー》を握っていない左手で男の顔面を全力で殴りつける。男は「ブヘッ」と、よくわからない声を発して倒れ、動かなくなった。

おおっ、俺ちょっと力も強くなってませんか？　よしよし、強くなれば本格的にSランク冒険者の道のりが近付いてきますからね。強くなるのは大歓迎ですよ！

そんでもってもう一人は、と思って見るとフィルが男の両手を切り裂き、「動くと殺します」って言いながら首元にナイフを突きつけていました。うん、なんの心配もいらなかったです。

こちらが終わったのと同時にライドのほうもケリがついたらしい。一人はライドに殴られたのか壁にめり込んでおり、もう一人はライドに胸ぐらを掴《つか》まれ、「な、なんでドラゴン討伐の時に使う痺《しび》れ薬を食らったのに動け……」と全部のセリフを言う前に、拳《こぶし》で地面に沈められていた。なにあれ怖い。

ライドは最後の一人を地面に叩き込むと、ふらふらと地面に倒れ込んだ。え？　実は怪我してたの？　慌ててライドに駆け寄る。

「ライド、大丈夫か⁉　お前、怪我しているのか？」

「シロ……ム？　無事だっ……たのか……。いや、あいつらに毒……くらって、思うように……、身体が動か、ねえ……」

「何故それで人体が壁にめり込むほどのパンチを繰り出せるんだよ」

それってアレだよね、ライドに胸ぐら掴《つか》まれていた人が最後に言っていた、ドラゴンの討伐に使う痺《しび》れ薬だよね？　何故そんなもん食らって普通に戦闘しているんだよ。ライド、もはや人類やめてませんか？　あれ、主人公誰だっけ？

とりあえずライドに、昔ミチェルさんにもらった抗麻痺薬《こうまひやく》を飲ませる。するとライドは「絶好調とは言えないが動けるようになったぜ。サンキューな」と復活した。これはミチェルさんの抗麻痺薬《こうまひやく》がすごいのかライドがすごいのか、どっちなんだろうね。まあそれは置いといて、こいつらどうしよう。

とりあえず俺たちを襲ってきた連中は縛り上げることにする。俺たちはロープを持ってなかったが、こいつらの荷物にあったので遠慮なく使わせてもらった。こいつら、なんでロープなんて持っていたんだろうね。ますます許せなくなったわ。

縛り上げる途中で武装解除もしておく。服の袖や靴の裏に小さなナイフを隠し持っている奴がいたが、全部鑑定スキルで見つけていく。襲って来た奴らは皆、なんでわかったんだと目を丸くしていたが、こちらこそ驚いたわ。靴の裏に武器隠すとか、お前ら忍者かよ。

皆なかなかの装備を持っており、その中でもゲイリーとかいう奴はかなりの種類の毒を持っていて危ないから、全部回収して異空間倉庫《アイテムボックス》に放り込んでおいた。

お、異空間倉庫《アイテムボックス》が40個になっている。ということは、いつの間にかレベルが上がっているね。これでレベル30か。

一週間でレベルが10上がるなんて、すごいインフレ率だな。ダンジョン来てから一日に倒せるモンスターの数が増えているし、破殻への天啓《ブレイストランクアップ》の効果で経験値十倍になっているし、仲間の絆《フレンドリー・コネクト》のおかげでライドの経験値ももらえているし、やばい、俺強い。それでも生涯の愛番《エテル・アイ》を持っているライドには、レベルはぼろ負けだけど。

「くそう、誰だよ、あの虎人族さえ倒せば後は楽勝だって言った奴。あの黒髪のガキも猫人族も充分やべぇじゃねえか」

「仕方ねえだろ。あの顔でそんな強いなんて予想できるわけねえよ。虎人族が両方ともそういう目的で連れているとしか思えないだろうが」

「だいたい、なんであのガキ普通に立っているんだよ。ちゃんと石を当てたんじゃなかったのかよ、ロリック」

「うるせえ。間違いなく頭に当たったんだよ。なんで立っているのか、わからねえけど！」

襲ってきた奴らは縛られたまま互いを罵《ののし》り合っている。黙らせたいんだが生憎《あいにく》、猿轡《さるぐつわ》は持っていなかった。

「で、こいつらどうする？」

「縛ったままモンスター部屋に放り込んでやろうぜ」

「今すぐ八つ裂きにしましょう」

どうやら二人は俺が最初に攻撃されたのを怒っているらしく、物騒な発言が飛び交う。

「お前ら、ちょっと過激すぎね？」

なんか大切にされているみたいでちょっと嬉しいが、殺すのは流石《さすが》にどうかと思うので、地上に戻って騎士団に突き出すことにした。二人も、俺がいいなら構わないと言う。

ライドを先頭に、襲ってきた奴らを挟んで地上への道のりを戻っていく。途中逃げだそうとした奴がいたが、フィルが即座に見つけて『次に怪しい行動を取ったら耳を落としますよ？』と言って耳たぶを少し切った瞬間おとなしくなった。皆、フィルのことが怖かったらしい。うん、俺も怖かったわ。ぅわぁ、フィル、つょい。

入り口までいって騎士団の人を呼んできて、犯罪者どもを引き渡す。騎士団の人たちは縄で縛られた襲撃者たちを見るとギョッとし、互いに顔を見合わせる。なんだ？　なんかマズイことでもあったのだろうか？

「君たちが彼らを捕まえたのか？」

「そうです。一層を探索している時に、うしろからいきなり襲いかかってきたんです」

「そうか。すまないが君たちも騎士団の詰所《つめしょ》に来てもらえないか？　話がある」

今度は俺たちが顔を見合わせる。話ってなんだろう？　まあよくわからんが騎士団って、この世界だときっと警察みたいな感じだよね？　断る理由もないから大人しくついていくことにする。

詰所《つめしょ》に入ると、刑事ドラマの取り調べ室のようなところに通され、座るように促《うなが》される。え、なんか尋問《じんもん》でも始まりそうな雰囲気なんだけど、俺たちなにも悪いことしてないよね？　襲ってきたおっさんたちをぶっ飛ばしたのだって正当防衛でしょ。

しばらくそこで待っていると、赤と白を基調とした騎士服を着た緑色の髪の男がやってきた。緑髪の男は俺たちを一瞥《いちべつ》し、ふんっと鼻を鳴らすと、偉そうな感じで前の席に座る。

「君たちのような子供に捕まるようでは黒蠍《ブラックスコーピオン》も大したものではないな」

「黒蠍《ブラックスコーピオン》?」

初めて聞く単語に首を傾げる。襲ってきたおっさんたちのパーティ名かな?

「先ほど君たちが連れてきた犯罪者たちのことだ。ここ数年、レビュー周辺で窃盗《せっとう》や恐喝《きょうかつ》、殺人などの罪を犯し指名手配していたのだが、どうやら随分《ずいぶん》と力が落ちたようだな」

緑髪の騎士はふーっと息を吐く。うん、さっきからこの緑髪、ちょっと偉そうじゃね? 黒蠍《ブラックスコーピオン》を倒すことができたのは俺たちがすごいんじゃなくて、向こうの力が衰《おとろ》えたからだとしきりに言ってくるし、なんだこの嫌味野郎は。ちゃんと俺たちは強いんです!

こんだけ言ってくるってことは、実はこいつ強いのか? ちょっと鑑定してみるか。

【名　前】　グリアノ・オルゲール
【年　齢】　23
【適　性】　盾《たて》
【階　級】　Lv28
【スキル】　なし

二十三歳でレベル28か。そのあたり歩いている冒険者よりは高いけど、ぶっちゃけこいつ大したことなくね？　だってスキルないし、俺とライドよりレベルが低いんだよ？　うん、こんな奴に偉そうにされるのは納得できませんね。ちょっと俺たちの力、見せつけちゃいますか？

しかし適性が盾《たて》というのがちょっぴり気になる。これってどっかのイケメン騎士と同じだよな？　うん、なんかのフラグ立ってませんか？　いや、確かフィルが、騎士だと盾《たて》の適性は出やすいとかなんとか言ってた気がするし、ただの偶然だよね？　……でも。やっぱりこの嫌味野郎に喧嘩《けんか》をふっかけるのはやめよう。

「はぁ、それでなんの用です？　俺たちの行動は問題ないですよね？」

「元Bランク冒険者ということで、奴らには賞金がかけられていたのだ。どのような理由があれ君たちが奴らを倒したというのなら、それを受け取る権利がある」

そう言うとグリアノは、うしろに待機していた騎士に合図し、上品な感じのする小さな白い箱を机の上に置かせた。この大きさなら大した額ではなさそうだが、テント代の足しになるのでありがたい。

俺は小さな箱を手に取る。中には何枚かのコインが入っている感覚があった。

「盗賊を捕まえた賞金も国民の血税によって賄《まかな》われている。せいぜい無駄遣いしないことだな」

最後まで嫌味を言ってグリアノは、俺たちを詰所《つめしょ》から追い出した。なんかもう、本当にいけすかねえ奴でしたね。まあいいや。賞金はいくら入っているのだろう。

箱を開けてみると、見たことのない銀色で大きめの硬貨が3枚入っていた。なにこれ？　いくら分なの？

「大銀貨3枚が入っているとは、黒蠍《ブラックスコーピオン》はかなりの相手だったようですね」

「え、これ大銀貨なの？」

大銀貨といえば確か銀貨１００枚分の価値のある硬貨だ。え、マジで？　とてつもない大金じゃん。ちょっと待って、俺の持ち金いくらだっけ？　ひょっとしてレオンへテントの支払いできるんじゃね？

「俺はお前を守ることができなかったから、分け前なんていらねえ。賞金は全部シロムが使えよ。これでテントの支払いもできるだろ？」

「え、マジで⁉　いやいや、待て待て。いくらなんでも、そりゃダメだろ。最初に攻撃を食らったのは俺の責任だし、そんな理由でお前の取り分がないのはおかしいって！　ちゃんと三等分しようぜ？」

「いいんだよシロム。俺はお前とチーム組んだおかげで、ポッと出の冒険者としては信じられないくらい稼げているんだぜ？　それくらい受け取ってくれ」

黒蠍《ブラックスコーピオン》を四人中二人も倒してくれたのはライドだ。それなのに賞金をもらえないのはおかしいだろ⁉

しかしライドは受け取ってくれない。あたりまえだがフィルも受け取ってくれない。本当にいいの？　後で返せって言っても返せないぞ？　うん、じゃあ、その、ありがとう。黒蠍《ブラックスコーピオン》の賞金は俺がいただきます。

よっしゃあああっ！　まさかの一週間でレオンへの支払い分を稼いでしまったぜ！　絶対に無理

だと思っていたのに、人生どうなるかわかったもんじゃないな。ふふふっ、ダンジョン攻略がいよいよ本格化していきますね。うわっ、めっちゃ楽しみだわ。

すぐにでもテントの支払いをしたくて急いで家に帰ろうとしている時、ふと『武器屋』と書かれた看板が見えて足を止める。

「どうしたシロム、急に止まって。この店に、なにか用があるのか？」

「うん、ちょっと中に入らないか？　遠距離用の武器を見たいんだ」

「それは今日の黒蠍《ブラックスコーピオン》の戦いを見ていて、思うところがあったのですか？」

フィルの問いかけに頷く。俺たちにも遠距離攻撃の手段が必要だと思ったのだ。やっぱりパーティなら遠近両方に対応できないとね。

「それと毒の対応についてかな。今回はどうにかなったけど、どちらも対処法がないと、いつか攻略できない敵に遭遇しちゃうかもしれないからね」

「確かにその通りだと思います。攻撃の手段は多いほうがいいですし、毒の知識がなければ全滅する恐れもあります」

「シロムの言う通りだな。じゃあ武器屋には遠距離用の武器を探しに行くってことでいいか？」

「そのつもりなんだけど、ちなみに二人は遠距離用の武器とか使ったことがある？」

「弓なら使ったことはあるが得意じゃねえな。そもそも俺の引く力に耐えられる弓が少ねえし」

「遠距離と言って良いのかわかりませんが、ナイフを投げるのは得意ですね。十メートルくらいでしたら外しません」

俺も遠距離攻撃なんてできそうにないし、ここはフィルが使える投げナイフを買うのがいいかな。前々からフィルの武器がDランクのナイフ一本ってのも悪いと思ってたし、そうしよう。

武器屋のおっちゃんに三人の状況を説明しつつ遠距離用の武器がほしいと相談したところ、ダートと呼ばれる棒手裏剣《ぼうしゅりけん》のような細長い武器を取り出し、すすめてきた。どうやら中が空洞になっていて、毒を仕込むことができるらしい。

じゃあ、それを買ってフィルに使ってもらおうと言うと『僕の装備よりシロム様の装備を充実させたほうが……』と恐縮しきっていたが、『遠距離攻撃できそうなのフィルだけだし、フィルの装備を充実させたらパーティ自体の力も底上げできるし、頑張ってくれないかな？』と説得したら引き受けてくれた。『シロム様のためになるなら、喜んでそうさせていただきます』と答えてくれるフィルはいい子だ。

ダートを購入し、ついでに毒を仕込めるよう、その足で冒険者ギルドが運営する薬屋に向かう。黒蠍《ブラックスコーピオン》のゲイリーとかいう奴の武装解除した時に大量の毒を手に入れているから、あまり必要なものはないが、毒や薬については知りたいから店には行こう。

「毒ってのは種類が多すぎねえか？　どれがどんな効果なのか全然わからねえぜ」

「あー、確かに種類多いよな。しかも、やけにカラフルだし目が疲れるよ」

薬屋はこぢんまりとした建物で、あちこちの棚に様々な色の液体が入った小瓶が置かれていた。赤、青、黄色に虹色まであるよ。いったいどんな効果があるんだろう。

試しに、近くにあった緑色の小瓶を鑑定してみると『痺《しび》れ薬：アイビーウッド』と書かれていた。

ん？　アイビーウッド？

それって俺の尻に散々ダメージを与えてくれた最低の植物モンスターですか？　なんか気分が悪くなってきたわ。触手プレイは俺にとってトラウマです。

俺とライドが店内を見ている間、フィルは熱心に店員に毒や薬のことを聞き込んでいたらしく、『うまく毒を扱えそうです。お任せください』と言ってくれた。相変わらず、フィルが頼もしいです。

それにしてもナイフと毒を使いこなすなんて、ますます暗殺者っぽくなってきましたよ。

そんなわけで装備を整えて家に戻ると、すぐさまレオンが出迎えてくれた。

「おかえりシロム！　テントできたぜ！」

嬉しそうに駆け寄ってくるレオンの言葉に、俺も顔が緩む。なんとも良いタイミングでテントも完成したらしい。早速その出来栄えを見せてもらうべく家の外に出て、ライドとフィルと共に組み立てていく。白くて丈夫そうな生地でできているから長持ちしそうだけど、でも白ってダンジョン内で目立たないかな？　と思ったら完成した瞬間、ドーム型のテントの真上に三角耳がぴょこんと立った。ん？

「シロムたちは白猫団って言うんだろう？　それに合わせて白猫の形にしたんだ。どうだ、よくできているだろ！」

そう誇らしげにレオンが言う。そこまで全力で白猫を推してくれなくても良かったけど、せっかく頑張ってくれたんだし有難く使わせてもらうことにする。なんかライドがめっちゃ嬉しそうな顔しているし問題ないだろう。これ見て喜ぶって、ライドは可愛いものが好きなのか？

「さんきゅー、レオン。これで明日からは泊まりがけでダンジョン攻略できるぜ。それで、代金なんだが」

「いいって、代金のことは気にするなよ！　それに俺はお前が家で家事してくれるので充分っていうか、別に金を取るような間柄じゃないし」

照れながらレオンがそう言う。いやいや、俺たちの関係は顧客と売主、もしくは居候《いそうろう》と家主以外はありませんよ？　あのチンピラの賞金があって本当によかったよ。なかったら嫁扱いがエスカレートして、既成事実が積み上がっていくところだったわ。

「いや、心配するな。ちゃんと代金はこの場で払うよ」

「え？」

驚くレオンに、フツメン騎士にもらった箱をそのまま渡す。レオンは箱を開け中を覗き込み、目を見開いている。ふふふっ、ちゃんと一週間で大銀貨３枚用意してみせたぞ？　まあ賞金首を仕留めて得たという、ちょっと予想していなかった稼ぎ方だったけど。

「こんな大金どうしたんだよシロム！　まさか、お前、身売りして……」

「なんで大金持ってきた時、まっ先に思い浮かべるのがソレ系なんだよ。違うよ。黒蠍《ブラックスコーピオン》とかいう賞金首をたまたま倒して、それで騎士団からもらったお金だよ」

「黒蠍《ブラックスコーピオン》!?」

その名前を聞いて、レオンが顔色を変えた。え、知っているの？　あいつら有名人？

「おや、シロムはんたちやないですか。皆さん、なにをしてはりますの？」

その時、商業ギルドに行っていたらしいニックが帰ってきた。続きは家の中で話すということで、テントを片付けて皆で中に入る。

席について落ち着くと、ニックが紅茶を淹《い》れてくれた。ニックの紅茶を淹《い》れる腕前はなかなかのもので、紅茶に対して知識のない俺でも美味《おい》しいというのがわかった。本人曰《いわ》くお客さんに出すものだから、かなり練習しているらしい。そんなわけでニックの紅茶を一口飲んで話を始める。

「実は今日、ダンジョンを攻略している時に見知らぬ冒険者に襲われたんだよね」

「それは災難でしたな。シロムはんたちは大丈夫やったんかい？」

「うん、まあ倒すことはできたよ。でもそのチンピラたちが黒蠍《ブラックスコーピオン》だったんだよ」

「え」

そう言った瞬間、ニックもピキリと固まる。え、ニックも驚いちゃうの？

「あいつら、そんなに有名な奴らだったのか？」

「このあたりでは有名な犯罪パーティだぜ。元々Bランク冒険者だったけど、他の冒険者との衝突が多かったし素行も悪かったから除籍されたんだ。それからは開き直ったのか大っぴらに犯罪行為をするようになったんだけど、まさかシロムたちが倒すとはな」

ライドの疑問にレオンが答える。そんなすごいパーティ倒すなんて、俺たちめっちゃ強いんじゃね？　チートスキル、マジすげえ。

「黒蠍《ブラックスコーピオン》は全員がレベル30を超えている上、毒の扱いに長《た》けたメンバーがいるっていう話を聞きますのに、よく倒せましたな」

「毒はライドが食らってたけど平気な顔して倒してたよ。ドラゴンを討伐する時に使う痺《しび》れ薬って言ってたのに動けるライドは凄《すご》すぎるわ」

「別に平気ではなかったぜ？　ただ、あの時はシロムがやられて頭に血が上《のぼ》ってたから、多少の身体の不調は無視して動いていたな。そういえばシロムも頭に投石食らってたけど大丈夫だったのか？」

「大丈夫だよ。頭に石が飛んできてびっくりして倒れたけど、別にダメージは受けてないから平気」

「二人とも常識外れですわ」

ニックの顔が引き攣《つ》っている。いや、でも俺はスキルのおかげだけどライドは腹立ったから動けたとか言っているんだぞ？　ライドのほうがおかしいだろ。

まあ、なんにしてもこれでテントを手に入れたから、本格的なダンジョン攻略ができますね。中で過ごすのに必要な道具について話し合って準備をする。明日が楽しみだ。


翌日、白猫テントを持ってダンジョンに向かう。相変わらずDランク以下の入り口は混み合っていて、ダンジョンの周りには屋台のようなお店が並んでいる。

そこを通り過ぎてCランク以上の冒険者が利用できる入り口に行こうとした瞬間、「あ、シロムさん！」と俺を呼び止める声が聞こえた。振り返ると、パタパタと尻尾を振ったラリーが立っていた。

「今日、騎士団から黒蠍《ブラックスコーピオン》を白猫団が倒したっていう発表があったんですけど、シロムさんたちのことですよね？　かなり強い犯罪パーティだったのに倒してしまうなんてすごいです！　おめでとうございます！」

「ああ、うん。ありがとう。でもまあアレは向こうが油断したから勝てたようなものだよ」

キラキラした目を向けてくるラリーに、照れながらそう返す。褒められて悪い気はしない。でも倒せたのは運が良かったところもあるし、あまり調子に乗りすぎないようにしよう。

「シロムさん、今日はポーターのご利用はいかがですか？　僕は三層までの道なら熟知してますが」

「あー、ごめん。せっかく声かけてくれたけど、今日はやめておくよ」

二層攻略の道のりを知っているラリーに来てもらえると助かるが、今日からは泊まりの探索になる。すると俺のスキルを隠しておくのが難しくなるから、残念だけど連れていけない。

というわけで断りを入れると、ラリーの尻尾と耳が垂れた。うっ、罪悪感が。

「ごめんな、ラリー」

「いえいえ、用がない時に雇っていただく必要はないです。僕は情報なんかも取り扱っているので知りたいことがあるなら気軽に聞いてくださいね。あ、そうだ！　シロムさんたち、ポーションなどの準備は大丈夫でしょうか？　よろしければ適正価格でお売りしますよ！」

ラリーの話を聞いて、確かにポーションの予備ってなかったかもと思い、二つ買って大銅貨6枚を払う。ラリーは手を振りながら「またなにかありましたら声かけてくださいね！」と去っていった。俺は手の中にあるポーションの小瓶を見て思う。なんかさ――

「すげえ奴だったな、ラリー」

「ええ、商魂逞《しょうこんたくま》しいですね」

「実はラリーって、ポーターじゃなくて商人だろ」

鮮やかな手口に思わずポーションを買ってしまった。最初に大きな要求を口にして断らせて罪悪感を抱かせたところに、小さな要求をするというこの高度なテクニック、どこで身に付けたの？　ラリー、恐ろしい子。

　まあとはいえ買ったポーションは一般的な値段だし、ぼったくられたわけではないからいいか。どっかの悪徳商人とは違いますな。

「勝手にポーターの話断ってごめんな。でもこれからの冒険は泊まりがけになるし、パーティメンバー以外の人がいるのは嫌だったんだよ」

「ああ、わかっているから大丈夫だぜ。体質とスキルのことだろう？　シロムが嫌だと思うことをする必要はないぜ」

「僕に謝る必要はありませんよ。シロム様が決めたことに従うだけです。お気になさらずに。そういえば先程から視線を感じますね。これは黒蠍《ブラックスコーピオン》を倒したからでしょうか？」

「ああ、そうだろうな。良くねえ感じの視線も含まれるみてえだし、気を付けたほうがいいな」

　フィルやライドの言葉にあたりを見渡すと――

「あれが白猫団か？　ガキばっかりじゃねえか」

「あの真ん中の人族の子、かなり可愛いな。どっちかが彼氏なのかな？」

「あの凛《りん》とした表情の猫人族、ああいうのがいいんだよ。屈服させてヒィヒィ啼《な》かせてやりてぇ」

「そうか？　俺はあの人族の子みたいな可愛い子がタイプだけど」

「くそう、あの虎人族の奴、あんな可愛い奴らを二人も侍《はべ》らせて羨《うらや》ましいぜ」

　なんて会話が聞こえてくる。うん、碌《ろく》な話がありませんね。特に、俺とフィルを性的に見ている奴はマジギルティ。近寄ってきたら即座に下半身粉砕《ふんさい》してやりましょう。

無双して有名になって、ちやほやされたいと思ってたけど、これは嫌だな。好奇の目に晒《さら》されているって感じだし、あんまりいい気分じゃない。

注目されるのが嫌だから、さっさとダンジョンに入る。

いつも通り二層を目指す。今日は後を追ってくる奴もいなくサクサク進み、二層への階段へたどり着くことができた。階段の前には黄昏《たそがれ》の旅団のメンバーがいたので、ぺこりと頭を下げておく。お疲れ様です、皆さん、お仕事頑張ってください。

二層に行って五分も歩くと、早速ホブ・ゴブリンとゴブリン6体に遭遇した。フィルがダートを試しに使ってみたいと言ってきたので、もちろん大丈夫と許可を出す。そりゃ毒薬もただではないけど、いざっていう時に効果がわからないものを使うことはできないし、普段から慣れておくことが大事だ。だいたい今フィルが持っている毒薬は、ほとんどゲイリーから剥《は》ぎ取ったものだし懐《ふところ》は痛まない。うん、やっちゃえフィル。

ホブ・ゴブリン率いるゴブリンたちは五メートルほど先にいる。フィルは腰に吊るしていた黒い筒の中からダートを取り出し、先端が緑色の液体で濡れるそれを三本取り出すとゴブリンに向かって投げた。

ダートは針のように先が尖《とが》った武器で、刺さった瞬間、毒が相手の身体に入るようになっている。刺して殺すというよりは、相手の体内に毒を入れることを狙った武器だ。

フィルの投げたダートは見事に最前列にいたゴブリンたちに当たり、悲鳴と共に地面に倒れ込んだ。緑って確か、痺《しび》れ薬だよね。流石《さすが》アイビーウッドの毒、ゴブリンたちはビクビクと痙攣《けいれん》して動けないようだ。俺も経験あるからわかるわ。でもその代わり持続力はあまりないはずだから、早目にトドメを刺さないと復活してしまうだろう。

フィルはもう三本のダートを取り出し、残った3体のゴブリンにも命中させた。これで残るはホブ・ゴブリンただ1体である。

フィルはもう一本ダートを取り出すと紫色の液体を塗り込んだ。俺の記憶が正しければ、あれは猛毒だったはずだ。フィルは毒の塗られたダートを握りしめ、まっすぐ走り始める。

投げないのかな？　と思ったが、ホブ・ゴブリンは大きな剣を持っていてダートを弾《はじ》かれる可能性があるとわかり納得する。フィルはこの短時間に、よくそんなことを思い付いたな。戦闘のセンスもあり過ぎだろ。

フィルはホブ・ゴブリンの大剣での攻撃を軽やかにかわし、毒の塗られたダートを奴の首元に突き立てる。

ホブ・ゴブリンの悲鳴が上がる。痛みからか無茶苦茶に剣を振り回し始めたが、フィルはそれをすべて華麗に避《よ》け、短剣を抜き斬りつける。

やがて毒が回ったのかホブ・ゴブリンの動きが鈍り、大剣を地面に下ろした瞬間、フィルに喉元を切り裂かれて消えていった。うん、フィル無双でしたね。暗殺者に毒薬、フィルの戦闘力がめっちゃ上がったのがわかったよ。え、その間、俺がなにしていたかって？　フィルが痺《しび》れさせたゴブリンにトドメを刺してましたがなにか？

「拙《つたな》い戦闘をお見せして申し訳ございません、シロム様。毒の扱い方や投げ方にはまだ無駄が多いですね。早急に改善し戦力になれるように頑張ります」

「え、今の戦闘のどこが拙《つたな》いの？　いや、フィルがより強くなるのは賛成だから頑張るのはいいんだけど、今のフィルでダメなら俺はどうなっちゃうの？　ちょっと今日から筋トレするわ」

フィルは今の戦闘では満足していないらしい。目標設定が高すぎませんかね？　これは俺も不甲斐《ふがい》ないご主人様って思われないようにトレーニングせねば！

そのまま二層の道を歩き続け、出会うモンスターを狩り続けていると、ふと開《ひら》けた場所に出た。学校の体育館くらいの広さがあり、光る苔《こけ》によって照らされたそこには、大量のゴブリンやホブ・ゴブリンが歩いているのが見えた。モンスター部屋だ。

二層のモンスター部屋は初めて見つけた。どうするか、いったん相談する。

「結構ホブ・ゴブリンがいるな。流石《さすが》に危ないか？」

「そうだな、苦戦しそうだぜ」

「僕に考えがあるのですが、よろしいでしょうか？」

そう言ってフィルは黄色のチョークのような材質の塊《かたまり》を取り出した。なにそれ？

「これは痺《しび》れ玉と言いまして、投げると身体が痺《しび》れる煙が発生します。これからの戦闘を考えると僕らも吸ってしまう可能性があるので効果は少し弱めのものを選んでいますが、動きを鈍らせることができるはずです。これを使うのはどうでしょう？」

いいんじゃないかな。毒で弱れば戦闘するの楽そうだし、断る理由がありません。にしてもフィル、もう毒の扱い方マスターしてませんか？　成長が早すぎやしませんかね。
念のため痺《しび》れ薬の解毒剤を三人ともあらかじめ飲んでから、フィルに痺《しび》れ玉を投げてもらう。痺《しび》れ玉は地面に到達すると、あっという間に薄い黄色の粉を撒《ま》き散らし、ゴブリンたちを痺《しび》れさせた。

何体ものゴブリンやホブ・ゴブリンが、ガクガク震え膝をついていく。うん、今です。

俺とライドが武器と拳《こぶし》を構えてモンスター部屋へ飛び込む。フィルはその場に留まり、まだ立っている奴らに向かって毒を仕込んだダートを投げていた。

動きがないゴブリンなんて、まな板の上の鯉《こい》でしかない。俺も、倒れたゴブリンに紅盗の斬剣《ブラッティスティールダガー》を振るい魔石に変えていく。

すべてのモンスターが魔石に変わるまでに十分もかからなかっただろう。おおう、すげえ。広範囲に影響力のある毒は威力が違いますね。状態異常系の能力って便利だったんだな。もっと早く使えばよかったよ。

皆で魔石を集めると、なんと橙色《だいだいいろ》の魔石が10個と黒い魔石が25個もあった。橙色《だいだいいろ》が銀貨2枚、黒が大銅貨1枚の価値があるから、この部屋だけで銀貨22枚と大銅貨5枚になるわけだ。めちゃめちゃ儲《もう》かったわ。やっぱりホブ・ゴブリンを倒すと稼ぎが大きいね。

そしてモンスター部屋で休息を取った後に、ふたたび探索を進めていく。えっと、最初の道を右に行って左に行って、まっすぐ進んでまた左に曲がって……

うん、もう、無理。ダンジョン内の道筋を覚えようとしたんだけど、頭から湯気《ゆげ》が出そうだ。一層は単純な構造だったからなんとか覚えられたけど、二層は分かれ道が多くて混乱した。今、探索始めてから二時間くらい経っていると思うけど、その間に十ヶ所は分かれ道があったもんな。これは無理ゲーだろ。

だがライドとフィルはしっかり道筋を覚えているらしい。

『方向を掴《つか》んだらいけるもんだぞ？　ただ、これ以上複雑になったら俺でもきついな』

『戻るだけなら、なんの問題もないです。しかし肝心な三層への行き方が難しいですね。すべての道筋を覚えるとなると僕でも厳しいかもしれないです』

とのことだ。いやいや、君たちもう充分すぎるほどすごいですよ？　ダンジョン攻略に仲間がいてよかった。俺一人だったら確実に詰んでいたわ。

進んで行く途中いくつかモンスター部屋があったから、フィルに痺《しび》れ玉や毒煙玉を使ってもらって弱らせてから一掃《いっそう》する。落ちている魔石を回収しながら、今回の稼ぎもかなりありそうだとニヤニヤした。

三つ目のモンスター部屋を片付けたところで、今日の探索はここまでにした。あまり奥に行くと一日で帰れなくなるし、いくら歩いても変わらない景色に精神的にも疲れてきた。一層だったらモンスター部屋を三つ通ったらすぐに二層への階段がある部屋に着いたのに、三層への階段がある部屋には全然つかないな。まあ単純に俺たちが最短距離を歩けてないだけだろうけど。

モンスター部屋にテントを設置するのは流石《さすが》に怖いので、しばらく歩き、少し広めの通路にテントを組み立てていく。骨組みを作り布を引っ張ると、ピンッと猫耳が立った。やっぱり、いらなかったんじゃないのか、あの猫耳。可愛いけど、むちゃくちゃ目立つぞ。

テントが立ったら晩ご飯の準備をする。といっても異空間倉庫《アイテムボックス》から料理を取り出して並べるだけだ。今日はハンバーグシチューを作ってきたので、大きな鍋を取り出して器によそっていく。温度もそのまま保存できるので、熱々のままだった。

「ふー、ふー、熱さもそのまま収納できるなんて、シロムの能力はまじすげえよ。でも、もう少し冷めててもいいんだぜ？」

「俺は熱いのが好きだから、その提案は却下します。温度は自分で調節してくれ」

「ダンジョン内でまともな食事をいただけるなんて、シロム様は本当に素晴らしい方です。今日の料理も美味《おい》しいですね」

皆でご飯を食べながら談笑する。すると、ふとライドが俺のほうを見てきた。

「そういえばシロムは、なんで冒険者なんかやっているんだ？　見たところお前、それなりの家の出だろ？　可愛くてこれだけすごいスキル持っていたら、なんにでもなれたんじゃねえのか？」

「別に俺は一般庶民だよ。冒険者になったのは憧《あこが》れてたからだな。男に生まれたなら、やっぱり一旗揚《あ》げて有名になりたいじゃん」

「それ、気持ちわかるぜ。やっぱり生きているうちに、なにかすっげぇことを成し遂げたいって思うよな。俺の番《つがい》が大きな夢を持っている奴で嬉しいぜ」

「おいこら、だから俺は番《つがい》にはならんって。そう言うライドはなんで冒険者になったんだよ」

「強くて可愛い嫁を探すのに都合がいいからだな。冒険者ならある程度実力があるから、後は好みの奴探すだけだって思ったんだよ。まあ、こんなに早く見つけられるとは思わなかったけどな」

「あ、ちくしょう。やぶへびだった。いや、だから俺はお前の嫁にならんぞ？」

嫁のレベルによって自分の実力も変わるのだから、そりゃ強い嫁を探すのは当然である。と、理解はできるが、その対象が俺だと言われても受け入れることはできませんね。ライドのことは嫌いではないけど、嫁になるのは嫌です。

「虎人族は強い者を娶《めと》るため、同族同士で結ばれることも多いと聞きますが、ライドはそうしないんですね」

「あー、まあそういう話はあったが虎人族は皆、俺みたいな容姿だから嫌なんだよ。いくら強くても、俺よりデカイ奴を嫁と呼びたくねえ」

ライドが虎人族の嫁をもらってくれたら俺は尻の心配をせずに済んだのに。あ、でもそうしたら俺のパーティに入ることもなかったのか。それはそれで困るぞ？　ライドはもう俺のパーティメンバーだ。

さて、俺とライドの身の上話が終わったから順番的に次はフィルだろうけど、奴隷になった経緯とか出てきちゃうよね。そんなデリケートな話、聞いていいんだろうか？　フィルを傷付けたくないし、うーん。

「フィルエルトはなんで奴隷になったんだ？」

「僕の家には八人の兄弟がいて、所謂《いわゆる》口減らしで売られました。一番容姿が整っていたのと、六番目で特に重要な役割も担っていませんでしたから、手放すのにも躊躇《ためら》いがなかったのでしょう」

悩んでいるとライドが、あっさり地雷を踏みに行った。おい、ライド！　やっぱりとんでもない過去が出てきたじゃんか！

しかし、フィルは気にした様子もなく淡々としている。フィル大丈夫？　傷付いていない？　だが俺の心配をよそに平然とした顔で、ライドとの会話を続けていく。

「それだけの実力があったら逃げられたんじゃねえのか？」

「そうですね、兄弟の中で僕が一番強かったので逃げられたと思いますが、そうしたら下の弟たちが売られてしまいましたから。特に一番下の弟は身体が弱かったので、売られたら長く生きられなかったでしょう。でも僕は幸せですよ。シロム様に出会えましたから」

そう言ってフィルがニコッと笑う。ううっ、フィルの過去がつらすぎて全俺が泣いた。弟のために家族に売られて買われた先では変態貴族に散々な目に遭わされて、それでもう一度奴隷商に売られたとか、この世界の神は鬼畜すぎだろ。世界がフィルに優しくないので、俺はフィルを大切にしよう。

「フィルっ！　俺、フィルのこと幸せにするからな！　絶対にフィルをもう、そんなつらい目に遭わせないからな！」

「僕の幸せはシロム様が幸せになることなのでお気になさらなくて大丈夫ですが、でもそう言ってもらえるのは嬉しいですね。ありがとうございます、シロム様」

涙目でフィルの手をぎゅーっと握りながらそう言うと、フィルが照れたようにはにかんだ。

「じゃあフィルを幸せにしたシロムを、俺が幸せにしてやるよ。これでハッピーエンドだな」

うしろでライドがなにか言っている気がしたが、フィルのことで胸がいっぱいになっている俺にはよく聞こえなかった。

なんか盛大なフラグを立てている気がしなくもないが、フィルを幸せにするのは決定事項だから仕方ないね！　とりあえず帰ったら魚料理を作ろうと決めた。

そろそろ寝ようということになり、見張りの順番を決めて寝床に入る。テントでの眠りは快適ではなさそうだが、横になって目を閉じると睡魔がやってきた。こうして白猫団の初めてのお泊まり会は終わりを告げた。

そして翌日。もう一泊するのはヘビーなので、朝起きてそのまま地上へと戻ることにする。帰り道も出てくるモンスターを一掃《いっそう》して地上に戻る。

一日ぶりに浴びる太陽の光が気持ちいいな。もう夕方だけど。

「じゃあ早速、魔石を換金に行こうか。今回もかなりのモンスター倒したし、いくらになるか楽しみだね」

「ホブ・ゴブリン30体くらいやったよな？　それだけで銀貨60枚になるし、今日は旨い魚でも食いたいぜ」

「今回の攻略も大成功ですね。流石《さすが》シロム様です。この後、僕は毒薬の購入に行きたいのですが、よろしいですか？」

「いいよ。俺も薬屋に行きたいし皆で行こうか」

そんな感じで皆と話していたら――

「おい、お前らが白猫団だな」

いきなり大剣を持った不機嫌そうな青髪の兄ちゃんに話しかけられた。そのうしろにも、ニヤついた男四人が立っている。なんだかよくわからんが、とりあえず無視するのもどうかということで立ち止まる。その際ライドが俺たちと青髪一味の間に立ちはだかるように一歩前に出た。

「そうだが、なんか用か？」

「お前ら最近、調子乗ってんじゃねぇか？　どんな汚い手を使ったのか知らねえが黒蠍《ブラックスコーピオン》を倒して名を揚《あ》げようったってそうはいかねえ。今この街で勢いがあるのは俺たち『超新星《スーパーノバ》』だからな!!」

鼻息荒く青髪が言う。ああ、うん。これはアレだな、異世界あるあるの先輩冒険者に絡まれるイベントですな。えー、俺もうベルザでグレイに絡まれてイベント消化しているんだから良くないですか？　こういうのって俺TUEEEE!!　をできるからちょっと憧《あこが》れてたんだけど、強いことをアピールする相手が全員男で微妙だし、実際に遭遇してみると、ただひたすらめんどいだけだ。こんなのを相手にするより、帰って晩ご飯の準備をしたいです。

「黒蠍《ブラックスコーピオン》は、襲われたから反撃しただけだぜ。どっちが勢いあるとか興味ねえから、お前らが好きに名乗ったらいいだろ。もう行っていいか？」

「そういうスカした態度が気に食わねえんだよ。可愛い奴をはべらして、いい気になってんじゃねえぞ？　ここで勝負しろ！　お前の無様《ぶざま》な姿を、この場に晒《さら》してやるよ！」

可愛い奴？　ああ、フィルのことか。と思っていると、チラチラと青髪が俺を見てきた。ん？　なんで俺を見てくるんだ？　ああ、これは俺をご指名ってことかな？　まあ確かにフィルのご主人様で、さらに白猫団のリーダーなんだから俺が戦うのは道理にかなっているね。

つまりこいつらは黒蠍《ブラックスコーピオン》を倒して有名になっていることと、可愛いフィルがパーティにいることが羨《うらや》ましくて戦いを挑んできているのか。これは逃げてはいけない戦いですね。

しかし、実はSランク冒険者でした！　とか言われたら無理ゲーだし、とりあえず鑑定はしておく。ええっと、十九歳でレベル21か。全然大したことないな。レベルが32でチート武器とスキルを六つ持っている俺の敵ではありませんね。ふふふ、こんなモブなんて無双して、フィルに相応《ふさわ》しいのは俺だって証明してやるよ！

「わかりました。勝負しましょう。俺と貴方の一騎打ちでいいんですよね？」

「え？」

お望み通り勝負してやると言ったのに、青髪は驚いた顔でこっちを見てきた。なんだよ、お前が勝負したいって言ってきたんだろ？　まさか受けるとは思っていなかったってこと？

「いや、俺は白猫団のリーダーと戦おうと思って」

「だから俺と戦うんですよね？」

「え？」

「え？」

どうしよう、話がまったく噛み合わないんだけどと思って振り返ると、頬を掻いて苦笑しているライドと、無言でダートを抜き、耳をピンと立てて尻尾を膨らませているフィルがいた。え、どういうこと？　二人は状況わかっているの？

「き、君が白猫団のリーダーなのか？」

「そうですけど？」

青髪のその言葉に、やっと俺は状況を理解した。つまりこいつは俺ではなくライドをリーダーだと思っていたのだ。俺とライドとフィルの三人では確かに筋肉ムキムキのライドがリーダーに見えるよね。理解はできたが納得はできない。うわあああっ!! またかああああッ!! いい加減、俺の容姿を必要以上に幼く見るのはやめてください!

「俺がリーダーですが、なにか問題でも?」

「いや、問題はないが、その、君がリーダーだと思ってなくて」

「なあ、シロム。この戦い、俺に譲ってくれないか? 向こうもそのつもりだったみてえだし、対人戦なら俺のほうが向いているだろ?」

この青髪マジぶっ飛ばすと思っているとライドがそう提案してきた。確かに武器が短剣の俺より肉体丸ごと武器のライドのほうが向いていると思うが、お前も乗り気じゃなかったじゃん。

「別に構わないけどいいのかライド」

「おう。モテる嫁を守るのは当然のことだからな。シロムはうしろで俺のこと応援しててくれ」

そう言ってニカッと笑うと前に歩いていった。ちょっと待て、モテる嫁ってなんだ、モテる嫁って。いや、そもそも嫁じゃないんだけど、え、ちょっと待って。これってどういう戦いなの?

前で青髪が「ちくしょう、見せつけやがって。まあいい。お前の無様《ぶざま》な姿を見れば、お前の仲間も見限るだろう」と鼻息荒くしている。しかもやっぱり俺をチラチラ見てくる。

うん、どういう状況か、やっとわかったわ。つまりフィルではなく俺に見惚《みと》れた青髪が同じパーティのライドに嫉妬《しっと》して攻撃を仕掛けてきたって感じの展開なのか!

うわあああっ‼　またＢＬかよ！　なんでこんな頻繁《ひんぱん》に男同士の恋愛イベントが起こるんだよ⁉

「あの青髪の冒険者はシロム様を性的な目で見ていますね。もしライドが失敗したら僕が必ず抹殺《まっさつ》します」

「おぅ、フィルから核心的な言葉をもらっちゃったよ。もう精神的にダメージ食らいすぎてつらい」

俺はちょっと落ち込んだ。

「結局、虎人族の奴が戦うのかよ。黒髪の奴のほうが弱そうだし、そっちが良かったんじゃねえか？」

「馬鹿。お前あの可愛い顔を本気で殴れるのかよ。遠慮なく倒せるんだから虎人族の野郎のほうがいいだろ」

「にしても本当に可愛いよな。なんで冒険者なんかやっているんだ？」

「さあな。とりあえずバジリが勝ったら俺たちのパーティにくるんだろ？　その時に聞いたらいいんじゃね？」

え、俺、ライドが負けたらあのパーティに行かないといけないの？

青髪の仲間らしき男たちの話に耳を傾けていると、とんでもない話が聞こえてきた。

え、そんな約束したっけ？　向こうの勝手な思い込みだろうが、それでも負けるとめんどくさそうなのでライドを応援しよう。頑張れライド。

というわけでモブvsライド戦が始まった。いきなり大剣を振りかざすモブに、ライドは特に動揺せず軽くバックステップすることで、その攻撃を避《よ》けた。大柄だがライドのフットワークは軽い。そのまま横薙《よこな》ぎに大剣を振るうモブの攻撃も華麗に避《よ》ける。

「ちっ、ちょこまか動きやがって。それでも男かよ！　逃げんじゃねぇ！」

モブが挑発するが答えることなく、ライドは攻撃を避《よ》け続けた。その動きには余裕があり、相手を冷静に見極めていることがわかる。ライドっていかにも熱血漢みたいな見た目なのに、結構クレバーな戦い方するよな。あ、でもそろそろ動くみたいだ。

「ハァッ、ハァッ、くそう。この弱虫野郎。避《よ》けてばかりじゃ俺に勝てねえぞ！」

「そうだな。シロムに俺のカッコいいところ見せて惚れてもらわねえといけねえし、行くぜ」

そう言ってライドはニィッと笑う。ちょっと待って、お前そんなこと考えていたのかよ。いやいや、惚れませんよ？　絶対に惚れませんよ？　振りとかじゃなくてマジで男には惚れませんよ？

ライドはモブが大剣を振り上げ斬りかかろうとした瞬間、相手の手首を下から叩き上げる。

モブは大剣を離しこそしなかったが「うわっ⁉」と驚いた声を上げ身体をよろめかせた。お、うまいな。

ライドはそのまま腰を捻《よじ》って足を振り上げ、モブの顎《あご》を蹴り上げた。ブーツの先がしっかり当たり、モブの身体が吹っ飛ぶ。

勝負はあっさりと決した。

モブは「ゲブッ」とよくわからない音を出しながら倒れ、ピクピクと地面で痙攣《けいれん》していた。めちゃめちゃ綺麗《きれい》に決まりましたね。というわけで戦闘終了です。蓋を開けてみればライドの圧勝でした。

「勝ったぜシロム！　俺に惚れたか？」

戦闘が終わったライドが振り返って俺に向けてピースをしてくる。は？　なにを言っているの？　惚れるわけないだろ？　カッコいいとは思ったけどな！

うわああぁっ!!　ライドつええぇっ!!　いや、ダンジョン内でもゴブリン瞬殺しているから強いとは思ってたけど対人戦だとさらに際立つな。最後の蹴りはマジ強烈だったわ。

倒れたモブに、奴の仲間が駆け寄る。仲間をやられたモブたちが武器を抜いてこっちを睨《にら》んできた。

「はあぁぁあぁっ!?　バジリがヤられたってマジかよ！」

「てめえら、これで終わりだと思うなよ。このままお前たちを帰したら超新星《スーパーノバ》の名折れだ」

「ああ、覚悟し……ひぃいいぃいッ!?」

モブの仲間が諦《あきら》め悪く俺たちに食ってかかろうとした瞬間、その首筋にキラリとなにかが煌《きら》めいた。それに気付いたらしくモブの仲間の一人が悲鳴を上げる。いつの間にかうしろに回り込んでいたフィルが、ダートを向けていたのだ。

「動けば刺しますよ。トカリブの毒を塗っています。刺されれば痛いでは済まないですよ？」

「ひぃっ！　や、やめろ。刺さないでくれ」

「こちらは受けたくもない勝負を受けさせられて不愉快な思いをしているのです。これ以上シロム様の手を煩《わずら》わせるのであれば殺します」

そう言ってフィルは毒の塗られてないダートの側面を押し付ける。張本人は震え、周りも怯《おび》えたような顔をしている。

うわ、フィル強《つえ》え。あっという間に周りのモブ仲間たちを無力化してしまったぞ。

そういえば俺、結局なにもしてないぞ。喧嘩《けんか》をふっかけてきたモブはライドが倒して、報復しようとしたその仲間はフィルが追い払ったよね。なんかライドとフィルにいいところ全部持っていかれた気がするわ。あれ、この物語の主人公誰だっけ？

ライドは目を回しているモブを担ぐと、怯《おび》えるモブ仲間たちの前にドサリと放り出した。

「ガキばかりだと思って喧嘩《けんか》をふっかけてきたんだろうけど甘いぜ。言っとくけどシロムは俺より強いぞ？　お前らのパーティじゃ勝ち目はねえよ」

「身の程知らずにシロム様に手を出そうなどとは考えないことです。次は潰します」

モブ仲間たちはコクコク頷くと、気絶して伸びているモブを背負って逃げてった。ライド、お前俺のこと強いって思っていたのか！　同い年でライバルのお前にそう思われているのは超嬉しい。もう、お前がイケメンでマッチョなことは許したわ。嫁扱いは許さないけど。

——なんかこの戦いだけ見ると、俺はモブに目をつけられて主人公に庇《かば》われるヒロイン役にしか見えんぞ？　そんなの本気で嫌です。やっぱりあのモブとは俺が戦えばよかったよ、ちくしょう。


それから何度か白猫テントを持って二層に挑む。二層は一層と比べものにならないほど広く、まだ三層への道を見つけることはできていない。これ以上かかるなら、またラリーに頼んで道案内をしてもらうべきかもしれない。今日も装備を整えて二層へと向かう。探索のほうは少し苦戦しているが戦闘面では、はっきり俺たちは優れていた。

まず、俺はレベルが33あり、チートスキルを六つも持っていて、紅盗の斬剣《ブラッティスティールダガー》という回復機能のついた武器を装備している。

黒蠍《ブラックスコーピオン》のレベルが30台だったことを考えると、奴らを倒した俺の実力はすでにBランク級はあるということだろう。ふふふ、異世界来てわずかな期間で、もうBランク冒険者レベルとか俺マジ強い。これはSランク冒険者になれる日も近いですね。

次にライドは、レベルは33と俺と同じだが生涯の愛番《エテル・アイ》という壊れスキルのおかげで俺のレベル分強くなり、レベル66と同等の力を使うことができる。

ただし生涯の愛番《エテル・アイ》の代償は大きく、番《つがい》以外と性交した場合このスキルは消え、さらにレベルが半分になる。

まあ誰に厳しいかと言われれば俺に厳しいスキルですね。このスキルのせいでライドが心変わりする可能性は限りなくゼロに等しくなってしまったのでホントつらい。いや別にライドのことが嫌いなわけじゃないけど、恋愛はできないんです。

幸いにしてライドは俺に手を出さないという約束を守ってくれているので、パーティとしては問題はない。でも一生ライドもエロいことできないのは困るだろうし、なんとか代償なく番《つがい》を解消する方法を探さないとな。え？　俺が尻を捧《ささ》げればいいんじゃないかって？　断固拒否します。

最後に俺の心のオアシスことフィルのレベルは16。このパーティでは低めだが、最強過ぎる適性のおかげで俺たちと大して変わらない戦闘力を示している。

フィルの適性は暗殺者。それにより急所を突くことができ、レベルの高いモンスターにも大ダメージを与える。

さらに最近では、遠距離攻撃と毒の扱いを覚えたので戦闘力がさらに上がりました。

その他、俺を性的な目で見てくる奴を攻撃してくれたりもします。もう俺はフィルなしでは、この世界で生きられないよ。俺の自慢のパーティメンバーです。

多分、俺たちは力だけならもうダンジョン攻略目標組の上位層に入るんではなかろうか？

そんなわけで、いつも通りモンスター部屋を通り、最短経路で一層を抜ける。最近だとフィルが毒煙玉を使ってくれるからモンスター部屋が作業ゲーとなっています。モンスターを倒す速度が上がったから移動速度も上がって、今では二時間くらいで一層を抜けることができる。俺たちってマジ優秀。

「そろそろボス部屋に着くな。どうする？　今日は長い探索になるだろうし、ボス部屋で一旦休憩を取ろうか？」

「そうしようぜ。今日の飯は朝作っていたサーモンのおにぎりだろ？　食うの楽しみにしてたんだよ」

「その前に昨日の残りのハンバーガーを片付けてくれよ。異空間倉庫《アイテムボックス》の中に入れていれば腐らないとはいえ、長い間置いておくのは、なんか嫌だからな」

今日の軽食はライドの言う通り鮭《シャケ》おにぎりだ。昨日買った大量のサーモンを消費するために今日の晩ご飯にもサーモンを使っている。ちなみにおにぎりの具だが、焼き醤油鮭《しょうゆシャケ》と鮭《シャケ》マヨと鮭《シャケ》フレークの三種類用意している。

ふふ、たかが鮭《シャケ》おにぎりと侮《あなど》ることなかれ。自分で言うのもなんだけど、それぞれ丁寧に味付けしているので、かなり上手にできている。この世界には普通に和食が存在していて嬉しいね。米もなんの問題もなくゲットできたわ。

そんなわけで進んでいくと一層のボス部屋に到着した。だが、なにやら騒がしいようだ。黄昏《たそがれ》の旅団がいるのかな？　その人たちを前に自分たちだけ美味《おい》しそうに飯食うのって、ちょっと感じ悪いな。じゃあ黄昏《たそがれ》の旅団の人たちも、ご飯に誘ってみる？

幸いにしておにぎりは、ちょっとした小山《こやま》ができるレベルで作っている。黄昏《たそがれ》の旅団の人たちに振る舞っても足りないってことはないだろうし、情報収集もかねてご飯に誘ってみようかな。

だがボス部屋が近付くにつれて様子がおかしいことに気がつく。悲鳴と叫び声と金属音が聞こえてくるし、どう考えても戦闘しているようにしか思えない。

え、でもボスが倒されたボス部屋には、もうモンスターは出てこないんだよね？　じゃあまた黒蠍《ブラックスコーピオン》みたいな悪党がいるってこと？　ダンジョンの治安、悪過ぎるだろ。こうも頻繁《ひんぱん》に対人戦強いられると、げんなりします。

だけど二層へ行くにはボス部屋を通らなくてはならない。

「どうする？　戦闘しているっぽいが乱入するか？」

「黒蠍《ブラックスコーピオン》みたいな盗賊が他の冒険者を襲っているなら、ここで仕留めておきたいな。そういう奴らなら、いずれ俺たちにも狙いを定めるかもしれねえし」

「シロム様たちの判断に従います。ただ音が小さくなっていますし、戦闘するなら早めの乱入をオススメします」

フィルの言うように、だんだんと戦闘音が小さくなっているように感じる。襲ったほうと襲われたほう、どちらが勝っているのかはわからないが、戦闘は間もなく終わるようだ。

とりあえず中の様子を見ないことには決められないので、こっそりとボス部屋を覗き込む。

そして、そこで俺は信じられないものを見た。

「下等生物の分際で妾《わらわ》に歯向かおうなんて身の程知らずなのです。お前たちなんて家畜と変わらないのですよ？」

鈴を転がすような可愛らしい声が聞こえた。そこにいたのは腰まで伸びた白いアルビノの髪を持ち、フリルとレースのついた黒と赤を基調としたゴスロリ服を着た女の子だった。女の子だ。どこからどう見ても女の子だ。

……え、女の子ぉぉー!?　え、ちょ、本物？　本物の女の子なの？　マジで？

いや、待て。一体、何度期待してその想いを裏切られてきたと思うんだ。どうせ男の娘《こ》という奴で、実は可愛い感じの男の子なんだろ？　ふふふ、もう俺は騙《だま》されないぞ！　ぐすん。

世界に絶望しながらその子を見ていると、ふと胸の膨らみに気付く。あれ？　でもあの子、胸があるように見えるぞ？　ライドみたいな筋肉でできた雄《お》っぱいじゃなくて、ちゃんと胸の部分がお椀型に膨らんでいるように見える。ちょっと小ぶりだけど、あれは間違いなくおっぱいである。

男の娘《こ》だと胸は膨らまないよね。あれ？　じゃあ本物？　あの子は本当の女の子？　やばい、急に胸の動悸《どうき》が激しくなってきた。どうしよう、サインとかもらったほうがいいのだろうか？

だけども、そんな幸せな脳内ピンクの考えは、ボス部屋の凄惨《せいさん》な状況に気付いた途端、吹っ飛ぶ。

地面が赤く染まっていた。近くには上半身がない人、下半身がない人、お腹の部分が吹き飛んでいて空洞になっている人などが転がっている。

うん、ちょっと待って。なにをしたら、こんな酷い状況になるんだよ。

とりあえず今は金属音と悲鳴が聞こえたから戦闘中なはずだ。誰が誰を襲っているのか状況を見極めねばならない。きっとこの展開ってあれだよね、荒くれ者どもに襲われている女の子を助けて仲良くなるイベントだよね？

「うろちょろと動かないでほしいのです。余計な手間をかけられるとイライラするのです」

「ひっ、たすけ……」

「家畜の命乞《ご》いなどに、耳を貸すわけがないのです。お前たちなど所詮《しょせん》血袋に過ぎないのだから早く死ぬのです」

女の子がそう言って手をかざした瞬間、視界に赤が映る。手を向けられた人が弾《はじ》け飛び、血を吐いて吹っ飛んだのだ。血の一部は女の子の顔にもついた。女の子はそれを手で拭《ぬぐ》い舐《な》め取り、「不味《まず》いのです」と言って、ふぅと息を吐き出した。

うん、なにこれグロい。人が目の前でいきなり吹っ飛んで、血だらけになって死んだんだぞ？普通に怖いわ。

今日の朝食をリバースしそうになるのを、なんとかこらえる。女の子とのラブコメが始まると思っていたら、グロ系ホラーの展開がやってきたしよ。というか女の子が敵なんですね。つらいです。

ゴスロリの女の子は俺たちに背中を向けたまま奥へと進んでいく。見ると奥には壁を背にした二人の男が、ガタガタと震えている。二人とも腕にオレンジ色と黄色の布を巻いていることから、おそらく黄昏《たそがれ》の旅団のメンバーなのだろう。

ここで俺たちには二つの選択肢がある。彼らを助けるか逃げるかだ。白い髪の女の子は幸いなことに俺たちに気付いてないようだから、今Uターンしたらきっと逃げられるだろう。ただ、そうした場合あの二人は確実に死んでしまう。

たが戦って勝てるかといえば、それも難しい気がする。あの女の子が手をかざした瞬間、人が死んだのだ。めっちゃ高い攻撃力か即死系の能力を持っている可能性が非常に高い。いくらチートスキルやチート適性を持っている俺たちでも勝つのは難しそうだ。

俺は迷う。俺の選択にはフィルとライドの運命も関わってくる。二人のことを考えるなら逃げるべきなのだろう。黄昏《たそがれ》の旅団の二人よりも、俺にとってはフィルとライドのほうがずっと大切だ。単純な二択なら俺は迷わずフィルとライドを選ぶ。

だけどもこれは単にどちらを助けるといった類《たぐい》の問題ではない。もしかしたら黄昏《たそがれ》の旅団の二人を助けた上で逃げることができるかもしれない。

そして俺はもし黄昏《たそがれ》の旅団の二人を救える可能性があるのなら、助けたいと思ってしまった。

「フィル、ライド。俺は、できればあの二人を助けたいと思っているんだけどどう思う？」

「あいつ、かなり強いぜ。危険だが本当にやるつもりか？」

「うん、なんというか俺こういう時に他人を見捨てたくないんだ。自分たちだけ逃げるほうが賢いのかもしれないけど、カッコよくないじゃん。俺、そういう生き方はしたくない」

せっかく異世界に来て冒険しているのだから、ヒーローのように生きたい。誰かが困っていたら助けて、悪い奴がいたら倒す。

多分ここで逃げ出したら、後で後悔して嫌な気持ちになると思う。それなら今ここで戦いたい。

俺の答えに、ライドはニヤリと笑って肩を叩く。その顔には『よく言った！』と書いてあるようだった。

「そういう生き方、俺も好きだぜ。よし、じゃあ、あいつらを助けてやろう！」

「シロム様の決められたことに従います。全力を尽くして彼らを救出しましょう」

三人で顔を見合わせ頷き合う。ライドとフィルの同意も無事得られましたし、ではお助けイベントに乱入しましょう！

あんまりモタモタしていると、黄昏《たそがれ》の旅団の二人がやられてしまうので迅速に行動する。俺とフィルが陽動で女の子の気を引いている間に、ライドに二人を入り口まで連れていってもらうことにした。ライドが白い髪の女の子の死角から二人のところに向かうのを見てから、フィルに指示を出す。

ダートに痺《しび》れ薬を塗って、女の子に向けて投げてもらったのだ。

使った薬は黒蠍《ブラックスコーピオン》がライドに使っていた、ドラゴンの討伐に使うとやらのものだ。やっぱりなんだかんだ言って女の子は殺したくないし、うまくいけばこれで仕留められるはず！

フィルの投擲《とうてき》の腕は流石《さすが》だった。ダートは女の子の肩口に当たる。だが刺さることなく地面に落ちた。え？　今、確実に当たったよね？　それなのに刺さらないってことは、実はあの黒いゴスロリ服は優秀な装備ってことか？　あんなフリフリなのに強いの？　意外すぎるわ。

攻撃を仕掛けたことでこちらに気付いた女の子が、勢いよく振り向く。だが向こうが攻撃を仕掛ける前に、フィルが二つ目のダートを投げた。それは彼女の顔を掠める。

この痺《しび》れ薬は少し体内に入るだけで、かなり身体を動かしにくくなるとライドが言っていた。ということは、これで拘束《こうそく》できるだろう。よし！　戦闘終了だー！

「まったく下等生物はいくらでもいるのです。湧いて溢《あふ》れる蛆《うじ》みたいで嫌な奴らなのです」

女の子は倒れない。それどころか頬にはなんの傷跡もなく、袖口《そでぐち》で顔を拭《ぬぐ》っている。

……は？　え、ちょ、なんで平気そうなの？

なんか、とても嫌な予感がする。今のフィルのダートが効かなかったのもそうだし、黄昏《たそがれ》の旅団の人間を瞬殺した力もわけがわからないし、この子はマジでヤバイ奴なのでは？

俺は鑑定のスキルを発動させる。

【名　前】リディア・ホワイト・レ・カートレット
【年　齢】３１２
【適　性】吸血鬼《バンパイア》
【階　級】Lv１２４
【スキル】鮮血の恩恵《ブラッディ・ドレイン》
**　条件：適性が吸血鬼《バンパイア》であること**
**　能力：吸血した分だけ傷が回復する**
**　代償：定期的に吸血しなければ体力を消耗する**
【スキル】鮮血の謝肉祭《ブラッディ・カーニバル》
**　条件：適性が吸血鬼《バンパイア》であること**
**　　　Lvが45以上であること**

能力　：自身・他者の血を代償に眷属《けんぞく》を生み出す
代償　：眷属《けんぞく》の耐久値がなくなると代償に使われた血は消失する
【スキル】鮮血の従者《ブラッディ・サーバント》
条件　：適性が吸血鬼《バンパイア》であること
　　　　Lvが１０５以上であること
能力　：自身の血を与えることで、あらゆる生物、死者を使役する
代償　：従者が消滅した場合、自身の耐久力が１／３に減少する
【スキル】絶対強者の優越《アブソリュート・エクセル》
条件　：魔族であること
　　　　Lvが45以上であること
　　　　自分のレベル以下の相手から一切のダメージ及び状態異常を受けない
　　　　自分よりレベルの高い者から受けるダメージが2倍になる
【スキル】絶対強者の傲慢《アブソリュート・プライド》
条件　：魔族であること
　　　　Lvが１０５以上であること
　　　　レベル差の分だけ相手にダメージを与える
代償　：自分よりレベルの高い者から受けるダメージが10倍になる

それを見た時、俺は驚きのあまり一瞬呼吸が止まる。

……レベル１２４？　【適性】吸血鬼？　魔族？　ダメだ、いきなり出てきた情報の多さを処理しきれない。とりあえずわかることは、この白い髪の女の子、リディアがやばいことだ。……本気でやばすぎる。

Ｓランク冒険者のグレイの倍のレベルだぞ？　しかもスキルを五つも持っていて、それらすべてが厄介だ。一つ一つ考察したいが、そんな時間はないだろう。

急いでライドを呼び寄せる。

「ライド！　この子、本当にやばいぞッ！　早く戻ってきてくれッ……!!」

「わかっている！　今行くぜッ！」

俺たちはリディアの気を引くことに成功していたらしい。気付かれることなく黄昏《たそがれ》の旅団の二人のところに行けたライドは、二人を担ぐと勢いよくこちらに向かって駆け出した。二人の人間を担いでいると思えないほど速い。あっという間に、俺たちのいる入り口近くまでたどり着いた。

「おう、シロム。こいつら連れてこれたぜ」

「さんきゅー、ライド。でも、それより早く逃げるぞ。詳しく言っている暇ないけどあの子、本当にやばいんだよ。レベルも高いしスキルも持っている。とにかく逃げないと」

リディアは何度も頬を袖で拭《ぬぐ》っている。ひょっとして、こちらに興味ないのか？

俺たちは入り口目指して全力で駆け出す。よしっ、今なら逃げられるっ！

「浅はか、なのです。本当に下等生物は知恵も足りないのです」

その声は、すぐうしろから聞こえた。おかしい。だって、さっきまで女の子との距離は十メートル以上あったはず……

——振り向かずにはいられなかった。振り向けば後悔しかないとわかっていても、うしろになにがあるのか確かめずにはいられなかった。

振り返った瞬間、血のように紅《あか》い十字架の模様が入った瞳と目が合う。

すぐうしろをリディアが走っている。もう、俺の目と鼻の先のところにいて、手を前へと伸ばしてきていた。

「消えるのです、下等生物たち」

その手はフィルに向かって伸ばされている。それを見た瞬間、さっき黄昏《たそがれ》の旅団の一人が吹き飛び、血を吐いたことを思い出す。マズイ、これをフィルが食らうのはマズイ。多分この攻撃はアレだ、スキル、絶対強者の傲慢《アブソリュート・プライド》だ。リディアとフィルのレベル差は１０８。レベルの違いだけダメージを与えるこのスキルを食らったら、フィルは間違いなくやられてしまうだろう。

リディアとフィルの間に身体を割り込ませる。フィルが耐えられなくとも、俺なら身勝手《エゴニスト》な防御力のスキルでなんとかなるかもしれない。振り向きざま、リディアの口元が弧を描いたように見えた。

「なかなか美味《おい》しそうな血袋もいるのです。テイスティングが楽しみなのです。絶対強者の傲慢《アブソリュート・プライド》」

「うわあああああっーーーー!?」

「シロム!?」

「シロム様ァッ!!」

唐突に強い力を受ける。そのまま飛ばされ、やがて壁に叩きつけられる。そしてズルズルと地面に崩れ落ちた。

痛い、身体中がとてつもなく痛い。こんなにも痛みを感じたのは異世界に来て初めてかもしれない。なんだかんだ言って身勝手な防御力《エゴニスト》さんに助けられていたことを実感する。

全身がズキズキと痛んだが、今はまだ戦闘中だ。壁に手をつきなんとか立ち上がると、フィルとライドがリディアに向かい攻撃を仕掛けているのが見えた。

ライドの拳《こぶし》が横顔を殴り、フィルのダートが腹部を突き刺しているのに、リディアは平然としている。攻撃が効いている気配はない。

痛みに埋め尽くされそうになる頭をなんとか働かせて、さっき見たリディアのスキルを思い浮かべる。攻撃が効かないのは、おそらく絶対強者の優越《アブソリュート・エクセル》の効果だろう。自分のレベル以下の者から受ける攻撃をすべて無効化するという最強過ぎる防御スキルである。

……なにそれチートだろ！　俺の身勝手な防御力《エゴニスト》さんも大概壊れスキルだと思っていたけど、リディアの絶対強者の優越《アブソリュート・エクセル》は桁外れだ。こんなもん勝てるわけがない。

俺たちでは、リディアに絶対に勝てない。逃げるしかない。

「くそっ、拳《こぶし》は当たっているのに手応《てごた》えがねえ。なんなんだ、こいつは……！」

「ライド、フィル！　その子に俺たちの攻撃は効かないんだ！　逃げるしかないぞ！」

「シロム様！　無事だったんですねっ！」

「ひぃぃーっ！　化け物ぉっ!!」

黄昏《たそがれ》の旅団の一人が逃げ出す。だが、そいつが背を向け走り出した瞬間、リディアが手をかざした。

「取り逃がすと、お姉さまに怒られてしまうのです。逃がしませんよ？　鮮血の謝肉祭《ブラッディ・カーニバル》！」

リディアがそう叫ぶと、死体から赤いシャボン玉のようなものが湧き上がる。重力に逆らって生まれた血の球体は、やがてコウモリのような形に変わり、逃げようとした人に襲いかかった。

「え、なんだ？　う、うわあぁぁーーっっ!?」

10匹くらいのコウモリが黄昏《たそがれ》の旅団の人に群がる。彼は、なんとか振り払おうともがいていたが、やがて干からびてミイラのようになっていく。その周りにいたコウモリたちが一回り大きくなったことから、彼の血を抜き取ったのだと想像がついた。

リディアが周りにいたコウモリたちを呼び寄せたかと思うと、そのうち1匹が口の中に飛び込んだ。

「やはり、こちらの血はあまり美味《おい》しくないのです。でも若い血袋がまだ三つも残っているのですから楽しみはあるのです」

コウモリはリディアの口の中に入ると共に血液に戻り、飲み込まれた。リディアの口元には一筋の血が伝っている。親指で拭《ぬぐ》ったそれをリディアが舐《な》める。その時に見えたのだが、リディアの口の中には鋭く尖《とが》った牙が生えていた。

うわあっ、適性からわかっていたけど、やっぱりリディアは吸血鬼なのか！　しかもめちゃんこ強いし、なにこのチート娘。え、ちょ、こんなんどうやって倒せばいいの？

そうこうしている間にリディアが手をかざし「ブラティ・バットたち、残りの人間たちの血も吸ってしまうのです」と号令を飛ばす。するとコウモリたちが、こちらへやってくる。ギャー！　血を吸われて干からびて死ぬなんて嫌だぞ!!

コウモリは俺の前に３匹、フィルの前に３匹、ライドの前に３匹やってくる。紅盗の斬剣《ブラッティスティールダガー》を構えながら、とりあえずこいつらを鑑定してみる。

【名　前】　血属の蝙蝠《ブラッディ・バット》
【適　性】　魔
【階　級】　Lv21
【スキル】　吸血
**　条件：吸血鬼の眷属《けんぞく》であること**
**　能力：吸血した分だけ体力を回復する**
**　代償：体内の血の減少するたび体力を失う**

うわ、生まれたばかりのコウモリのくせにレベルが21もあるぞ？　でも隣のはレベル18だし、……これってひょっとして血の持ち主のレベルに由来するのか？　ってことは、ライドの血でコウモリ作られたら、バケモンみたいな奴ができあがるってことか？　かなりまずそうだ。

「ライド！　こいつら血の持ち主と同じレベルになるっぽいから絶対に血を取られるなよ！」

「わかったぜ！　シロムも気を付けろよ！」

ライドに注意事項を伝達できたところで戦闘に入る。レベルが21なら俺の敵ではないぞ！

紅盗の斬剣《ブラッティスティールダガー》で目の前のコウモリを切り裂く。液体に変化《へんげ》するから、切れるか少し心配だったが、刃が当たった瞬間あっさり血に戻り、地面にべちゃりと散らばり消えていった。よし！　やっぱり大したことはないっぽいぞ！

ちらりと周りを見ると、ライドとフィルも問題なく血のコウモリを倒していた。それを見ていたリディアが不満そうな顔をする。

「妾《わらわ》の眷属《けんぞく》で倒せないとは、なかなか骨のありそうな奴らなのです。仕方ないので妾《わらわ》自身で仕留めるのです」

そう言うと共に、リディアがライドのもとへ駆け寄る。あまりの速さに対応できずにいるライドに向けて、リディアが手を突き出した。

「絶対強者の傲慢《アブソリュート・プライド》……！」

「ガッ……、グハッ！」

「ライドッ！」

ライドが吹っ飛ばされ、柱に叩きつけられる。ゲホゲホと咳《せ》き込んでいるところを見るに生きてはいるが、かなりのダメージを負ったっぽい。

「ライド、大丈夫か⁉」

「ゲホッ。シロム、お前この攻撃受けて、よく立ち上がれたな」

ツゥーとライドの口元を一筋の血が伝った。血を吐くってことは内臓を傷《いた》めているのかもしれない。やはり58のレベル差はライドにもキツかったらしい。身勝手な防御力《エゴニスト》というスキルのある俺でも、あんだけダメージを受けたのだから、当然と言えるだろう。むしろ黄昏《たそがれ》の旅団の人が一撃で死んだことを考えると、ライドはタフだと言える。

「まあ俺にはスキルがあったからなんとか。それより、どうする？　逃げるしかないと思うけど」

「ッ、だが逃げるのも簡単じゃねえぞ？」

ライドの動体視力でも反応できないほど相手は素早い。ただ走るだけでは逃げられないだろうと考えた時、スッとフィルが前に出る。

「僕が囮《おとり》になります」

「フィル、だけどそれは……」

「僕は奴隷です。こういう時こそ、お役目を果たさなければ」

そう言ってフィルがにっこり笑う。逃げられないなら誰かを囮《おとり》にして時間を稼ぐというのは有効な手段だろう。だけれど、その人は確実に死んでしまう。

「奴隷の僕にここまで良くしてくれて本当にありがとうございました。以前の主人に逆らい悲惨な死が訪れるだろうと絶望していた僕を救ってくださったのがシロム様です。ここで恩返しをさせてください」

フィルは覚悟を決めた目をしていた。普通のパーティなら危なくなった時に奴隷を切り捨て囮《おとり》にすることもあるのだろう。

うん、でもなフィル。ここ、普通のパーティじゃないんだよ。

「いや、囮《おとり》は俺がやるよ」

「シロム様⁉」

「シロム⁉　なに言っているんだ⁉」

驚いたように二人が声を荒らげる。まあそりゃ、びっくりするだろうけど決定事項です。

「フィルを残したらフィルが死んでしまうではないか。ここは俺に任せて先に行け」

「ここにシロム様を残せば、シロム様が死んでしまうじゃないですか！　そんなこと許せません！　僕が残りますから、シロム様が逃げてくださいっ！」

「一人で戦うつもりか？　シロム。なら俺も残るぞ。嫁を残して逃げるなんてできねえよ」

人生で言ってみたいセリフベスト３に入るような名言を言えてジーンと感動していた俺に、ライドたちも残ると言う。ここであっさり『じゃあシロムに任せるわ。サンキューな』なんて言われたら少し寂しいと思っていたから、二人が残るって言ってくれたのはすごく嬉しいけど、残念ながらそれは許容できない。だってこのスキルを使う時に、周りに人がいてはいけないのだ。

「大丈夫、死ぬつもりもないよ？　時間を稼ぐだけじゃなく俺には勝算がある」

「勝算、ですか？」

「あいつには攻撃が効かないんじゃなかったのか？」

「二人とも忘れたのか？　俺はドラゴンを倒した男だぜ。とんでもなくすごいスキルを持っているんだよ」

驚いた顔で二人が俺を見上げてくる。確かにリディアはチートスキルを持っているが、俺だってエロくなるけど優秀なスキルをたくさん持っているのだ。スキルの数ならリディアにだって負けてない。

「それなら、なおさら俺たちがここにいたほうがいいんじゃないか？　戦闘には陽動役も必要だろ？」

「いや、このスキルは、効果はすごいが代償が酷《ひど》すぎるんだ。周りの人間を巻き込むタイプの代償だから、ライドたちが近くにいたら使えないんだ」

「それでも構いません、シロム様。どんな凄惨《せいさん》な未来が待ち受けていたとしても、最後まで傍にいさせてください」

フィルが目を潤《うる》ませながらそう言ってくる。泣いているフィルを見ると心がじくじくと痛むが、それでも残すことはできない。だってフィルを残して大変な目に遭うのは俺の尻なんだもの。

俺が使おうとしているスキルは一決必殺《イッケツヒッサツ》——使用時、攻撃力を百倍にするという超高性能スキルである。しかし代償としてしばらく身体が硬直し、半径十メートル以内にいる者を強制的に発情させ魅了するのだ。

うん、アレックスという真面目系イケメン騎士の求愛を受ける羽目になったといえば、このスキルがいかに恐ろしいか、わかっていただけるだろう。このスキルは、威力は高いがＢＬ展開を強制的に出現させるという、とんでもない効果が付与されているのだ。だから誰も残せない。

「フィル、ごめん。〝命令〟だ。ライドと一緒に逃げてくれ」

「……ッ、シロム様!?」

フィルが絶望した顔で俺を見てくる。奴隷であるフィルは、俺の命令に逆らうことはできない。

ごめん、でもお前と性的な関係になったら俺のハートがブロークンしちゃうから、ここは逃げてください。

「……本当に大丈夫なのか？　俺たちを逃がすために言っているならやめてくれ。俺もフィルエルトも後で後悔することになる」

「まあ実を言うと少し不安なんだけど、スキルがあるから心配しないでくれ。フィルを頼んだぞ」

ライドはまだ不服そうな顔をしていたが、俺が意見を変えるつもりがないとわかると、腰が抜けて震えている黄昏《たそがれ》の旅団の最後の一人を抱え走り出す。

フィルも、ライドが走り出すと一瞬俺のほうを見て涙を堪え、歯を食いしばった顔で走り出した。

うん、これで準備は整った。後は俺の好き勝手させてもらおう。

「まだ妾《わらわ》から逃げられると思っているのですか？　いい加減、下等生物ごときでは妾《わらわ》に勝てぬと理解するのです」

「まあまあ、そう言わないで俺に付き合ってくれよ、リ、デ、ィ、ア、ちゃん」

そう言って名前を呼ぶと、ライドたちを追おうとした足がぴたりと止まる。見知らぬ俺に名前を呼ばれて驚いたのだろう。一決必殺《イッケツヒッサツ》を使うにしても、ライドたちが逃げ切るまで時間を稼がなければならない。リディアの気を引く作戦だ。

「リディア・ホワイト・レ・カートレットって、カッコいい名前だよね。白い綺麗《きれい》な髪を持つ君にぴったりな名前だと思うよ」

「……何故、妾《わらわ》の名前を知っているのです？　お前は何者なのです？」

今まではどこか余裕そうな雰囲気を出していたリディアの目が、スッと細められる。

「さあ？　なんでだろうね。気になるなら喋らせてみてよ」

「……よいのです。ただの愛らしい顔した下等生物かと思ったら、なかなか知恵もありそうなのです。相手してあげるのです」

リディアがスッと手を前に構える。来るッと思った瞬間には、すでに眼前に迫り、手を伸ばしていた。口の端を吊り上げたリディアと目が合う。

「すぐ死なないでほしいのです。ちょっと遊んであげたいのですが、このスキルは手加減ができないので」

スキルを唱えるためリディアの口元が動く。だけれども、この展開は読めていた。

リディアの最大の攻撃手段は絶対強者の傲慢《アブソリュート・プライド》である。今までの動きを見るに、このスキルを使う時には必ず接近しなければならない。それは俺にとって攻撃を仕掛ける好機だ。

最初から相打ち上等、カウンター狙いだ。そして俺のほうはライドたちが十メートル以上離れた時点でスキルの発動は終わっている。あとはただ、手を前に伸ばすだけでいい。

「負けるか！　一決必殺《イッケツヒッサツ》ッ！」

「妾《わらわ》に刃向ったことを後悔するのです。絶対強者の傲慢《アブソリュート・プライド》……！」

リディアの攻撃が届くよりも先に、紅盗の斬剣《ブラッティスティールダガー》がゴスロリ服の中に食い込んでいく。やった、勝ったと思った瞬間、リディアの笑い声が聞こえてくる。

「だから言っているのです。下等生物が妾《わらわ》に敵《かな》うはずがない、と」

紅盗の斬剣《ブラッティスティールダガー》は確かにリディアの腹部あたりを突き刺している。なのに肉を切り裂く感覚はなく、なにかに弾《はじ》かれている。まるで柔らかいボールに指を押し込んでいるかのような感触だ。

一決必殺《イッケツヒッサツ》は攻撃力を百倍にするスキルだ。だけれども、それも自分のレベル以下の攻撃をすべて無効化する絶対強者の優越《アブソリュート・エクセル》には敵《かな》わない。スキルの優劣で俺は負けたのだ。

瞬間、衝撃が俺を貫く。俺は吹き飛ばされて壁に叩きつけられた。

ドンッと音がして身体が壁にめり込む。全身の痛みに頭がくらくらした。

いってぇぇー‼　なにこれ死んじゃう！　本当に痛い！　ゆとり系男子は痛みに弱いんだから勘弁してよ！　それにしても、え、身勝手な防御力発動《エゴニスト》させてもこれほどダメージ受けるなら、普通に食らってたらマジで死んでいたよね？　なにそれ怖い。あってよかったよ、チートスキル。

というかこれで俺も万策《ばんさく》尽きましたね。おまけに一決必殺《イッケツヒッサツ》の代償で身体まったく動かないし、もうなにもできません。

あー、うん。ならこれはアレだね、……ハーレムエンドですね。

「これでもう動けないのです。あとは、どうして妾《わらわ》の名前を知っているのか吐かせて、……え？」

急にリディアの声色が変わる。動揺し困惑しているようなその声に、俺は作戦がうまくいったことを確信し、にやりと笑う。

絶対強者の優越《アブソリュート・エクセル》がある限り、俺の攻撃力を百倍にしようが千倍にしようがダメージを与えられないことは予想できた。じゃあ俺の狙いはなんだったのかというと、それは一決必殺《イッケツヒッサツ》の付加効果のほうだ。

一決必殺《イッケツヒッサツ》の代償は半径十メートル以内にいる者を強制的に発情させ魅了するというもの。いきなり俺に惚れることになったリディアちゃんには少々申し訳ないが、これも戦略というものなのだよ。

ふふふ、ついに男だらけのこの世界で女の子とのラブコメが始まるんですね！

「なに……？　身体が熱い……。そんな、下等生物なんかに妾《わらわ》が……。でもこの男は愛らしい容姿をしているし……」

リディアの息遣いが荒くなっているのを感じだ。

これは発情しているのでしょうか？　どうしよう、俺もドキドキしてきましたよ。だってこれ、俺の童貞喪失フラグ立ったんだよね？　ついに俺の息子がエクスカリバーになる時がやってきましたよ！　お風呂とか入ってないんだけど俺、臭くないかな？　あ、それ以前にここ血の海でしたね。ムードはまったくありませんわ。

「……こういうことも、あるのかもしれないのです。下等生物と共に生きてみるのもいいのです」

ツカツカと歩いて、リディアが側までやってくる。セメントでガチガチに固められたみたいに動けないが、なんとか首だけ動かす。するとそこには、うっすらと頬を赤く染めたリディアの姿が見えた。

「確かシロム、と呼ばれていたのです。喜ぶのです、其方《そなた》を妾《わらわ》のパートナーにして差し上げるのです」

リディアが俺に見せつけるように、スカートの裾《すそ》を持ち上げる。その行動の意図はわからなかったが、俺はリディアの動きから目が離せない。

え、ちょ、待って、これってまさかアレですか？　おパンツが見られるんですか？　お、女の子のパンツだと⁉　もちろん童貞だからそんなもん見たことないぞ⁉　ひゃっはー！　神様ありがとう！　俺、異世界に来て、本当によかったよ‼

リディアのスカートがゆっくり持ち上がり、その中身がついに俺の前に晒《さら》される。それは黒い下着だった。所謂《いわゆる》ガーターベルトというやつも付けている。パンツと黒のストッキングの間に意図的に作られた絶対領域とチラチラと見える腹部に、普段なら大興奮なのだろうけど――一点、おかしなところがあった。黒い下着の中心部が不自然に膨らんでいる。……え？

ちょっと待って、女の子の下着の中に入っている物ってなにかあったっけ？　エロティックな道具が入っている可能性がワンチャンあるけど、そんなもん日常的に入れてないよね？　ということはまさか……

自分の考えたことに血の気が引く。リディアの顔はどう見ても女の子のそれだ。おっぱいも少し膨らんでいるし、見た目は女の子以外の何者でもない。だけど忘れてはいけない。ここは男だらけの異世界だ。そうだとするとリディアは……

「さあ、シロム。其方《そなた》を孕《はら》ませて差し上げるのです」

リディアが楽しげに笑う。孕《はら》むのではなく孕《はら》ませる？

ああ、そうか、やっぱりそうなのか。

リディアは上半身は女の子、でも下半身は息子の生えた、所謂《いわゆる》ふたなり娘という奴なのだ。

うわああぁん！　やっと女の子と出会えたと思ったのに、やっぱりこういうオチなのかよ、ちくしょう！　それでも俺の息子が活躍するほうならまだ救いがあったのに、ここでもやっぱり俺はネコらしい。あまりの衝撃に頭がクラクラしてきたわ。

嬉しくなさすぎる展開に内心涙していると、リディアが捲《めく》り上げていたスカートを下ろし、俺のズボンに手をかける。ああ、また俺の尻が酷使《こくし》されるのかよ。つらっ。

「勃っているのです。シロムも期待しているのですか？」

「うっ……」

ズボンもパンツも取り払われ、露《あら》わになった俺の息子を見て言うリディアの言葉に、顔が熱くなった。

確かに俺の息子は緩く勃ち上がっていた。そりゃ今日も身勝手な防御力《エゴニスト》さんは、たくさんお仕事してくれましたからね。感度は残念なくらい爆上げですよ。

「ふふっ、シロムの、すごく可愛いのです。可愛がってあげたくなるのです」

「まっ、やっ……、ああああっ!!」

リディアの小さな手が俺の息子に添えられる。そして優しく握り込まれたと思うと、そのまま上下にしごきだした。

うわあああっ！　やばい、めっちゃ気持ちい！　女の子の手、柔らかいよぉー！

ただでさえ感度の高い身体は女の子に触られているという視覚的効果で、マックスまで高められている。ああ、やばい。こんな気持ちいいの我慢できるわけがない。

すぐに高められて絶頂に達し、息子から色々なお汁が飛び出す。リディアは手にかかった俺の白いお汁を見つめ、そのまま口元まで持っていって舐《な》め取った。

「うん、シロムの体液は美味《おい》しいのです。きっと妾《わらわ》とシロムの相性はよいのです」

「ひっ、そんな……、のまな……い、で……っ」

「こんなに美味《おい》しいのだから飲まないわけにはいかないのです。ああ、これならシロムの血も、きっと美味《おい》しいのです。妾《わらわ》、我慢できないのです」

そう言うとリディアは俺の首元に顔を寄せ、ひと舐《な》めする。それが注射を打つ前にアルコールで消毒する動作と似ていて、ビクッと身体を震わせる。チクリとした痛みと共に歯を埋められる。瞬間、全身に快感が駆け巡った。

足先から頭のてっぺんまで痺《しび》れるような感覚が駆け巡り、身体の奥がじゅわりと濡れたのがわかった。俺はおそらくリディアに血を吸われているのだろう。吸血鬼に血を吸われると快感を得られると聞いたことがあったけど、これは想像以上にヤバイ。一瞬でイッてしまいそうなほどの快感だ。

あっ、あっ、と短く喘《あえ》ぐ俺の身体に、リディアが手を這《は》わせる。

それは服の上からゆっくりと身体を伝って、やがて下半身に到達する。え、ちょっと待って、それは。だって今、出したばっかりなんだよ？　敏感になっているそこに新たな刺激なんて与えられたら、そんなもん耐え切れるわけがない。

「ひゃっ、ぁ、やっ、やめ……」

「シロムは、どこもかしこも可愛いので、こちらも可愛がってあげるのです」

リディアの手が、ゆっくりと息子に触れる。そしてやんわりと包み込み、ふたたびシュッシュッと上下にさすり始めた。

うわわわっ、なんだこの手腕。なんでこんなに男の子のナニの扱いに長《た》けてるんですか？　あ、自分にも同じものが付いているからか。そう考えると、少し悲しくなりますね。

あまりの快感に腰を引こうとするも、まだ身体はうまく動かない。与えられる強い快感に、はぐはぐと口を動かし喘《あえ》ぐ。これが拘束《こうそく》プレイというやつなら、俺は縛る系のエロは受け付けられないかもしれないな。こんないっぱいいっぱいに快感を与えられて逃げられないなんて死んじゃいそうです。

ついに耐えられなくなって本日二度目の絶頂を迎えた。あまりの衝撃に背中を反らし、なんとか快感に耐えようとするも、リディアは手を止めない。

「ひゃあああっ‼　やめてぇッ……、もう、おかしくなっちゃ……ッ‼」

「まだなのですシロム。妾《わらわ》を受け入れるには、もっと身体を解《ほぐ》さないといけないのです」

身体を動かして逃げようとしたところ、俺の上にリディアが乗り、体重をかけて動けないようにしてくる。

その時に触れ合ったリディアの太腿《ふともも》や小さなお尻の感触に、またしても息子さんが元気になってしまうのだが、これ以上感じてもつらいだけなので本当許してください。

「ああっ！　ダメッ……！　もうイクっ！　イッちゃ……ッ！」

「いいのです、シロム。好きなだけイクのです」

手を動かしたまま、ふたたびリディアの顔が俺の首元にやってくる。そして牙を立てられ血を吸われた瞬間、またイッてしまったのだった。

なにこれ、むちゃくちゃハードだぞ？　全力で百メートル走り切った時よりしんどいと感じる。最近ダンジョン入って体力ついたと思っていたけど勘違いでしたね。本気で腹上死するかと思ったわ。いや、腹下死なのか？

はぁはぁと肺に空気を取り込み顔を上げると、口元についた血をぺろりと舐《な》め取るリディアの姿があった。なかなか魅力的な姿ではあるが、これ以上、息子を働かせると死んでしまいそう。なので脳内に、憎たらしいグレイがリオのカーニバルの服で踊っている姿を思い浮かべて、なんとか鎮《しず》める。

「そろそろ準備が整い、シロムが食べ頃なのです」

そう言うとリディアは、俺の色々な汁のついた指を俺のうしろに差し入れた。ひぃぃ、ついにきたよ！　やっぱりそこにも触っちゃうんですね！

でも、どうにも様子がおかしい。なんかこう、俺の尻から異様にねちゃねちゃと音がするんですが、どうしてですか？　いや、リディアの手が濡れていたから多少そういう風なのは仕方ないんだろうけど、めっちゃ「ぐっちゅん、ぬる」って音が聞こえるんだけど、マジどういうことだよ。

心当たりがあるとすればリディアに血を吸われたことくらいだが、え、吸血鬼に血を吸われると尻が濡れるのか？

リディアがスカートの中に手を入れ、パチンパチンとガーターベルトを外す。普段なら心躍《こころおど》る展開のはずなのに、この後のことが想像できて素直に喜べない。だって俺が入れられるほうなんでしょ？　いくら女の子が相手でも、それは嬉しくないです。

リディアがスカートを捲《めく》り上げ、例のブツが俺の前に晒《さら》される。エロい黒下着の中に入っていたのは、とんでもなく大きなナニだった。

……ちょっと待って。え、さっき見た時はそんなに大きくなかったよね？　軽く二倍くらいの大きさになっているんだけど、どんな膨張率だよ。

「さあ、シロム。其方《そなた》を私のパートナーとして孕《はら》ませてあげるのです。喜んでくれていいのですよ？」

その言葉と共にリディアのナニが俺のうしろに宛《あて》がわれる。いやいや、無理無理。そんな凶悪なモノ、俺の尻に入るわけがないでしょ！　ちょ、本当に許して！

だが身体の動かない俺に逃げる術《すべ》などなく、そのまま勢いよく貫かれた。

「ッ、～～～っつ、ぁ、アアッ……！」

「っ、……はっ。シロムの中は熱いのです。気を抜くと、こちらが持っていかれそうです」

あまりの圧迫感から、一瞬呼吸ができなくなる。しかもすぐさま律動《りつどう》を始めるもんだから、喘《あえ》ぎ声しか出なくなる。

「っ……ッ、ガッ、いき、できな…………、んんっ、あっ……！」

「シロムっ、シロムの中は最高なのですっ！　ずっとここにいたいのです」

そう言ってリディアが腰を振る。結合部は隠れているので、傍《はた》から見ればリディアが騎乗位で挿れられているように見えなくもないが……現実は無情すぎる。

このまま犯されていると、本気で死んじゃうかもしれないので早く終わることを全力で祈る。するとリディアが苦しそうにうめき声を上げた。おおっ、やっとこれで解放されると思った瞬間――腹の中の圧迫感が増す。……え？

「シロムっ、もう妾《わらわ》はイクのです。ああっ、もうダメなのですっ！」

ラストスパートだというように、リディアが激しく腰を振る。それはいいのだけれども、それに伴ってどんどんリディアのナニも大きくなっていくのだ。さらに大きくなるとか嘘だろ？　ああっ、待って！　これ以上大きくしないでぇ！

「イクのです。シロム、妾《わらわ》の子種を其方《そなた》に注《そそ》ぐのですっ！」

「あああぁっ!!　ダメぇっ！　それいじょうおおきくされるとおかしくなるからぁ……ッ！　アアアッ！　イク……ッ！」

リディアにお腹の中いっぱいに熱いものを注《そそ》がれて、俺も気持ちいいやら苦しいやらで同時にイッてしまった。ううっ、結局またイッてしまった。……ともあれ、これは一応女の子との経験にカウントしていいのだろうか？　やったね！　シロムくん！　ついに女の子とエロいことしちゃったよ！　童貞は卒業できていないけど！

リディアのモノが抜かれると、俺の中からドロドロとなにかが流れ出す。なにが流れているのかは深くは考えない。でもなんか悲しくなったので、しくしくと顔を覆《おお》って泣こうとしたら身体が動くことに気付いた。一決必殺《イッケツヒッサツ》の代償は、もう効果切れらしい。

「シロムは下等生物なのに可愛くて美味《おい》しくて気持ちの良いものなのです。もうリディアのものなのです。ずっとずっと大切にするのです」

だがリディアに対する魅了の効果は続いているようで、嬉しそうに俺のことを抱きしめてくる。ああっ!?　お、おおおっぱいが腕のところに当たってますよ、リディアちゃん!?

なんにしても、これで危機的状況からは脱却できましたね！　一時は本気で全滅エンドを覚悟したけど、リディアちゃんを魅了できたので、なんとかなりましたわ。

とりあえず身支度を整えて、フィルとライドを探しに行こうと思う。二人ともすごく心配していたし無事を伝えてあげたい。

「あの、リディア、会わせたい人がいるんだけど……。えっと、さっきまで俺と一緒にいた人たちで、俺のパーティメンバーのフィルとライドなんだけど」

「さっきの二人？　ああ、わかっているのです。二人のところに行かないといけないのです」

そう言ってコクリとリディアが頷く。その穏やかな顔を見ていると、もう俺たちに敵意を持っているようには見えないけど、俺たちはさっきまで戦っていた相手だ。リディアの中では、どういう風に思っているのだろう？

俺の疑問は、すぐ後のリディアの発言でわかることとなる。魅了によって変わったのは、俺に対する好感度だけだということが。

「目撃者は全員殺さないといけないのです。まだ大して時間も経っていないのでダンジョンから出てないはず。すぐに追いついて殺すのです」

……え？

思考が今、聞こえた言葉についてこない。殺す？　フィルとライドを殺す？　なんで……、なんでそんなことになるんだよ。

「なんで、殺すって……。リディア、フィルとライドは俺の仲間なんだ。殺すなんて嘘でも言わないでくれ」

「嘘……？　リディアは嘘をついていないのです。目撃者を残すとお姉さまに怒られるから、殺さないといけないのです。シロムはこれから責任を持ってリディアが飼うから許してくれると思うのですが、後はすべて殺すのです」

そう言ってリディアは不思議そうに首を傾げた。そこで俺はリディアとの絶望的なまでの認識の違いを理解した。

リディアにとって人間とは、本人が言うように下等生物でしかないのだ。餌、もしくは家畜、その程度の認識なのだ。その中で俺は可愛いから飼ってみてもいいかという程度の愛玩《あいがん》動物でしかない。魅了することでリディアが俺のことを好きになり、俺の仲間も受け入れてくれるのだと思ったが違ったのだ。リディアの価値観は変わらないままなのだ。

蒼褪《あおざ》める俺に、なにか思い出したようにリディアは手を打ち、自分の手首に傷を付ける。驚く俺に、リディアが手を差し出す。傷から流れ出す血はリディアの手のひらを伝い、指先からポタリ、ポタリと溢《あふ》れていった。

「飲むのです、シロム」

「え、……」

「だから飲むのです。シロムはこのままだと弱いしすぐ死んじゃうので、リディアが守ってあげるのです。リディアの血を飲むと従者になれるので、ずっと側にいられるのです」

リディアの言葉に、俺は彼女のスキルの一つを思い出す。スキル、鮮血の従者《ブラッディ・サーバント》。血を与えた者を吸血鬼にし、使役することができる能力だ。

「い、いや、リディアちゃん。流石《さすが》に俺は血を飲む趣味はないので、それは勘弁してほしいかな」

「飲んだらずっと血が飲みたくなる身体になるから大丈夫なのです。飲むのです」

「え、えっと、実は俺は血液アレルギーで血に触れるのも無理というか、触るとじんましん出ちゃうみたいな」

「飲むのです」

だが、いくら拒否したところでリディアは取り合ってくれない。ずいっと俺の目の前に血の滴《したた》る手を突きつけて、飲めと言ってくる。なんかもう、このまま口の中に手を突っ込んできそうな気配すらある。やばい、本当にやばい。でも吸血鬼なんかに、なりたくないんだよ！　誰か助けてくれー！

そう思った瞬間だった。なにか黒いものがシュッとリディアに向かって飛んでくる。リディアがそれを鬱陶《うっとう》しそうに手で払いのけると、細い針のような武器がカランと落ちた。俺はその武器に見覚えがあった。これはフィルのダートだ。ということは……

「シロム様に非道な行《おこな》いをすることは許しません！　離れなさいッ！」

「シロム、大丈夫か!?」

「フィル!?　ライド!?　なんで戻ってきたんだ!?」

入り口から現れた仲間たちの姿に、驚いて声を上げる。え、なんで二人がここにいるの？　逃げてくれたんじゃなかったのか？

「申し訳ありません、シロム様。逃げるように命令されたにもかかわらず、戻ってきてしまいました。後でどんな罰でも受けますので、どうか最後までお供させてください」

「お前のスキルの効果範囲がどんだけか知らないが、もう大丈夫だろうと思って戻ってきたんだよ。黄昏《たそがれ》の旅団の奴は帰れるところまでは連れてってやったから心配ないぜ」

お前たち……、めちゃめちゃピンチだったから助かったよ！　いやぁ、これはグッジョブだと言わざるを得ませんね。二人が来なかったら確実に吸血鬼エンドだったわ。

俺は急いで二人のもとに駆け寄り、リディアと対峙《たいじ》する。なんか走る時、尻からなにか流れ出たような恐ろしい違和感があったが、状況が状況なので今は無視する。後で泣こう。

「俺たちは邪魔だったか？」

「いや、もう正直かなり助かりました。スキルはちゃんと発動したんだけど、ちょっと計算違いがあって根本的解決にはならなかったんです。リディアの俺に対する敵意はかなり薄れたけど、まだお前らのことは普通に殺そうとしてくるぞ」

「あいつはリディアって言うんだな？　なんだシロム、また他の奴を誑《たぶら》かしちまったのかよ。ははっ、モテる嫁を持つと大変だぜ。じゃあ、なおさら俺の出番だ。嫁を守るのは旦那の仕事だからな」

ライドはそう言ってニカッと笑うと拳《こぶし》を構えた。ちょっと待て、いつ俺が他の奴らを誑《たぶら》かしたと言うんだよ！　いやまあリディアには戦略的にそれを狙ったけど、他は一切心あたりがないぞ？　どういうことか、帰ったらライドに詳しく聞こう。

まあその前に、無事に帰れるかどうかなんですけどね。

俺がフィルとライドのほうについてから、リディアからめちゃめちゃ負のオーラが見えるんです。これって殺気？　うわああっ！　やばいよぉぉーー!!

「シロムは妾《わらわ》より、その二人を選ぶのですか？　この妾《わらわ》より？　甘やかしすぎたのかもしれないのです。帰ったらちゃんと躾《しつ》けるのです」

不穏な発言をポツリとリディアが呟く。殺気ではなくヤンデレオーラでしたか。つまり負けると俺は拉致監禁の調教ルート？

「シロム様をそのような目には遭わせません。僕の命に代えても必ずシロム様をお守りします」

「フィル、ありがとう。でも無茶しないでくれ」

「申し訳ございませんが、その命令には従えないかもしれないです。僕は現状に甘んじるくらいなら無茶したいのです」

そう言ってフィルがにっこりと笑う。頼もしい限りだけどマジでフィルは気を付けてね。レベルの低いフィルは、リディアの攻撃を受けたら即終了の可能性が高い。たとえこの戦いに勝ったとしても、フィルのいない世界に希望なんてないので皆で生き残るのを目標に頑張ろう。

第三章　ラスボス戦

というわけでリディアvs白猫団の最終局面、ラスボス戦が始まりましたね。

とはいっても、このままでは俺たちに勝ち目がない。リディアに俺たちの攻撃は効かないのに、向こうは即死させるレベルの攻撃手段を持っているのだ。なにこの無理ゲー。こんなの全滅エンド以外あり得ないじゃないですか。

そう、普通なら勝てるはずのない戦いなのだ。だけども、さっきと今の戦闘では一つ大きな違いがある。それがこの戦いを逆転させるかもしれない、唯一の希望だ。

さっきと今、なにが変わったのか。それは神聖でおぞましくって愛しくって絶望的な行為、そうセックスだ。俺はリディアとエロいことをしたのだ。

それがなにかと言うと、思い出してほしい、俺の適性とスキルのことを。『性愛』という適性のせいで、俺は純ケツを失い、その後も尻を掘られ続けている。だけれどもそのおかげで六つのスキルを手に入れたのだ。多くの人がスキルを持っていない世界で、持っていても一つか二つ、リディアですら五つしか持っていないスキルを俺は六つも持っている。

――今までもそうだった。エロいことをするたびに高性能なスキルが増えていった。まあそのせいで、またエロいことをする羽目になっているのだけれど、言いたいことはつまりこうだ。

新しいスキルがあるはずだ！

神様よ、この腐った世界の神様よ。どうか俺に新しいスキルを授けてください（土下座）。だってあんなに尻を蹂躙《じゅうりん》され続けたのに、ここでスキルをもらえなかったらマジで泣く。

ぶっちゃけ、ここで俺に新しいスキルが授けられてなかったら、それで詰みで打つ手はない。一《イッ》決必殺《ケッヒッサツ》使ってリディアを魅了&発情させるくらいならできるかもしれないが、それやるとまたフィルとライドを追い出して、その後フィルとライドが戻ってきて……戦闘のエンドレスコンボができるだけでしょ？　そんなもん俺の尻が死ぬわ。そういうことにならないためにも、どうか神様！この状況をどうにかできる新しいスキルをください！

俺は恐る恐る自分自身を鑑定する。するとそこには七つ目のスキルが表示されていた。

【スキル】　相対的な自己犠牲《リラティブ・サクリファイス》

新しいスキルの能力を読んで、俺はガッツポーズをする。

……ありがとう、そして、ありがとう神様。信じていたよぉぉぉーーー!!

よっしゃぁぁーっ!!　キタァー！　新しいスキルがきたぁぁっっ!!

しかも今まさにほしかった、この状況を変えてくれるスキル。よしっ！　これは勝てるっ！

「フィル、ライド！　今ならリディアに攻撃が効くぞ！　全力でやってくれ！」

「かしこまりました、シロム様。最大限、攻撃を仕掛けます」

「本当かシロム？　よくわからねえけど、お前を信じるぜ！」

ライドとフィルがリディアに向かって駆け出す。それを聞いたリディアが呆れたように息を吐く。

「今まで攻撃が効かなかったことを、もう忘れたのですか？　だから人間は下等生物なのです。まあ、いいのです。種《しゅ》として妾《わらわ》が上位なことを、きちんとわからせてあげるのです」

リディアは俺たちのことを警戒していない。俺たちとの戦闘を、ただの作業ゲーくらいにしか思っていないのだろう。

でもリディア、もう状況は変わったんだぜ？　お前の力、スキルは使えないいいんだ。

フィルがリディアに向かってダートを投げる。彼女の顔に向かってダートが飛んでいく。

さっきまではリディアに傷一つ、つけることができなかった。それをわかっているリディアは避《よ》けることもしない。

——でも、ここは避《よ》けたほうがよかったね。特に、フィルの攻撃は食らってはいけなかった。

ダートがリディアの顔に当たる。瞬間、リディアが顔をしかめた。おそらく予想外の痛みが、思わず顔に出てしまったのだろう。

リディアの顔に赤い線が走る。フィルのダートが皮膚の表面を薄く切り裂き、傷を付けたのだ。

リディアが信じられないといった表情で顔の傷に触れる。

だからリディアは逃げたほうがよかった。もうリディアに俺たちの攻撃は効くのだ。そして、フィルの攻撃は……

「妾《わらわ》に傷……？　そんなはずはない、そんなはずはないのです！　劣等種に、下等生物に妾《わらわ》が傷付けられるわけがないのです！　なっ……⁉」

リディアが膝から崩れ落ちる。フィルは最大限の攻撃をすると言った。それならばフィルが使ったのは最も効果のある、ドラゴンを討伐する時に使う痺《しび》れ薬のはずだ。

流石《さすが》のリディアも身体が思うように動かないらしい。そこへ拳《こぶし》を握りしめたライドが殴りかかる。

「虎人族の鼻は誤魔化せねえ。お前、シロムに手を出しやがったな？　俺の嫁に手を出すなんて、いい度胸じゃねえか。ぜってえ許さねえっ！」

ロリガールをムキムキマッチョの男が殴るという絵面《えづら》的には完全アウトの光景が広がっているが、それよりライドの言葉に完全に意識を持っていかれる。

え、手を出したって、え？　俺がリディアとエロいことしてしまったのって、ライドにバレているの？　猫科って鼻もよかったっけ？　ということはフィルにもバレているってことですか？　なんという羞恥《しゅうち》プレイ、もうリディアとの戦闘じゃなくて恥《は》ずかしさで死んでしまいそうですね。とりあえず戦闘中だし聞かなかったことにして目の前のことに意識を集中する。

今、俺はもう身勝手な防御力《エゴニスト》を使えないのだから、今まで以上に立ち回りを考えないといけない。

そう、身勝手な防御力《エゴニスト》は使えない、それが新しいスキルの代償なのだ。

【スキル】　相対的な自己犠牲《リラティブ・サクリファイス》
条件　：性愛の適性があること
**　　　　魔族と性交する**
能力　：選択した相手のスキルを一時間使用不能にする
代償　：自身のスキルがランダムで一つ、一時間使用不能になる

俺の新しいスキル相対的な自己犠牲《リラティブ・サクリファイス》はスキルキャンセラーの能力だ。このスキルがあれば相手のどんな厄介なスキルだって封じることができる。

だから俺は早速リディアの絶対強者の優越《アブソリュート・エクセル》を使用不能にした。これでリディアの絶対無敵の防御スキルが使えなくなったのだ。

ただし、こちらにも代償がある。相対的な自己犠牲《リラティブ・サクリファイス》は相手のスキルを使用不能にするが、俺のスキルも一つランダムで使用不能にしてしまうのだ。今回、そのランダムで選ばれてしまったスキルが身勝手な防御力《エゴニスト》。俺は相手の攻撃を十分の一にしてくれる超優良スキルを使えなくなったのだ。

鑑定することで、俺のスキル欄の身勝手な防御力《エゴニスト》の文字色が、普段の黒から薄い灰色に変化しているのがわかった。おそらくこれが使用できなくなった印なのだろう。

よりによって最初に使えなくなるスキルが身勝手な防御力《エゴニスト》さんなのかよぉー！　どうしよう、めっちゃ心細いわ。今までさんざんエロいエロいってけなしてきたけど、ないとやっぱり寂しいです。

だけれども、いくらスキルを一つ封じることができるといってもリディアのレベルは１２４、簡単に負けてはくれない。俺も紅盗の斬剣《ブラッティスティールダガー》を構えてリディアに向かって攻撃を仕掛けにいく。

「シロム？　……くっ」

リディアが、驚いたような、そして悲しそうな顔で俺を見た。だが、彼女はすぐさま俺の攻撃を避《よ》け、剣先が腕を掠めるだけとなる。

俺も驚いてリディアを見る。もう戦闘に入って敵味方に分かれているのに、なんでリディアがそんな顔をするのだろうか。

だけどそれを確認する間もなく、ライドの攻撃が始まる。

「食らいやがれ」

「其方《そなた》こそ食らうのです！　絶対強者の傲慢《アブソリュート・プライド》ッ！　……っ、何故？　発動しないのですッ⁉」

リディアがライドに標準を合わせて手を翳《かざ》すが、なにも起こらない。

うん、悪いね。絶対強者の傲慢《アブソリュート・プライド》も、もう消してしまったから。

俺は自分のステータス表示中の仲間の絆《フレンドリー・コネクト》の部分が灰色になったのを見て心の中で呟く。相手と自分のレベルの差だけダメージを与えるというリディアの高性能攻撃スキルを、仲間の絆《フレンドリー・コネクト》を代償に俺が封じてしまったのだ。

リディアがライドに殴られ、吹き飛ばされる。柱にめり込み、かなりのダメージを受けたようだが、すぐにリディアは立ち上がる。フィルの毒が効いているからか動きはぎこちなく、憎々しげにこちらを睨《にら》みつけてくる。

「こんな、こんなことはあり得ないのです。妾《わらわ》が人間なんかに負けるなんて！　鮮血の謝肉祭《ブラッディ・カーニバル》ッ！」

リディアが叫ぶ。眷属《けんぞく》を召喚しようとしたのだろうけれど、なにも現れなかった。俺のスキル、破殻への天啓《ブレイストランクアップ》の表示が薄く灰色になったのを見て心の中で呟く。

ごめん、リディア。君のスキルは、もう使えないんだ。

リディアが駆け出す。黄昏《たそがれ》の旅団の人たちの死体があるところまでいき、その血を口にする。鮮血の恩恵《ブラッディ・ドレイン》で体力を回復しようとしたのだろうけど、当然なにも起こらない。異空間倉庫《アイテムボックス》の表示が薄い灰色へと変わる。

「あり得ないのです。あり得ないのですッ！　妾《わらわ》はリディア・ホワイト・レ・カートレット、魔族の貴族なのです……！　こんな下等生物に負けるなんてことはありえないのです……ッ!!」

リディアの口から出た新しい情報に気を取られていると、力を振り絞ったのか、さっきまでと比べものにならない速度でリディアが駆け出す。瞬間移動とでも言えそうなほどの速さで、リディアが俺の前に現れる。

マズイ、攻撃の対象を俺に定めたのか？　身勝手な防御力《エゴニスト》が使えなくなった今、レベル１２４の攻撃を食らったらマジ死ぬかもしれない。うぇええっ、せっかく逆転のチャンスが巡ってきたというのに、あっさりこれでゲームオーバーなの!?　やはりレベルを上げて物理的に殴る戦法は強いということなのですね。うわあああん！　助けてぇぇぇー!!

これからくるだろう痛みに身体を強ばらせるが、しかし痛みはこない。恐る恐るなにが起こっているのかあたりを窺《うかが》おうとした瞬間、唇に柔らかさを感じた。それは鉄の味がした。

「シロム、妾《わらわ》を助けるのですッ！　シロムは妾《わらわ》の味方なのですッ！　攻撃してはならないのです……ッ！」

ひしりと、リディアが俺に抱き付いてくる。そして声を震わせて懇願《こんがん》した。

血の味のするキスに、リディアがなにをしようとしたのか悟る。リディアは鮮血の従者《ブラッディ・サーバント》を使い、俺を従者にしようとしたのだ。この敵だらけの現状を変えるために味方を増やそうと……いや違う。ただ戦況を変えたいのなら、フィルかライドを取り込んだほうがずっと有利になることはわかっているはずだ。リディアは俺が特別なスキルを持っていると知らないのだから。

それなのにリディアが俺を従者にしようとした理由、それは俺のことが好きだからだ。

だからさっきの戦闘中、あんな悲しそうな顔で俺のことを見ていたのだろう。リディアは俺に攻撃されるなどとは思っていなかったのだ。

「シロム、シロムっ。あんな下等生物たちの味方をしてはダメなのです。シロムはリディアのものなのですっ！」

リディアの泣き声が耳元で聞こえてくる。リディアは可愛い、可愛い女の子だ。下半身がちょっとアレなことになっているが、この世界にきて初めて出会った女の子、とても癒《いや》される存在だ。

女の子が好きだ。いい匂いがして優しくて胸がドキドキして、うまく言えないけどもう本能的に大好きだ。異世界に来たら女の子に囲まれて幸せに暮らしていきたいと本気で思っていた。

そして俺はリディアに出会った。ずっとずっと憧《あこが》れていた女の子とのラブコメだ。リディアは俺のことが好きで、俺に側にいてほしいと言ってくれる。こんな男冥利《おとこみょうり》に尽きることはない。

このままこの胸の中の柔らかな身体を抱きしめたら、それは一つのハッピーエンドなのだろう。

だけど——

「ごめん、リディア。俺、そっちへはいけない」

「シロムっ、どうして……ッ！」

リディアの泣き声が聞こえる。口の中にはまだ鉄の味が残っているけれど、俺がリディアの従者になることはない。また一つ、リディアのスキルを使用不能にした。

俺のスキルの中で、なにが代償で消えたのか確かめようとしても、なにも視界に映らない。つまり使えなくなったスキルが鑑定であることを悟る。これでリディアのスキルはすべて封じた。

ごめん、リディア。ごめんな。

でも俺はフィルとライドを失えない。

ここまで一緒にいた仲間を見捨てることは、俺にはできないんだ。

紅盗の斬剣《ブラッティスティールダガー》を握りしめ、覚悟を決める。

リディアにはレベルもスキルの優劣もボロ負けだったけど、でも一つ俺が勝っているものがある。

それはスキルの数だ。リディアのスキルをすべて封じた今も、俺の最大の攻撃スキルはまだ残っていた。

「さよならだ、リディア。一決必殺《イッケツヒッサツ》…………！」

「――ッ、……っ!!」

無防備に俺に身体を預けていたリディアを、紅《あか》い短剣が貫く。レベルが124のリディアは単純な攻撃ではきっと仕留められない。だから俺ができる最大の攻撃でリディアに刃《やいば》を突き立てる。

リディアの身体から赤い血が溢《あふ》れ出し、紅盗の斬剣《ブラッティスティールダガー》がその力を吸い取って俺に還元する。

リディアはゆっくり俺の顔に手を伸ばした。そして、泣きそうな顔のまま笑った。

「わらわ、は……、ほん、とに、シロ、ム……がすき、だった……のに……。シロム、は、ばか、なの……で……す」

「うん、ホントに。せっかくのラブコメを手放すなんて、俺ってきっと馬鹿だよ」

「あと、で、……こうか、い……すると、いい、です……。わらわ、を……えら、ばなかっ、たこと、……を」

「うん、そうかも。でも俺はフィルとライドと一緒にいたいんだ」

二人を見殺しにして、リディアと生きる未来はなかったんだ。

リディアは目を閉じると光のエフェクトとなり消えていく。

その時、最後に『ねえさま……』と小さく呟いたような気がした。

そうして残ったのは、ダイヤの形をした小さな魔石だった。血のように赤く透き通った色をしたその魔石は、中に十字の紋章が入っていて、特別な物だとわかった。

まるでリディアの瞳のような魔石に、胸がギュッと締め付けられる。

もしかしたら、ひょっとしたら、リディアとも仲良くなれる未来があったのかな、なんて……

なんか視界が滲《にじ》んできた気がしたけど、あれだよ、俺、ドライアイだから乾燥して勝手に目が水分出して潤《うるお》そうとしているだけなんですよ。本当だよ？　男の子は軽率に人前で泣いたりしないんだから。

……好きだったかもな、リディアちゃん。

でもフィルとライドを殺そうとする子とは仲良くなれなかった。

さて、戦闘も終わったし帰ろうと思ったところで身体が動かなくなり、その場にバタンと倒れる。

うえええっ!?　なんで急に身体が動かなくなったの!?　まさかの敵襲!?　このタイミングで!?

これ以上、追い討ちかけるのやめてくれませんか!?

しかしそのセメントに固められて動かないような感触には心当たりがあった。

あ、これ一決必殺《イッケツヒッサツ》の代償だわ。そういえば身体が動かなくなるんでしたね。シリアスに浸っていたから、すっかり忘れていました。

じゃあ俺しばらくは動けないし、二人に状況を伝えようとなんとか首を少し上げると、様子がおかしいことに気付いた。ライドは片膝をついて頭に手を当てて苦しげにしているし、フィルも自分で自分の身体を抱きしめて顔を赤くしている。

「くっ、はっ……。なんで、急にシロムを襲いたくなってんだっ!?」

「シロム様？　ダメです、そんな畏《おそ》れ多いこと、僕が、望むなんて……」

ハァハァと荒い呼吸を繰り返す二人に、ああそうか、と思い至る。

ああ、一決必殺《イッケツヒッサツ》さんの代償ですよね。この子は俺を動かなくした上で周りを発情させるという、とんでもない効果を発揮するんですから。

――やばい、これものっすごくヤバイ。

どう見てもこれ、エロ展開じゃね？　嘘だろ、だって今までシリアスだったじゃん。もう、なにもかも解決したムードだったじゃん。唐突にエロでオチつけるの、やめてもらえませんか⁉

「シロムっ、――ッ」

膝をついていたライドが、どさりと座り込む。おおっ？　今までのパターンだと、もう襲ってきてもおかしくないけどライドは大丈夫なのか？

「くそっ、シロムと約束したんだ……ッ。絶対に襲わねえって。番《つがい》との約束を破ってたまるかよっ！」

そう言ってライドが自分の腕に爪を立てている。どうやら大丈夫なのではなく無理矢理耐えているらしい。

ライド……、お前、なんていい奴なんだ！　俺とお前の友情は永遠に不滅だ！　だから頼むからその理性、最後まで持たせてね。

「シロム、様……」

すぐ側で声が聞こえてきて、びくっと心が震える。そういう感じになっていても暗殺者の適性は発揮されるんだね。まったく気配を感じさせず、フィルが俺の側まできていた。

「このような想いを抱くなど、シロム様の奴隷失格ですっ！　僕はなんてことを……っ！」

フィルは額を地面に擦《こす》り付けて泣いていた。いやもう、本当に罪悪感が半端ない。そうなってしまったことは全部俺のせいだというのに、フィルは自分を責めている。

もう全部スキルのことぶちまけて、俺こそ地面に頭を擦《こす》り付けたい衝動に駆られるが、身体が動かないのでそれもできない。うん、この阿鼻叫喚《あびきょうかん》、どうしたらいいの？

泣いていたフィルだが、やがてゆっくり顔を上げ、震える手でカチャカチャと自身のベルトを外し始めた。金属音が止むとしゅるりとベルトが抜かれる音がし、それと共に布が擦《す》れる音がした。

……え？　ちょっと待って、どういうこと？　何故フィルがズボンを脱いでいるのだし。ま、まさかフィルは我慢できなくなり俺を……

「申し訳ございません、シロム様。僕は、もう……、耐えきれないのです……ッ！」

そう言うとフィルは、俺が最初に買ってあげたDランクのナイフを取り出した。

……え、ナイフ？　なんでこの状況でナイフが出てくるの？　あ、あれか。想いを満たせぬなら貴方を殺して僕も死にます的な感じですか？　まさかのフィルがヤンデレを発動したということでよろしいのでしょうか？

ははっ、……なにもよろしくねえわ。エロ展開じゃないと思ったらR－18のグロ展開がやってきましたよ。

つまり魅了にかかったら、忠誠心と愛欲の間に挟まれて死ぬという恐ろしい選択を取るんですね。いや、フィルがヤンデレ属性を持っていたなんて知らなかったなー。

頼　む　か　ら　ち　ょ　っ　と　待　っ　て　く　れ　！

グロ展開なんてひょっとしなくともエロ展開より嫌ですよ！　落ち着けフィル、そのナイフを使用しても誰も幸せにはならないぞ⁉　頼むから本当に待ってくれ、しばらくしたら一決必殺《イッケツヒッサツ》の魅了の効果も切れて、正常に戻るはずだから！

だが俺の願いも虚《むな》しく、フィルはナイフを握りしめ……

――そして自身の息子に当てた。

「確か、性的興奮は性器で男性ホルモンが作られ起こる作用です。ならばコレを切り落とせば、恐らくこの衝動は収まるはずです」

――シロム様に不愉快な感情を抱かせる器官など、切り落としてしまいましょう。

そう言ってフィルが笑う。

うん、正直あれです、本当にごめんなさい。一瞬でもフィルの忠誠心を疑った俺が全面的に悪かったわ。これからはフィルのことは一切疑うことなく無条件で信じることを誓いますので、お願いだから自分の息子を切り落とすのはやめてください。

とにかく早くフィルの奇行を止めなければならない。俺のエロスキルのせいで、フィルが息子を失うなんてことが、あってはならないのだ！

一決必殺《イッケツヒッサツ》の代償によって硬直し動かない身体ではあるが、死ぬ気で足掻《あが》いて手を伸ばし、フィルの手に触れる。

フィルの手は震えて冷たくなっている。その手に俺が触れると、こちらを向いてきた。

「シロム様……？」

「フィ、ル……、いい、……から」

なんとか口も必死で動かし俺の意思を伝える。俺も覚悟を決めよう。俺を信じ、俺のために息子すら切り落とそうとしてくれたフィル、お前のためになら俺は……ッ！

「フィ……ル、して、くれ……。たの、む……」

「シロム様、それは僕と性交をするということでしょうか？　しかし、シロム様はそれを望まないと」

「い、いん……だ、フィ、ル。おま……え、とな、ら、いい、よ……」

フィルの息子を救う、そのためなら……

——俺はフィルに尻を捧《ささ》げても構わないッ!!

そりゃ本当は嫌だよ？　男とエロいことするなんて絶対嫌だよ？　だけれどもフィルは俺のために息子を切り落とすとまで言ってくれるのだ。そんなフィルの息子が切り落とされるのを、黙って見ていていいのだろうか？　否《いな》ッ！　ここまで俺に尽くしてくれたフィルを救わなくて、なにがご主人様だ！　だから俺は覚悟を決めよう。

この異世界に来て俺は初めて、自分からエロいことをすると宣言する。

「本当によろしいんですか？　僕に気を遣っているのであれば、それは不要です。シロム様の心に沿うようにご命令ください」

「ほんと、に……、いい、んだ……。おねが、い、だ……、フィル。して、くれ……」

ほんとだよ！　フィルとしたいんだよ！　……自分から誘うのって、めちゃくちゃ恥《は》ずかしいですね。

俺の必死のお誘いに、ようやくフィルも決意を固めたらしい。

「誠心誠意、シロム様によくなっていただけるよう、お仕えします」と言ってフィルの顔が近付いてくる。どうやらキスするつもりらしい。

ゆっくりと近付いてくる美少年の顔に、俺の心臓がドクドクと高鳴る。

これって今から俺とフィルがキスしちゃうわけですよね？　なにこれめちゃめちゃ恥《は》ずかしいぞ。

なんだろう、アレックスとキスする時は絶望感しかなかったけど、今はめっちゃ緊張してしまう。

やっぱり顔見知りとキスするのは気恥《きは》ずかしいということですかね？

とにかく俺も目を閉じ、それに応《こた》えようとした瞬間、ムズッとなにかに捕まれ抱きかかえられる。

はああああっ⁉　ちょ、このタイミングで邪魔が入るとかなんなんだよ！　いったい誰がッ⁉

と思っていたら、うしろから荒い呼吸が聞こえてくる。視界の端には金色の髪がちらちらと見え、その人物が誰だか悟る。

あ～、いや、別に忘れていたわけではないんだよ？　ただ一瞬フィルとのアレコレで意識の外だったというだけで、俺が自分のパーティメンバーを忘れるわけがないじゃないですか、ヤダー。

うん、それでいつの間に俺の背後に回り込んでいるんですかライドくん。あと、ちょっと背中に硬いものが当たっているんですがそれは……

「今、いいっつたなシロム？　お前が許可を出したんだな？」

「あ……、いっ、それ、は……」

ハァハァと荒い呼吸を繰り返しながらライドがそう聞いてくる。ちょっと、いや、すごく待ってくれ。いいって言ったのはフィルに対してであって、お前みたいなナニがでかい奴ともう一戦したら本当に死んじゃうから待って。

「シロムがいいっていったなら、やっていいって約束だ。お前は俺の番《つがい》だ。他の奴の種なんて、いつまでも腹の中に入れてんじゃねえ。俺ので上書きしてやるッ！」

そう言ってライドがぐるるるっと喉を鳴らす。リディアとのアレコレで、どうやらライドはおこらしい。この激情のままやられたらマジで死にそうなので、フィルに助けを求めるが、「シロム様が僕を頼るほど発情しているのでしたら、ライドもいたほうがいいでしょう」とか呟いている。

違うんだよフィル。俺はお前だから許可したのであって、断じて3Pをしたかったのではないんだよ！

一決必殺《イッケツヒッサツ》の効果でうまく口を動かすことができない俺は、弁明する機会を与えられず——複数プレイが始まってしまったのだった。


「ハッ、ハッ、くそっ。あんな奴の種なんか残してやるかッ！　全部、俺ので掻き出してやる……ッ！」

「アッ、アッ、やぁっ、はげし……、アアアッーーッ‼」

ライドの激しい攻めに、悲鳴のような喘《あえ》ぎ声を上げながら身体を震わせる。

——さっき、エロいことをするために服を脱がせた瞬間、俺のうしろから流れ出した白濁液にキレたライドが、速攻で俺の中にナニを突っ込んで腰を振っている。

リディアのナニも大きいと思ったが、ライドのもかなりデカイ。しかもライドのはデカイだけじゃなくて硬くて熱いのだ。

リディアのナニはだんだんと膨らんで俺の腹をいっぱいにしようとする風船のようだったのに対して、ライドのアレは熱した鉄棒のようだ。

「くっ、イクゼシロムっ！　お前の中を全部塗り替えてやるッ！」

「ンンッ、ひゃっ……、やっ、ナカ、やぁっ、あんっ……、らめぇっ、やあぁっ、アァアアッーー!!」

喘《あえ》ぎ声に混じった否定の言葉は、意味をうまく伝える力を有していない。

そのまま突かれて、ノンストップで押し寄せてくる快感に引きずられて、俺の身体は高みへと押しやられる。

そして俺がビクンと身体を震わせイッた直後――中に熱いものを注《そそ》がれる。

その押し寄せる熱に身体を震わせる。今更なんだが俺、中出しされまくっているけど孕《はら》んだりしないよね？　この世界では男同士で孕《はら》んだりするらしいけど俺は異世界人だし大丈夫だと思っていたんだが、なんかちょっと不安になってきたわ。

多分ライドの熱いものでお腹を満たされているせいで変なことを考えてしまうのだろう。なんか意識すると落ち着かないし、早く掻き出してしまいたい。

だがライドは自身を入り口まで引き抜いてから、一気にまた俺の中に押し込んできた。

ええええっーー!?　今、ライド出してたじゃん！　ちょ、なんでまた律動《りつどう》が始まるんですか!?

「ライドっ、アッ……！　もっ、イッた、からぁ……!!」

「ああ、そうだなァ。でも俺はまだ足りないぜ？　お前の中を完全に塗り替えるまでは満足できねえっ！」

そう言ってパンッと腰を俺に打ち付ける。待ってくれ、嘘だろ？　二回戦行くの？　いやいや、お前は元気かもしれないが、俺はリディアとも致してしまっているから軽く五回はイッてしまっているのですよ。そもそも受け側は色々体力が必要なので、もういっぱいいっぱいというか、うん。このままだとマジでヤり殺されるわ！

俺が軽くパニックになっていると、ふと優しい感触が降ってくる。触れるだけの緩やかな温かさを目尻に感じ、見るとフィルが俺の目元に唇を落としていた。

「大丈夫です、シロム様。シロム様の嫌がることは決して致しません」

そう言ってフィルが顔中にキスの雨を降らせる。それは性的な意味合いを感じさせず、子猫が母猫にじゃれつくような、微笑ましいものだった。

ライドとのエロが快感のジェットコースターのようなものなら、フィルとの行為は観覧車に乗っているように穏やかで焦れったいものだった。

フィルは俺の全身に優しく指を滑らせていく。その触れるか触れないかの微妙な指遣いに、ムズムズとした感覚を覚え身体を揺らすと、フィルは俺が反応したところを何度も丁寧に撫で上げ、そして唇を落とす。そんな些細《ささい》な動きに、俺はどうしようもなく高められた。

くすぐったいようなもどかしい動きに身体が快感を期待してしまう。もうすぐ決定打を与えてもらえるのではないのかと、息子がダラダラと先走り液を零していく。

「シロム様、こちらも赤く色づいてきましたね。誠心誠意、シロム様にご奉仕致します」

だがフィルはまだ息子には触れてくれない。先ほどまで俺の耳の輪郭を確かめるように指を這《は》わせ耳たぶを食《は》んでいた動きをやめ、俺の胸に手を置いた。

フィルのおかげで俺は、自分の胸が性感帯であると自覚させられてしまった。フィルは俺の乳首に触れるが、すぐにつまんだりひっぱったりはしてくれない。乳頭に指を置いて、くるくると指を回し、そこからぴんっと勃った乳首の横をゆっくりと撫でていき、最後に胸全体に指を這《は》わせる。それだけのことで俺は堪《たま》らない気持ちにさせられる。

なにこのフィルのテクニック、フェザータッチがうますぎだろ。気持ちよくてもどかしくて、おかしくなりそうだ。

気持ちいいけれど、胸を掻き毟《むし》りたくなる衝動に駆られる。ダメだ、おかしくなってしまう、終わらせてほしい。

「フィル、おねがぁ……、ぃ、ちゃん、としてぇ……っ」

俺は啼《な》きながら懇願《こんがん》する。俺におねだりをさせるとは……、フィル、恐ろしい子！

「かしこまりました、シロム様。シロム様のお望み通りに」

そう言ってフィルが俺の胸に口を寄せる。そして乳首全体を口の中に含むと、カリッと俺の乳首に歯を立てた。

その瞬間、俺自身から熱い液が溢《あふ》れ出したのがわかった。

ホント、俺の身体どうなっちゃっているの？ なんか、こう、どんどんエロいことに馴染《なじ》んでいると言いますか……。いやいやいや！ 俺の身体がこんなエロいわけがないさ！ どれもこれもすべてエロスキルのせいであって俺本体が敏感ってことではないんですよ！

あれ？ でも確か、身勝手な防御力さん《エゴニスト》は相対的な自己犠牲の代償《リラティブ・サクリファイス》で今、使えなくなっているんじゃなかったっけ？ ……え？

気付いてはいけないことに気付きそうになった瞬間、フィルに乳首に爪を立てられビクンと身体が震える。ああっ、らめぇえっ！　乳首吸っちゃぁ、噛んでもダメぇ……。やべえ、乳首マジ気持ちい。フィルの奮闘により、ライドに精力を搾り取られて元気がなくなっていた息子も無事復活した。ははっ、マジやべえ。どうしよう。

ライド&フィルのコンボが凶悪すぎる。ライドによって精魂尽き果てても、フィルの献身によって復活してしまうのだ。なにこの無限ループ、本気で今日、俺は搾り取られて死ぬのではないだろうか。

ライドが腰を打ち付ける。その刺激に俺はまた、あんあん啼《な》く。

ライドのブツはデカイ。そのせいで俺の良いところが丸ごとゴリゴリ押し潰され腰砕けになりそうになる。

身体はあちこち気持ち良すぎる。足の指先から頭のてっぺんまで痺《しび》れるような快感に染まりきっている。

フィルが上半身、ライドが下半身を快感攻めにしてくれるせいで、俺の息子はだらだら汁を零している。もうイッているのかイッていないのか、わからない状態にされているが、それでも息子への刺激は格別なもの。俺は息子でイキたいのだ。

お願いですから、俺の息子も可愛がってください。

「フィルっ、フィル……っ！」

「どうしましたか、シロム様？」

「もう、イキたぁ……、おねがっ、下も、さわっ……てっ」

というわけで俺はフィルにお願いして、息子に触れてもらうことにする。ライドに頼んでもよかったが、今、顔が近くにあるのはフィルだし、優しくしてもらえるからね。ライドに頼むと、そのままイキ地獄で昇天しちゃいそうです。

「はい、大丈夫ですシロム様。もう準備はできておりますので」

そう言ってフィルがにっこり笑う。……え、準備って、そんなことする必要ありましたっけ？

フィルは、右手で俺の右乳首、口で左乳首を愛撫する。あれ、左手はどこいった？　なにやら自分のうしろでゴソゴソしているようだ。

フィルは身体を起こし、うしろにやっていた左手を前に戻す。その手はねちゃっ、ねちゅと濡れていた。

「ライド、シロム様を抱えるように持てますか？」

「おう、こうか？」

「え、ぁ、ひゃあああんーーっ!!」

急にライドに抱え上げられ、向きを反転させられる。フィルの目の前に、俺のモノと結合部を晒《さら》すことになり恥《は》ずかしい。

挿れられたままそんな動きをされたら、たまったものじゃない。俺は急に与えられた刺激に悲鳴を上げて浅い呼吸を繰り返す。高められている身体はビクビクと震え、筋肉質で硬いライドの身体にもたれ掛かる。

荒い呼吸を繰り返す俺にライドが「大丈夫か？」と言って頭を撫でてくるが、それすら感じてしまう。フィルの手腕によって俺の身体は、わずかな刺激でも快感として拾うようになっていた。

「シロム様、すごく綺麗《きれい》です。可愛くて美しい僕のご主人様、本当はこうしたかったんです」

ふと顔を上げると、幸せそうな顔をしたフィルがいる。フィルは俺に向かって微笑みかけ、俺の上に腰を落とそうとした。

え、ちょっと待ってフィルさん。君、どこに座ろうとしているの？　そこ、あの、非常に言いにくいんですが俺の息子さんがいらしてですね、座れる状態ではないんですよ。

だがフィルは俺の息子さんを優しく掴《つか》んで避《よ》け、そのまましろに宛《あて》がう。フィルがなにをしようとしているのかわかり、俺はサッと血の気が引いた。

うわあああっ、フィル待って待って！　本当に待って！

童貞を捨てる覚悟は、まだできていないんですぅ！

今の自分が童貞非処女という恐ろしい状態にあるのはわかっている。だが、だからと言って非童貞非処女になりたいかと言えば、またそれは違うのだ。

童貞とは神聖なものなのだ。三十代まで守りきれば魔法使いにもなると言われる聖域だ。

……だが、そんな想いはフィルの顔を見た瞬間、吹き飛んだ。フィルは笑っていた。そして笑いながら泣いていた。

「僕は世界一の幸せ者です。好きな人と繋がることができるなんて、こんな幸せはありません」

ぽたり、ぽたりとフィルの涙が俺の頬に落ちる。

……そっか、フィルも、まともなえっちをしたことがないんだ。

ずっとクズな貴族に飼われていたフィルには、おそらく碌《ろく》なセックスの思い出がないのだろう。

そんなフィルが俺なんかとすることで幸せな気持ちになるというならば、もういいかなと思ってしまう。

――うん、俺の初めてはフィルにあげるよ。

フィルのことを幸せにすると俺は約束したからね。これがフィルの幸せというなら叶えてあげよう。

フィルの顔に手を触れて涙を拭《ぬぐ》う。それからフィルの身体を掴《つか》んで突き上げた。

「ッ、――!!」

「シロム様!? あっ……」

フィルの中は温かくてヌルヌルしてて、とんでもなく気持ちよい。挿れているだけで意識が持っていかれそうになる。

これで俺は童貞を失ってしまったわけなんですね、ははっ。まあ、でも処女を失ってしまった時みたいな絶望感はないや。むしろよかったかなとさえ思ってしまう。

俺の上で顔を真っ赤にして潤んだ瞳をたたえたフィルを見ると、そう思えた。これでちょっとはフィルを幸せにできたのだろうか。そうだといいな、そうだと嬉しい。

しかしその後、俺が主導権を握れたのは三突きくらいで、残りは全部フィルに持ってかれました。

「シロム様、どうでしょうか? 気持ち良いでしょうか?」

「アッ、アッ……、きもちいっ! フィルきもちいからぁっ!」

フィルに腰を振られるたびに、ビリビリとした快感が下半身をめぐりイキそうになる。

やばい、なにこれやばい。腰が溶ける。下半身が溶けてなくなっちゃいそうなほど気持ち良すぎる。

はい、俺のターンは終了です。所詮《しょせん》童貞が主導権握るとか無理ですから。

そんな感じで俺がフィルに翻弄《ほんろう》されていると、今度は逞《たく》しい腰に突き上げられた。快感が全身を巡り、その瞬間絶叫する。

「ひゃあああっ⁉　なにっ⁉　ひいっ、アッ……、だめぇぇーーっ‼」

「俺のことを放置するなよシロム。寂しいじゃねえか」

そう言ってライドが下から腰を叩きつけてくる。出し入れされるたびに痺《しび》れたようになる。

いやいや、お前を忘れるとか、そんなことはありませんよ。というか尻にとんでもないものが刺さっているのに無視するとか物理的に不可能ですから。にしても、この展開は本当にヤバイ。

ライドが俺を突き上げると、その衝撃でフィルまで突き上げてしまって、それによって上も下も感じる。快感のフルコースだ、もう頭がおかしくなる。

「シロムっ、シロムっ、孕《はら》め、シロムっ！　お前に種付けしていいのは俺だけだッ！」

「シロムさまっ、もう、だめですっ！　シロムさま、どうか……、ぼくのなかにだしてくださいっ！」

「あああっ‼　ひゃあっ……、ダメっ、ダメっ……！　もうイクぅぅーーッ‼　アアァアぁーーーッ‼」

快感がはじけ、三人同時に射精する。ライドは俺の中に、俺はフィルの中に、そしてフィルは俺の腹に射精する。

イッた瞬間、文字通り精《せい》も根《こん》も尽き果て、俺の意識は遠くなる。

うん、あれだね、これはマジで腹上死したかもね。

薄れゆく意識の中、３Ｐは二度としないでおこうと決意した。


目が覚めるとベッドの上に寝かされていた。

見たことのある天井は、レオンの家の俺の部屋のものだ。

そろそろ俺のエロ終了後のパターンも決まってきましたね。だいたいイク時の衝撃で意識が吹っ飛んでからの気絶中に運ばれてベッドで起床エンドです。

それで、さて俺の大切なパーティメンバーたちはどこにいるのかな？　と部屋を見渡した瞬間、ブツブツと呟きながら部屋の隅に体育座りしているフィルと、耳をぺたんと伏せうつろな目をしたライドがいた。……はい？

え、ちょ、なんで二人が落ち込んでいるんだ？　むしろメンタルやられるとしたら俺のほうではないんですか？

「あの、二人ともどうしたの？」

すると、こちらに気付いた二人がバッと顔を上げ、勢いよく駆けてくる。

「シロム様っ！　よかったです。目を覚まされたんですね！」

「シロム、お前ずっと眠っていたんだぜ！　まったく動かなくて、すっげえ心配したんだ！」

二人は俺のベッドまで駆け寄り、嬉しそうに声をかけてくる。

フィルはお行儀よく側で待機しているだけだったが、ライドは俺のいるベッドにそのまま上半身をダイブさせる。

ああっ！　こらライド、ベッドが揺れると尻に響くんだから、あんまり動かさないでくれよ！

リディアとしてライドとしてフィルとして、俺の下半身は酷使《こくし》されすぎている。

本当に一晩で、俺の経験人数が増えましたね。これぞそろプレイボーイと名乗ってもいいんじゃないでしょうか？

にしても、二人ともさっきまでの暗い表情が嘘のように明るい。さっき壁の隅でキノコ生えそうなほどじめじめしていたのは、俺を心配してただけなのかな？　まあ二人が元気ならそれでいいや。

とりあえず俺が無事なのがわかると、フィルがにこにこしながら近付いてくる。すごく機嫌がよさそうだ。フィルが嬉しいと俺も嬉しい。

「よかったですシロム様。これで安心して死ねます」

「待ってフィル。俺、話についていけてない。頼むから待ってくれ」

チャキッとナイフを出して自分の喉元に突きつけるフィルに手を伸ばし、慌てて止める。おいいいいっ！　なにこの急転直下の展開は！

「えええええっ!?　ちょ、なんでフィルが死なないといけないんだよ！　困る！　めっちゃ困る！

俺、フィルがいなくなったらすっごく嫌だから死ぬとか言わないでくれよ!!」

「ですが僕は性的接触を嫌うシロム様に、それを望み強要しました。シロム様の望みをかなえるどころか危害を加える奴隷など存在する価値はありません。速やかに処分します」

「いやいや、アレ合意！　合意だったからフィルが死ぬことはないよ！　フィルは俺の願いをかなえてくれたんだって!!」

フィルの行動にあわあわしていると「まあ、落ち着けよ」と上からライドの声が降ってきた。おおっ、ライド！　お前も、フィルが死ぬことないって、一緒に説得してくれ！

「落ち着けよフィルエルト、シロムが合意って言っているんだ。お前が死ぬことはないだろ？」

「そうだそうだ！　俺がいいって言っているんだからいいんだよ！」

「それにこれからお前ら二人だけのパーティになるんだ。シロムを守れるのはお前しかいないんだから仲良くしろよ」

「そう……、は？　いや、お前なに言っているんだよライド？」

同意しようとした瞬間、ライドから意味わからん言葉が出てきて思わず真顔になる。二人だけのパーティって、なんで唐突にお前がいなくなるんだよ。

そう思って、ライドのほうを向いてギョッとする。ライドは耳をぺたんと垂れ、泣き出しそうな顔をしていたのだ。

「シロムの合意なしにやっちまったから、俺はもうパーティから追放だろ？　俺、本当にシロムが好きだったんだ。それなのにもう会えないなんて」

「いやいや！　お前とも合意！　あれ合意だったから！　だからパーティからいなくなることないって!!」

落ち込むライドに必死に声をかける。ぶっちゃけライドとのアレは合意したわけではなかったけど、もうやっちまったもんをどうこう言ったって仕方ないし、パーティ抜けられることのほうが大問題だ。

こんな強くて気のいい奴で、俺に惚れていると言いながら俺に手を出さない（スキルによるアレコレは除く）奴は他にいない！　レビューに来てライドと一緒にダンジョン入って冒険するのは、俺も楽しかったんだ。恋愛感情はない。だけれども俺も仲間として、ライドのことは好きなのだ。

「ほら、俺いいって言ったじゃん！　ライドも聞いていただろ？　だから全然大丈夫だって！」

なのでここは俺は同意していたってことで押し通す。だが、ライドは寂しそうに笑ったのだった。

「でもシロム、本当は嫌だったんだろ？」

それは確信を持った言葉だった。隣でフィルも頷いているのが見える。

俺はその言葉を聞いて、――肩を落とした。

動物的な直感があるのか、俺の本心は見抜かれてしまっているらしい。フィルとライドはまっすぐと俺を見つめてくる。二人は本気だ。ここで納得させることができなければ、白猫団は解散になるだろう。

いつもみたいに茶化して騒いで、なかったことにもできる。だけれども、それでライドやフィルの中にしこりのようなものが残ってしまったら、対等な仲間ではなくなってしまうような気がする。

だから俺は嘘をつかず、本心を話そう。

「うん、嫌だった。俺、性行為が好きじゃないんだよ。だって尻にナニ突っ込まれるなんて、男の威厳がなくなるし、気持ちよくてわけわからなくなって、俺が俺じゃなくなってしまうみたいだし全然好きじゃない」

「そうか」

俺がそう言うとライドがしゅんとうなだれる。ライドとの行為が嫌だって言ったようなもんだからな。いや、でも嘘つかないと決めたから、そこははっきりと言う。こんな尻でイッちゃうような行為が好きなわけないだろ！

敏感すぎると早漏になるって言うし、だからエロいことはしたくない。したくないけど……、でもさ——

「それでも、お前のことは嫌いじゃないよ、ライド。身長高すぎてムカつくけど、いつも明るくて一緒にダンジョンの攻略について考えてくれて、戦闘の時は先陣切って戦うお前のことは尊敬している。俺、結構ライドのこと好きだよ」

「シロム……」

ライドが目を丸くしている。普段俺が好意的な言葉を口にすることはないからな。俺はちょっと気恥《きは》ずかしくて、ふいっと視線を逸らした。心の中では実は結構頼りにしていたんだけど、うん、口に出すのは照れますね。

ライドはそんな俺の様子を見て驚いていたけど、すぐにいつものようにニカッと笑った。

「そっか、じゃあ俺はお前が性行為を好きになれるように頑張るぜ！」

「はあああっ!?　おいこら、調子乗んな！　なんでそっちの話にシフトしたんだよっ！　ないから、絶対にないからっ！　俺がエロいことされるのが好きになるとか、ありませんからね！」

「ははっ、こんな話聞いたら、調子乗るなっていうほうが無理だぜ？　だってお前、心底嫌いな性行為を俺としても、俺のことを嫌いになれないんだろ？　そんなもん、俺のことが好きって言っているみたいじゃねえか」

……は？

一瞬の間、ライドの言うことが理解できず呆《ほう》けてしまう。

いや、確かにエロ行為してもライドのことは嫌いになれないけど、……え？

いやいやいやいやっ！　だからといって、それでライドのことが好きになるわけではないんだぞぉーっ!?　ちょっと待て、俺が突然デレたみたいな反応するの、やめてくれませんか？

俺とライドがギャーギャー言い合っていると、フィルが不安そうに俺を見つめてきた。

「シロム様、僕は……」

「フィル、初めに言っておく。お前にされて嫌なことなど俺にはなにもない！　これは本心で心の底からそう思っているからなっ！」

「ですがシロム様、僕はあの時、無理矢理シロム様に……」

「まあ確かにちょっとびっくりしたけど、繋がってフィルが笑ってくれた時、俺も嬉しかったんだよ。だからあれは俺にとっては幸せな時間だったよ。むしろ俺、童貞でなにもできなくてフィルの嫌な記憶とか塗り替えることできなくてごめんな」

「えっ……!?」

そう言うとフィルのほっぺたが真っ赤に染まっていき、やがて茹でダコのように赤くなった。えええぇーっ!?　なにが起こったの!?

「フィルっ!?　どうしたのっ!?」

「僕がシロム様の初めてのお相手だなんて、畏《おそ》れ多いことなのに、嬉しくて……」

そう言うとフィルは顔を覆《おお》って泣き出した。ええっ、俺の童貞もらうのって、嬉し泣きしちゃうレベルのことなのですか⁉　え、あ、うん。そこまで喜ばれたなら、よかったです。フィルが幸せなら、それでいいや。

泣いているフィルを慰《なぐさ》めたり、ライドと惚れた掘れてないの言い合いをしたり、今日も白猫団は騒がしい。

——俺の異世界トリップ生活は、本当に慌ただしいですね。最初は男しかいないこの世界に絶望していたけど、こうして仲間ができて冒険していると悪いことばかりではない。

ダンジョン攻略はまだ未達成だし、魔族まで出てきて、まだまだ忙しいだろう。これからも俺の冒険は続いていく。うん、物語の主人公のように生きてみせるよ。

——くれぐれも、尻は守りつつ！

空兎（そらうさぎ）
奈良県在住。2014 年 4 月より web 上にて「男だらけの異世界トリップ ～ BL はお断り！～」の連載を開始。アルファポリス「第 4 回 BL 小説大賞」特別賞を受賞し、出版デビュー。圧倒的な猫派。

イラスト：hi8mugi（ヒヤムギ）
https://hi8mugi.wixsite.com/cho-b

本書は、「アルファポリス」(http://www.alphapolis.co.jp/) ならびに「ムーンライトノベルズ」(http://mnlt.syosetu.com/) に掲載されていたものを、改稿・改題のうえ書籍化したものです。

男《おとこ》だらけの異世界《いせかい》トリップ ～ BL はお断《ことわ》り !? ～
空兎（そらうさぎ）

2017年 12月31日初版発行

編集－斉藤麻貴・宮田可南子
編集長－塙綾子
発行者－梶本雄介
発行所－株式会社アルファポリス
〒150-6005 東京都渋谷区恵比寿4-20-3 恵比寿ｶﾞｰﾃﾞﾝﾌﾟﾚｲｽﾀﾜｰ5F
TEL 03-6277-1601（営業） 03-6277-1602（編集）
URL http://www.alphapolis.co.jp/
発売元－株式会社星雲社
〒112-0005 東京都文京区水道1-3-30
TEL 03-3868-3275
装丁・本文イラスト－hi8mugi（ヒヤムギ）
装丁デザイン－ansyyqdesign
印刷－図書印刷株式会社

価格はカバーに表示されてあります。
落丁乱丁の場合はアルファポリスまでご連絡ください。
送料は小社負担でお取り替えします。

ISBN 978-4-434-24104-8 C0093